송진용 新무협 판타지 소설

비정소옥

非情素玉

②

비정소옥 2

송진용 新무협 판타지 소설

초판 1쇄 찍은 날 § 2001년 12월 20일
초판 1쇄 펴낸 날 § 2001년 12월 30일

지은이 § 송진용
펴낸이 § 서경석

편집장 § 문혜영
편집 § 장상수 · 박영주 · 김희정 · 권민정
마케팅 § 정필 · 강양원 · 김규진

펴낸곳 § 도서출판 청어람
등록번호 § 제1081-1-89호
등록일자 § 1999. 5. 31
어람번호 § 제2-0036호

주소 § 경기도 부천시 원미구 심곡1동 350-1 남성B/D 3F (우) 420-011
전화 § 032-656-4452 팩스 § 032-656-4453
E-mail § eoram99@chollian.net

ⓒ 송진용, 2001

값 7,500원

ISBN 89-5505-246-4 (SET)
ISBN 89-5505-248-0 04810

송진용 新무협 판타지 소설

非情素玉

비정소옥

2

용화진경(龍華眞經)

도서출판
청어람

목

차

제1장

파옥(破獄)

파옥(破獄)

으악! 하는 날카로운 비명과 함께 호통 소리가 밤하늘을 가로질렀다.

"이런 시러배 잡놈들 같으니, 감히 이 어르신을 가로막는단 말이냐!"

그 한번의 호통이 신호였던 듯, 연이은 비명과 고함 소리, 내닫는 발자국 소리들로 부중(府中)이 갑자기 소란스러워졌다.

간드러진 주악(奏樂)과 여인들의 교성(嬌聲)으로 후끈 달아올라 있던 한밤의 열기가 순식간에 차갑게 식어버렸다.

호금(胡琴) 소리를 끊어내며 날카로운 호각 소리가 청(廳) 안에 높게 울려 퍼진 순간 계집들은 새파랗게 질린 얼굴로 들고 있던 술잔을 내던지고 사내들의 품속으로 뛰어들었다.

갑주로 단단히 무장한 십여 명의 병사들이 우르르 청 위로 뛰어 올라와 입구를 막아섰다. 횃불 아래 번쩍이는 그들의 삼엄한 칼빛만으로도 계집들은 벌써 넋을 빼앗긴 채 오금을 펴지 못했다.

꽝! 하는 요란한 소리와 함께 명정원(明政園)의 문짝이 산산이 부서져 떨어졌고, 그리로 두 명의 병사가 내팽개쳐졌다. 마치 온몸을 늘씬 두들겨 맞고 뻗어버린 두 마리의 멧돼지를 던져 놓은 것 같았다.

청 안의 화려한 불빛과 지분 냄새와 주안상 앞에서 한껏 흥이 올라 있던 사람들은 어안이 벙벙했다. 갑자기 벌어진 눈앞의 일들이 무엇을 의미하는 건지 미처 알지 못한 채 취기로 어지러운 머리통만 내저을 뿐, 아직 판단이 서지 않아 오히려 대범해 보였다.

우당탕거리는 소리가 들리더니 다시 두 명의 병사가 이번에는 좀 더 멀리 내던져져 청 아래에 떨어졌다. 그리고 부서진 문틀을 성큼 건너서 흑의에 흑의 복면을 한 뚱뚱한 사람 한 명이 원(園) 안으로 들어섰다. 그의 손에 새파란 빛을 발하는 계도(戒刀) 한 자루가 들려 있었다.

"귀, 귀신이다!"

청 안에 있던 누군가가 그렇게 소리치며 앉아 있던 의자 밑으로 뛰어들었다. 그 바람에 탁자 하나가 엎어지며 그릇들이 부서지고 깨지는 요란한 소리를 냈다.

"오냐, 네놈들은 여기서 잘도 처먹고 있었겠다!"

흑두건 속에서 번쩍이는 눈을 뒤룩거리던 괴한이 버럭 소리를 질렀다.

"잡아라!"

대청을 가로막고 서 있던 병사들 중 우두머리로 보이는 자가 칼을 들어 겨누며 소리쳤다. 청 아래에 벌려 서 있던 자들 중 다섯이 갑주를 쩔렁이며 우르르 달려들었고, 그와 함께 부서진 문틀을 넘어서 또 한 무리의 병사들이 칼과 방패를 들고 몰려들었다.

명정원의 뜨락이 온통 기세등등한 병사들로 꽉 들어찼다. 군호(軍號) 소리와 갑주 쩔렁이는 소리들로 정신이 없을 지경이었다. 그들의 포위 속에 버티고 서 있는 흑의 괴한이 다시 껄껄 웃고는 버럭 소리쳤다.

"이런 허수아비 같은 놈들이 감히 어르신을 몰라보는구나!"

비로소 정신을 차리고 사태를 파악한 지부대인(知府大人) 원원중(元原中)이 품에 파고들어 떨고 있는 계집을 와락 밀쳐 내고 눈을 허옇게 까뒤집은 채 바락바락 악을 썼다.

"죽여라! 저놈을 갈가리 찢어 죽여라!"

이 연회는 그가 환관 조양서(趙陽瑞)와 강서성의 포정사(布政使)로 새로 부임해 온 왕융(王融)을 위해 애써 마련한 자리였다. 그들의 눈에 들기 위해 갖은 노력을 다해 공을 들였는데, 저 한 놈 때문에 그것이 모두 수포로 돌아갔다는 것을 생각하자 증오와 분노가 불길처럼 치솟았다.

"무엇? 너, 그 자리에서 꼼짝 말고 기다리고 있거라!"

원원중의 고함 소리를 들은 괴한이 눈을 부라리며 계도를 높이 치켜들고 달려왔다. 그러자 그 앞을 가로막은 관병들이 소리를 지르며 일제히 칼을 휘둘렀다.

칼바람 소리와 살기가 하늘을 찌를 듯한데, 그 속에서 춤을 추듯 번쩍이며 맴도는 괴한의 계도 한 자루는 눈부시기만 했다. 아름다웠다.

번쩍이는 칼빛이 허공에 걸리는가 했는데 소나기처럼 떨어졌고, 돌개바람이 되어 사방을 휩쓸어갔다.

창창창창—!

요란한 쇳소리가 정신없이 울려 나왔다. 새파란 불똥들이 어지럽게 날릴 때마다 뇌전(雷電)이 치듯 주위가 하얗게 밝아졌다.

단번에 눈앞에 밀려든 다섯 자루의 칼을 밀어버린 계도가 다시 뒤에서 덮쳐드는 자들의 칼에 부딪쳐 갔다. 얇고 연약해 보이는 계도였지만, 그것이 관병들의 두터운 칼에 부딪쳤을 때는 천 근의 무게를 지닌 파천도(破天刀)인 것처럼 흉악하기 짝이 없었다.

계도의 힘을 감당하지 못한 자들이 억! 하는 비명을 터뜨리며 비틀거렸고, 끝까지 버티려던 자들은 어느새 동강나 버린 강도(鋼刀)의 자루를 쥔 채 어이없어했다.

한 번 욱! 하고 힘을 쓴 괴한이 두 발을 번갈아 내뻗어 눈앞의 관병들 셋을 한순간에 차버리고는 계도를 휘두르며 그대로 뛰어올랐다.

"쏴라!"

당황한 군관이 소리치자 담장 위로 불쑥불쑥 솟구쳐 올라온 궁수(弓手)들이 일제히 시위를 놓았다. 괴한의 한 몸을 노리고 수십 개의 화살들이 지척에서 날아들었다. 바람을 찢는 날카로운 소리가 귀를 멍멍하게 했다.

허공에 뜬 채 곧 고슴도치가 되어버릴 듯 보이던 괴한이 껄껄 웃으며 몸을 웅크리고 계도를 풍차처럼 휘둘렀다. 그의 삼엄한 칼빛이 은막을 두른 듯 주위를 감싸고 퍼져 나가자 단 한 자루의 화살도 그것을 뚫지 못하고 모두 허리가 잘려 후두둑 떨어졌다.

잠시 주춤한 사이에 솟구쳐 오른 힘이 많이 소진한 괴한은 뜻대로 대청 안에 뛰어들지 못하고 청을 가로막고 서 있는 병사들의 머리 위에 떨어져 내리는 형편이 되었다. 병사들이 일제히 갈라지며 그를 가운데 가두고 다시 에워쌌다.

언제나 시끌벅적한 싸움보다 소리없이 벌어지는 싸움이 더 살벌하고 위태로운 법이다.

밑에서 요란한 싸움이 벌어지고 있을 때, 명정각(明政閣)의 지붕 위에서 조용하게 진행되고 있는 싸움이 그랬다.

기왓골 속에서 갑자기 솟아 나온 듯 앞을 가로막아 선 다섯 명의 사내들도 모두 흑의를 입고 있었다. 싸늘한 눈빛과 함께 손에 들려 있는 검편(劍片)이 더욱 차가운 살기를 뿌리며 어둠을 갈랐다.

"헛!"

앞서 달리던 깡마른 흑의인이 헛바람을 들이키며 급히 멈추어 섰다. 그러자 그 뒤를 따르던 흑의인이 재빨리 옆으로 비켜서며 일장을 갈겨 코앞에 밀려든 검봉(劍鋒)을 쓸었다.

이런 일에 가장 적절하게 대응하도록 잘 훈련된 자들인 듯, 다섯 명의 흑의인들이 손가락처럼 쫙 펴지며 용마루와 기왓골을 타고 달렸다. 가볍고 날랜 걸음이 마치 허공에 둥둥 떠 있는 것 같았다.

"동창!"

앞섰던 깡마른 흑의인이 억눌린 소리로 외쳤다.

어느새 주위를 둘러싸고 서서 흐린 달빛 아래 새파란 검광을 뿌려대고 있는 자들의 피혜(皮鞋) 끝에 하나같이 흰색 나비 한 마리가 정교하게 새겨져 있었던 것이다. 그들이 조금씩 움직일 때마다 그것들이 팔랑거리며 날아 나올 것만 같았다.

"무사들이군."

날개에 아무런 점도 찍혀 있지 않은 걸 본 것이다. 장력을 때려냈던 흑의인이 중얼거리듯 말하고 깡마른 자의 옆에서 조금 더 벌려 섰다. 최대한 움직일 수 있는 공간을 확보하자는 의도였다.

파앗―!

기합 소리도 신호도 없이 갑작스럽게 측면에서 두 개의 검인(劍刃)이 베고 후려왔다.

피잉―!

동시에 정면과 후면에 있던 자들도 검을 뿌리며 와락 달려들었다. 단번에 죽이고 말겠다는 살기가 검끝에 고스란히 실려 있는 신랄한 검격이었다.

"함정이었나?"

깡마른 자가 문득 돌아보며 그렇게 중얼거렸다. 풍채가 당당해 보이는 흑의 복면인이 가볍게 턱을 끄덕였다.

"그런 것 같군. 하지만 그렇다고 뭐가 달라질까?"

"하긴……."

코앞에 밀려드는 검봉을 두고서도 태연하게 지껄이는 모습이 마치 한번 죽어서 이제는 더 죽을 수 없는 유령들이라도 되는 것 같았다.

자존심이 상한 듯, 검을 찔러오는 자들의 눈에 더욱 싸늘한 살기가 어렸다. 그리고 그들 두 명의 복면인이 눈앞에서 허깨비처럼 움직였다.

바람을 찔렀다는 생각이 불쑥 들었다. 그림자를 베고 연기를 끊어간 건 아닐까 하는 착각이 한순간 모두의 머리 속을 혼란하게 했다.

다섯 개의 검봉이 일제히 찌르고 베고 후려치는 그물 같은 검격 속에서 야위고 단단한 두 개의 그림자가 연체 동물처럼 흐느적거리고 맴돌며 너무도 쉽게 다가온 것이다.

빠각―!

마른 박이 깨지는 듯한 소리가 났고, 정면에 있던 자의 턱이 발끝에

채여 덜컥 들려졌다. 그와 함께 불쑥 튀어나온 손이 다음 변화를 위해 움직이는 측면의 검을 아무 거리낌 없이 붙잡았다.

쨍—!

수수깡이 부러지듯, 강철을 두드려 만든 검이 맥없이 부러졌다. 그리고 흑의 복면인의 손을 떠난 검편은 맞은편에서 주춤거리던 자의 미간에 빨려들듯 박혀들었다.

그자가 내뻗었던 검을 미처 거두어들이지도 못하고 엉거주춤한 모습으로 무너져 갈 때, 문득 몸을 비튼 복면인이 한 발을 들어 올리는가 싶었다.

옷자락이 파라락거리는 소리가 났다. 가볍게 차올린 발이 허공에서 두 번을 꺾이더니 마지막에는 회전각(回轉脚)의 단순한 수법이 되어 불쑥 뻗어왔다. 미처 발끝이 향하는 방향을 예측하지 못하고 있다가 그 한 번의 발길질에 걸린 자의 가슴에서 우지직 하는 소리가 터져 나왔다. 가슴이 움푹 함몰된 자가 비명도 지르지 못하고 주저앉았다.

"내 몫은 아예 남겨두지도 않을 셈이군?"

풍채가 당당한 복면인이 낮은 소리로 투덜거렸다. 그사이에도 다시 한 명의 매복자가 복부를 심하게 걷어차인 채 허공을 날아 지붕 아래로 떨어지고 있었다.

부러진 검을 쥐고 혼자 남겨진 자의 눈에 처음으로 공포의 감정이 떠올랐다. 눈앞의 두 괴인들은 아무래도 자신들이 가로막을 상대가 아니라는 것을 깨달았으나, 이미 늦어도 한참이나 늦은 뒤였다.

퍽—!

주춤거리는 자의 어깨 위에 복면인의 발꿈치가 쇠메처럼 내리꽂혔다. 견갑골이 으스러지는 고통으로 눈을 부릅뜨면서도 매복자는 어금니를 악물 뿐, 비명을 지르지 않았다.

"제법이군."

그것을 비웃듯 싸늘하게 코웃음을 친 복면인이 어깨에 박혀 있던 발을 꺾어 목을 감쌌다. 그가 불끈 힘을 쓰자 우두둑, 하는 기음(奇音)이 낮게 깔려 나왔다. 그리고 목뼈가 부러져 버린 자가 맥없이 옆으로 내동댕이쳐졌다.

"으악!"

처절한 비명 소리가 대청 안에 찬물을 끼얹었다.

정면에서 괴한을 가로막고 있던 관병의 목이 단칼에 잘려 허공을 날았다. 이글거리는 횃불 아래 선연한 피 무지개가 걸려 뿌려졌다. 허공을 난 목은 음식이 가득한 탁자 위에 떨어져 두어 번을 구르다가 멎었다. 두 눈이 아직 부릅떠져 있는 채였다.

비단폭이 찢어지는 듯한 비명은 그것을 본 환관 조양서의 입에서 터져 나온 것이었다.

"저, 저, 저…… 저것 좀……."

조양서가 말을 잇지 못한 채 자신을 빤히 노려보고 있는 목을 가리키며 온몸을 부들부들 떨었다.

"합!"

"으핫!"

목을 잃은 동료의 몸을 차내고 그 자리를 메운 채 칼을 휘둘러 오는 관병들은 모두 용감하기 짝이 없었다. 한 치도 동요하지 않고 낮고 힘찬 기합성을 터뜨리며 괴한을 가둔 진세를 조금도 물리지 않는 것이 눈앞의 죽음마저도 무시할 수 있도록 혹독하게 훈련된 자들이 분명했다.

"음, 제법 용감한 놈들이로군. 차마 죽이기가 아깝구나!"

세 자루의 칼을 동시에 밀어낸 괴한이 눈을 뒤룩거리며 감탄성을 발했다. 이런 정예의 관병들이 변방을 지키지 않고 고작 내시 놈의 뒤치다꺼리나 하기 위해 몰려와 있다는 것이 더욱 괘씸하게 생각되었다.

"이놈들아, 네놈들은 그래 배알도 없냐? 고작 환관 놈의 밑이나 핥아주려고 작정했다니! 군장(軍裝)이 아깝지도 않느냐!"

정면에서 달려드는 자의 투구를 주먹으로 내갈기며 버럭 소리를 지르는 괴한의 호통이 사자후(獅子吼)처럼 쩡쩡 울려 퍼졌다.

"물러서지 마라!"

뒤에서 지켜보고 있던 군관이 병사들의 동요를 미리 걱정한 듯 낮고 힘있게 호령했다. 괴한의 눈꼬리가 꿈틀, 하고 솟구쳐 올라갔다.

"염병할 호로자식!"

들고 있던 계도를 높이 던져 버린 괴한이 두 손을 불쑥 뻗어내며 기력을 모아 소리쳤다.

"쓰러져라!"

그의 두 손바닥에서 은은한 청광이 번쩍이는 것 같았다. 멀리서 파도가 밀려오듯 우르릉거리는 소리가 일었고, 굳세기 짝이 없는 두 줄기의 경풍이 거칠 것 없이 앞을 쓸어갔다.

처음은 부드러웠고, 나중은 무거웠으며, 마지막에 이르러서는 마치 철벽처럼 두텁고 단단하기 그지없는 장력이었다.

"으악!"

네 명의 관병들이 그것을 견디지 못하고 비명을 지르며 날려갔다. 괴한이 손속에 사정을 두어 벽공장(劈空掌)으로 밀어냈을 뿐이므로 목숨에는 지장이 없을 것이었다.

앞이 훤히 트이자 당황하고 있는 군관의 모습이 정면으로 바라보였다.

"음!"

이를 부드득 간 괴한이 훌쩍 뛰어올라 머리 위에 떨어져 내리고 있는 계도를 다시 받아 들고 곧장 군관을 향해 쏘아져 나갔다.

"억!"

놀란 군관이 경황 중에도 칼을 종횡으로 휘둘러 몸을 보호했다. 그의 눈에 와락 다가들고 있는 복면 속의 핏발 선 눈이 더욱 끔찍해 보였다.

"흥, 고작 뒤에 숨어서 큰소리나 치는 놈이!"

차갑게 내뱉은 괴한의 계도가 허공에 싸늘한 은빛 호선을 그렸다. 가볍게 칼을 젖히며 내리꽂힌 그것이 단단한 갑주와 함께 군관의 가슴을 자로 잰 듯 반듯하게 쪼개놓았다. 살이 갈라지고 뼈가 깎이는 괴이한 소리가 낮게 울려 나왔다.

"으아악―!"

갈라진 자신의 벌건 가슴속을 내려다보던 군관이 단말마의 비명을 터뜨리며 뒤로 쓰러졌다. 등이 바닥에 닿자 그 충격으로 가슴이 더욱 벌어졌고, 비로소 붉은 선혈이 뿜어지듯 솟구쳐 나와 허공을 가득 메우고 뿌려졌다.

쓰러진 군관을 성큼 건너 다가선 괴한이 번쩍이는 계도를 들어 조양서의 가슴을 가리켰다. 조양서는 이미 넋이 달아나고 껍질만 남아 앉아 있는 자인 듯싶었다. 부릅뜬 눈을 깜박이지도 못한 채 창백하게 질린 얼굴로 턱을 덜덜 떨고 있을 뿐이었다.

"내시 놈아! 위충현의 발바닥을 핥아주며 그동안 잘 처먹고 잘 살았겠다?"

대답은 아래위의 이빨들이 심하게 마주치는 소리가 대신해 왔다. 그런 조양서의 상투를 와락 틀어쥔 괴한이 더욱 눈을 부릅뜨고 호통쳤다.

"이 염병할 놈이 이제는 감히 어르신의 말에 대꾸도 안 해!"

괴한이 이를 가는 것과 동시에 청 뒤에 처져 있던 열두 폭 병풍이 두 쪽으로 잘려 넘어졌다.

피웃—!

그리고 가벼운 파공성과 함께 은빛이 번쩍이는 물체가 괴한의 미간을 노리고 곧장 뻗어왔다.

"헛!"

놀란 괴한이 조양서의 상투를 놓고 한 걸음 물러서며 계도를 휘둘러 그것을 쳐냈다. 창! 하는 날카로운 소리와 함께 한 자루의 유엽비도(柳葉飛刀)가 방향을 틀고 퉁겨져 나가 기둥에 박혀 부르르 떨었다.

"음—"

한소리 침음성(沈吟聲)을 흘린 괴한이 다시 한 걸음 물러서며 눈을 부라렸다. 손목을 타고 뻐근한 충격이 전해져 왔던 것이다.

"웬 놈들이냐!"

버럭 소리를 치는 그의 눈에 갈라진 병풍을 뛰어넘어 날아오는 세 명의 흑의인들이 보였다. 흉포함을 잘 갈무리한 채 잔잔하고 흔들림없는 냉정함만을 보여오는 자들이었다. 한눈에 그들의 기도를 읽은 괴한의 눈에 언뜻 의아해하는 기색이 스쳐 지나갔다.

꽝—!

다시 한소리 굉음이 대청 안을 뒤흔들었다.

막 괴한과 부딪칠 것 같던 세 명의 흑의인들이 주춤거리더니 어깨를 틀어 일제히 비켜섰다. 그들의 측면 벽이 폭발을 일으키듯 터져 나가며 흙먼지가 자욱히 날리고 돌 조각들이 비수처럼 덮쳐 왔던 것이다.

"이놈들은 내가 맡겠다. 너는 하던 일이나 계속해라!"

감정이 실려 있지 않은 싸늘한 음성이 그 속에서 들려왔다. 그리고 자욱한 흙먼지 속에 흐릿한 잔영(殘影)을 남기며 재빠르게 움직여 흑의인들을 덮쳐 가는 그림자가 있었다.

"썩을 놈. 꼭 재미는 제놈이 먼저 보려고 한단 말이야?"

투덜거린 괴한이 다시 솥뚜껑같이 투박한 손을 뻗어 조양서의 상투를 틀어쥐었다.

"어라?"

그를 끌어내던 괴한이 외마디 소리를 지르고 눈살을 찌푸렸다. 흥건히 젖은 의자에서 고약한 냄새가 풍겨났던 것이다.

"지저분한 놈. 환관 놈들은 계집처럼 앉아서 일을 보는 모양이군?"

그가 이미 혼백이 달아나다시피 한 조양서의 목을 단칼에 쳐냈을 때, 뒤늦게 뛰어 들어온 깡마른 괴한은 세 명의 매복자와 치열하게 어울리고 있었다. 기합 소리도, 고함 소리도 없이 오직 흉흉한 살기와 검광만이 눈보라처럼 난무했다.

한 손에는 피가 뚝뚝 떨어지는 조양서의 목을 들고, 다른 손으로 계도를 움켜쥔 괴한이 이미 숨이 끊어진 군관의 몸뚱이를 밟고 눈을 부릅떴다. 그 모습이 괴기하기 짝이 없었다. 마치 저승의 악신(惡神)이 갑자기 먹구름을 흩치고 나타난 듯하여 관병들은 감히 대청 안으로 뛰어들 엄두를 내지 못하고 청 밖에 몰려서서 와, 와, 하는 고함을 지르며 기세를 올릴 뿐이었다.

*　　　　*　　　　*

명정원(明政園) 쪽에서 돌연 함성과 비명이 치솟았다. 부중의 곳곳에 버티고 서 있거나 순찰을 돌던 병사들의 움직임이 일제히 멎었다.

"명정원이다!"

군관으로 보이는 자가 횃불을 뽑아 들고 담 너머의 전각을 가리켰다. 그와 함께 병사들이 일제히 갑주를 쩔렁거리며 달려가기 시작했다. 한동안 부중이 그들의 발자국 소리와 갑주 소리로 시끄러워지더니 드디어 잠잠해졌다.

담 너머에서는 은은한 고함 소리와 함성, 비명 소리들이 끊이지 않고 들려왔다. 횃불들이 모두 그리로 모였는지, 그쪽의 하늘마저 붉게 물든 듯했다.

그것과 대조적으로 더욱 어둡고 음침해진 서쪽 담 아래에서 몇 개의 검은 그림자가 몸을 일으켰다. 앞선 두 장한의 뒤를 따라 조용하고 재빠르게 움직여 가는 자들은 소옥과 송청림이었다.

낮은 담 하나를 훌쩍 뛰어넘자 분위기가 더욱 음침해졌다. 좁은 마당 안으로 산비탈이 밀려 들어와 있었는데, 그 한쪽을 잘라내고 굴을 판 듯했다. 입구를 단단히 가로막고 있는 두터운 나무문 양쪽에 횃불이 걸려 있었고, 두 명의 파수가 번을 서고 있는 모습이 보였다.

어둠 속에 웅크리고 앉아서 잠시 그들을 노려보던 장한들이 불쑥 몸을 일으켰다. 뭐라고 할 새도 없이 바람처럼 내닫는 그들의 손에는 어느새 등에서 뽑아 든 한 자루의 칼이 쥐어져 번쩍이고 있었다.

"누구냐!"

비로소 기척을 느낀 파수병이 장창을 돌려세우며 날카롭게 호통쳤다.

"저런!"

소옥이 장한들의 무모한 움직임에 놀라 낮게 외쳤을 때, 두 장한은 각기 한 명씩의 파수병을 향해 곧장 부딪쳐 들어가고 있었다.

"난입자다!"

파수병들이 목청껏 외치며 두 다리에 부쩍 힘을 주고 장창을 내질렀다. 재빠르고 정확한 반응이었다.

길이가 무려 일 장에 이르는 장창 앞에서 석 자 두 치에 지나지 않는 칼은 위력이 크게 떨어지는 법이다. 장한들은 그 열세를 눈부신 운신(運身)과 용기로 메우고 있었다.

두 사람이 마치 한 사람인 듯 동시에 몸을 회전시키며 창대를 타고 미끄러져 들어가는 모습이 기계처럼 정확했다. 한 손으로 창대를 훑으며 다가선 그들이 빠르고 사납게 칼을 휘둘렀다.

놀란 파수병들이 이미 쓰임을 잃은 장창을 놓아버리고 물러섰다. 그들의 이마 앞을 두 자루의 칼이 아슬아슬하게 비껴 떨어졌다. 그 틈에 재빨리 칼을 뽑아 든 파수병들이 두려워하지 않고 달려들며 힘있게 쪼개왔다.

그러나 아무리 잘 훈련되었고 용기가 있는 병사라고 하더라도 무림의 고수들이 움직이고 싸우는 것과는 비교할 바가 못되었다. 더구나 그처럼 일 대 일로 맞서서 단병접전(短兵接戰)을 펼치는 바에야 더 말할 필요도 없었다.

두 장한이 일제히 한 손을 뻗어 파수병들의 칼을 밀어내며 그대로 내려쳤다. 머리 위에서 은빛 호선(弧線)을 그리고 떨어진 칼이 조금의 사정도 없이 파수병의 정수리를 두 쪽으로 갈라놓았다. 그 동작까지도 한 사람이 하는 것처럼 똑같은 것이 신기했다.

"어서! 최대한 빨리 하시오!"

그것을 보고 있던 송청림이 소옥의 귓가에 속삭여 주고 재빨리 몸을 일으켜 달려나갔다.

소옥은 눈앞에서 펼쳐진 싸움에 정신이 없었다. 이처럼 사람이 사람을 죽고 죽이는 싸움을 보는 건 처음이었다. 파수병들의 머리가 두 쪽으로 쪼개진 채 비명도 지르지 못하고 넘어지는 것을 보자 온몸에 소름이 돋았다.

어깨를 두드린 송청림의 손에 문득 정신을 차리고 돌아보자, 그는 이미 우측의 어둠 속으로 뛰어나가고 있는 중이었다. 그곳에 뇌옥을 수비하는 병사들의 막사가 있었던 듯, 서둘러 달려오는 발자국 소리들이 들려왔다.

소옥은 비로소 자신이 해야 할 일을 생각해 낼 수 있었다. 그녀가 달려나가자, 기다리고 있던 장한들이 기력을 한쪽 어깨에 모아 뇌옥의 문을 향해 부딪쳐 갔다. 황소라도 넘어뜨릴 만한 그들의 힘을 견디지 못하고 두터운 문이 우지끈 하고 부서져 안으로 떨어졌다.

고개를 끄덕이는 장한들을 일별(一瞥)한 소옥이 횃불 하나를 뽑아 들고 그들을 스쳐 뇌옥 안으로 뛰어들었다.

음침하고 음습한 동굴 속 통로를 십여 걸음 달려가자 좌우로 늘어서 있는 석실(石室)들이 보였다. 하나같이 천장에서부터 가로지른 굵은 쇠창살로 막혀 있는 좁은 방들이었다. 부패한 악취와 곰팡이 냄새가 코를 찔렀다.

"아버님! 제가 왔습니다!"

횃불을 들어 석실들을 훑어보며 나아가던 소옥이 한곳에 이르러 우뚝 멈추어 섰다.

"아, 아버님……."

그녀는 한눈에 알아볼 수 있었다.

헝클어진 머리카락과 피투성이의 몰골을 하고 목에 칼을 쓰고 있었지만 분명히 그토록 그리워하던 아버지였던 것이다.

죽은 듯 벽에 기대앉아 눈을 감고 있던 소양진(蘇陽進)이 천천히 소옥을 돌아보았다. 그 처참하게 망가진 얼굴에 잔 경련이 물결치고 지나갔다. 소옥은 차마 더 바라보지 못하고 외면하고 말았다. 눈물도 나오지 않았다. 이것이 현실이라는 것을 믿기 싫었다.

"와, 왔느…… 냐……."

그가 힘겹게 고개를 끄덕였다. 입 안 가득 무언가를 머금고 있는 듯 어눌하고 웅얼거리는 음성에 생기라곤 실려 있지 않았다.

"아버님…… 왜, 누가 이렇게……."

"네 어머니와 동생들은…… 보았겠지……?"

대답할 수가 없었다. 입을 열면 왈칵 참고 참았던 울음이 터져 나올 것 같아서였다. 입술을 악물고 고개를 끄덕이는 그녀의 턱을 타고 한 줄기 선혈이 흘러내렸다.

"그들은…… 그들은…… 아무 잘못도…… 없었다."

말끝이 점점 흐려져 갔다. 그 짧은 몇 마디를 하는 데에도 기력이 급속히 떨어져 가고 있다는 증거였다. 소옥의 눈에 조금씩 핏발이 서리기 시작했다. 차가운 창살을 붙잡고 있는 그녀의 손이 와들와들 떨렸다. 초점을 잃어가는 아버지의 흐린 눈이 애써 그런 소옥의 얼굴을 찾았다.

"불쌍한 것…… 너라도…… 살아남아야……."

"우와악—!'

그녀의 입에서 기어이 괴성이 터져 나오고 말았다. 가슴에 깊은 상처를 입은 짐승이 울부짖는 듯한 소리였고, 저 두터운 어둠 속에서 야차(夜叉)가 부르짖는 듯한 소리였다. 동굴 안에 가득 차 있던 죽음의 음습한 기운들이 그녀의 괴성에 놀라 일제히 눈을 뜨고 발광하기 시작했다.

아아아아— 하는 울림이 끊이지 않고 동굴을 흔들었다.

소옥의 손에 잡혀 있던 굵은 철창 두 개가 뿌드득거리며 흔들리더니 기어이 밖으로 휘어지며 뽑혀 나오고 말았다. 그러나 소옥은 자신이 그 단단한 철창을 뽑아버렸다는 것도 알지 못하는 것 같았다.

눈을 부릅뜨고 이를 악문 그녀가 철창 사이로 몸을 들이밀었다. 턱을 타고 흘러내리는 선혈이 점점 짙어지며 가슴을 흥건하게 적셔놓고 있었다.

"왜, 왜, 누가, 이렇게……."

무릎걸음으로 다가가 아버지의 옷깃을 붙잡는 손등 위로 선혈이 뚝뚝 떨어졌다. 얼굴과 얼굴을 부딪칠 듯 들이민 그녀의 눈앞에서 아버지의 흐린 눈이 희미하게 웃고 있었다.

"기다리고…… 있었다. 너를 보았으니 이제 여한은…… 없다……."

소옥은 비로소 아버지의 견정혈(肩井穴)을 꿰뚫고 어깨뼈를 관통하여 석벽에 단단히 박혀 있는 가느다란 철삭(鐵索)을 보았다. 목에 칼을 씌우고, 손발에 수갑과 족쇄를 채웠으면서도 어깨뼈마저 뚫어 벽에 박아놓은 그 잔인한 수법에 치가 떨렸다.

그녀는 자신의 힘으로 아버지를 움직일 수 없다는 것을 알았다. 부릅뜬 그녀의 눈자위에 붉은 핏발이 터질 듯 부풀어 올랐다.

꺼져 가는 마지막 기력을 모으는 듯 애써 눈을 크게 뜨고 입을 다문 아버지의 목 안에서 끄르륵거리는 울림이 계속 스며 나오고 있었다.

"네 사부는……."

한참 만에야 그가 흐린 음성으로 다시 입을 열었다. 소옥은 아버지의 꺼져 가는 눈을 바라보며 그 속으로 뛰어 들어가기라도 할 듯 온몸을 내민 채 고개를 끄덕였다.

"잘 계세요."

"그, 그녀에게 전해주어야 할…… 물건이…… 있다……."

소옥의 눈에 언뜻 의혹이 스쳐 갔다.

"그동안 내가 맡아서…… 보관해 오고 있었던 것…… 약속대로 네가 이처럼 장성하여…… 돌아왔으니…… 당연히 그녀에게 돌려주어야지. 오동나무 아래 함(函)이 있다. 네 사부에게 대신 전해주고…… 내가, 내가…… 미안하게 생각하고 있더라고…… 그 말을 꼭……."

점점 흐려지던 그의 말이 끝에 가서는 낮은 흐느낌으로 변하여 가라앉았다. 아버지는 울고 있었던 것이다. 소옥은 그것을 느꼈다. 그의 고개가 힘없이 옆으로 떨어졌다. 눈물 한줄기가 갈라 터진 볼을 타고 흘러내려 소옥의 손등에 떨어졌다. 아직 따뜻한 온기를 지니고 있는 아버지의 마지막 흔적이었다.

손등에서 말라가는 그 눈물 한 방울을 멍하니 내려다보며 소옥은 끝내 울지 않았다. 그녀의 입술에서는 더 이상 피가 흘러나오지 않았고, 가슴을 적셨던 피들도 엉키며 딱딱하게 굳어가고 있었다. 그리고 이제

는 그것들마저 다 말라가고 있었지만, 영영 움직이지 않을 듯 그녀는
한 손으로 아버지의 옷깃을 붙잡은 채 그렇게 무릎을 꿇고 앉아만 있
었다.

"낭자, 서둘러야 하오!"
문득 송청림의 다급한 외침 소리가 동굴 안의 음습한 어둠을 타고
웅웅거리며 밀려들었다. 소옥은 가만히 눈을 들어 다시 한 번 아버지
의 얼굴을 바라보았다. 낯설었다. 처음 보는 사람인 것처럼 멀게만 느
껴졌다.
떨리는 손을 들어 그 볼을 쓸고, 눈을 감겨준 소옥이 품에서 작은칼
을 꺼내 선뜻 아버지의 손가락 한 개를 잘라냈다. 오른손 둘째손가락
이었다. 그것은 오동나무를 가리키던 손가락이었고, 소옥을 가리키던
손가락이었다. 세상을 가리키고, 그녀의 가슴을 가리켰으며, 사부를 따
라가야 할 먼 산 너머를 가리키던 그 손가락이었다.

—이 나무가 커서 잎이 무성해지면 그때는 다시는 집을 떠나지 않아도 된
다.

다섯 살 난 어린 자신의 머리를 쓰다듬으며 오동나무를 가리키던 아
버지의 그 말이 어둠처럼 짙게 펼쳐진 세월의 강을 훌쩍 건너와 가슴
속 가득히 아픔으로 박혀들었다.
이제 그 나무는 잎이 무성해졌고, 자신도 이처럼 돌아왔지만 떠나지
않아도 좋을 집은 어디에도 없었다. 함께 웃고 즐거워할 가족도 이제
는 없었다. 그리고 밖에서 들려오는 고함 소리와 병장기 부딪는 소리

들은 다시 그녀에게 떠나야 할 때라고 소리쳐 알리고 있었다.

'어디로 가야 한단 말인가?'

잘라낸 아버지의 그 손가락을 멍하니 바라보며 소옥은 스스로에게 물어보았다. 비로소 왈칵 목이 메어왔다.

"소옥 낭자!"

다시 송청림의 다급한 외침이 그녀의 어깨를 당겼다. 쓸쓸한 눈으로 한번 아버지의 주검을 바라본 소옥이 옷자락을 찢어 그 손가락을 소중히 감싸 품에 넣은 다음 돌아섰다. 이제 다시는 보지 못하게 될 아버지였다.

뚜벅뚜벅 걸어서 뇌옥을 떠나는 그녀는 박제(剝製)되어 버린 듯한 창백한 얼굴을 하고 있었다. 그리고 한 번도 뒤돌아보지 않았다.

바닥에 떨어진 횃불이 깜박거리다가 꺼져 버렸고, 뇌옥은 한 치 앞이 보이지 않는 어둠 속으로 갑작스럽게 가라앉았다. 음습한 부패의 냄새와 죽음의 냉기가 떠도는 어둠 속에서 점점 멀어지는 소옥의 발자국 소리만이 음울한 메아리로 남겨지고 있었다.

어느새 그렇게 많은 관병들이 몰려왔던 것인지, 뇌옥 앞은 수십 명의 중무장한 병사들로 겹겹이 에워싸여 있었다. 언뜻 보아도 삼십 명이 넘어 보이는 자들을 맞아 송청림과 두 명의 장한들이 힘겨운 싸움을 하고 있었다.

비록 지닌 바 무공이 뛰어났지만, 그들은 감히 관병들의 진세 속으로 뛰어들 엄두를 내지 못하고 있는 듯했다. 다만 힘을 다해 관병들이 뇌옥에 접근하지 못하도록 막아내고 있을 뿐이었다.

방패를 앞세운 자들이 조여오면 그 뒤를 장창을 겨눈 자들이 따랐다. 두 명의 말이 없는 장한들은 등에 지고 있던 쌍도(雙刀)를 모두 뽑아 든 채 이리 뛰고 저리 뛰며 그들을 밀어내기에 정신이 없어 보였다. 종횡으로 얽은 동주(銅柱)에 등갑(藤甲)을 씌우고 다시 질긴 쇠가죽으로 덧씌운 커다란 방패 앞에서는 힘을 다해 찍어 내리는 칼질도 별 위력을 발휘하지 못했다.

송청림 또한 날선 검을 뽑아 든 채 방패 뒤에 숨어서 불쑥불쑥 찔러오는 장창들을 밀어내고 쳐내느라고 온몸이 땀에 흠뻑 젖어 있었다. 병사들은 이런 일에 대비하여 충분히 연습한 듯했다. 일 대 일로는 강호의 고수들을 상대할 수 없겠지만, 그처럼 대오를 갖추어 밀고 찔러오자 그 위력이 무시무시하기 짝이 없었다.

"낭자, 부친께서는?"

다시 힘껏 검을 뿌려 장창 한 개를 잘라낸 송청림이 훌쩍 뛰어 물러서며 소옥을 보고 빠르게 물었다. 얼굴이 붉게 달아올라 있었고, 이마를 타고 굵은 땀방울들이 떨어지고 있었지만 어느 구석에도 소옥을 원망하는 기색은 보이지 않았다.

소옥이 그런 송청림의 얼굴을 물끄러미 바라보다가 천천히 시선을 멀리 던졌다. 문득 그녀의 눈 속에서 강렬한 불길이 활활 타올랐다. 증오와 원망으로 치솟아오르는 불길이었으면서, 그 속에는 감히 말할 수 없는 절망이 어둠으로 더욱 크게 일렁이고 있는 그런 눈길이었다.

소옥의 변한 모습에 놀란 송청림이 그녀의 시선을 따라 고개를 돌렸다. 병사들의 두터운 등갑 너머 저쪽 구석에 세 명의 흑의인들이 한가롭게 팔짱을 끼고 서 있는 게 보였다. 동창의 창위들이 분명했다.

"낭자, 어쩌려고?"

송청림이 불안한 얼굴로 소옥을 돌아보고 다급하게 말했다. 그러나 그녀의 얼굴에는 아무 표정도 없었다. 차갑고 창백하게 가라앉은 얼굴 위에서 이글거리는 눈만이 붉게 충혈되어 섬뜩해 보일 뿐이었다.

"죽인다."

송청림은 싸늘하게 이마를 눌러오는 그 낮고 차가운 음성에 깜짝 놀랐다. 그건 소옥의 음성이 아니었다. 저 깊은 무저갱(無底坑) 속에서 웅얼거리는 아수라(阿修羅)의 음성이었고, 어둠 뒤에서 새하얀 송곳니를 드러내고 다가오는 야차(夜叉)의 중얼거림이었다.

"나, 낭자……?"

등줄기를 훑고 내려가는 서늘한 소름에 놀란 송청림이 주춤 물러섰다.

"죽인다."

다시 한 번 중얼거린 소옥이 천천히 등 뒤에 메고 있던 풍향검(風向劍)을 뽑아 들었다. 이글거리는 횃불 아래 창백한 검기가 하얗게 일어 검신을 몽롱하게 감추었다.

이를 악문 소옥이 땅을 박찼다. 눌러오는 방패에 일격을 가하고 몸을 트는 장한이 다섯 걸음 앞에 있었다. 홀쩍 뛰어오른 그녀가 그중 한 명의 어깨를 한 발로 가볍게 딛고 탄력을 빌어 다시 몸을 날렸다. 그러자 그녀의 몸이 날개를 활짝 펴고 날아오르는 한 마리 커다란 새처럼 관병들의 머리 위로 솟구쳐 올랐다.

"위다!"

무리의 중앙에 서서 칼을 휘두르며 끊임없이 고함을 질러 독려하던 군관이 그렇게 소리쳤다. 그와 함께 앞을 향해 내뻗었던 장창들이 일제히 소옥을 노리고 곤두세워졌다.

"저런, 무모한 짓이!"

놀란 송청림이 버럭 소리쳤을 때, 힘이 다한 소옥의 몸은 막 아래로 떨어져 내리고 있었다. 저렇게 떨어진다면 산적처럼 창날에 꿰이고 말 것이 분명했다.

송청림의 얼굴빛이 새파랗게 질렸다. 그리고 곧 그는 눈을 부릅뜨고 자신이 본 것에 대하여 의심해야 했다. 헛것을 본 거라고 중얼거리는 그의 눈에 곤두선 창날들을 밟으며 달려나가는 소옥의 모습이 가득 담겼다. 그것은 여태까지 본 적도 들은 적도 없는 놀라운 경공의 절기였다.

송청림은 그녀가 마치 험한 파도를 타고 출렁거리는 가랑잎 같다고 생각했다. 불쑥불쑥 찔러대는 창끝을 밟아야 했으므로 때로는 높게, 또 때로는 그보다 낮게 작은 몸이 오르락내리락거리고 있었던 것이다.

"요상한 년이다!"

놀란 군관이 외치며 두 팔을 좌우로 휘저었다. 그러자 창을 찔러대던 관병들이 우르르 물러서며 넓은 공간을 두었다. 소옥이 더 이상 창끝을 밟고 달려가지 못하도록 하려는 생각이었으나, 그러면 그녀가 곧 자기 앞에 떨어져 내리게 된다는 것을 미처 생각하지 못한 어리석은 짓이었다.

군관이 당황했을 때는 이미 머리 위에 떨어져 내리는 소옥의 싸늘한 검광을 피할 수가 없었다.

"으악!"

그의 입에서 처절한 비명이 터져 나왔다. 투구와 함께 정수리를 단번에 두 쪽으로 갈라 버린 소옥이 손목을 타고 전해오는 반탄력에 의지하여 허공에서 우아하게 몸을 접었다가 쭉 폈다.

곤륜이 자랑하는 절세의 경공신법(輕功身法)인 신룡선무(神龍旋舞)가 펼쳐지자 한 모금 숨의 힘을 빈 그녀의 몸이 다시 허공을 날아갔다.

지휘자를 잃고 당황하는 관병들의 창끝을 몇 번 걷어찬 그녀가 곧장 흑의인들의 면전에 떨어져 내렸다.

"죽인다!"

날카로운 외침이 세 번째로 그녀의 입에서 터져 나왔다. 그와 함께 흑의인들이 삼면으로 쫙 갈라서며 일제히 검을 뽑아 쳐 나왔다.

그것을 바라보는 소옥의 눈에는 오직 살기만이 가득할 뿐, 조금의 두려움도 망설임도 떠올라 있지 않았다. 그녀는 흡사 신지(神知)를 잃어버린 광녀(狂女)가 된 듯했다. 자기 자신이 지금 무엇을 하고 있는지도 모르고 있는 게 분명했다.

풍향검을 굳게 움켜쥐고 뽀드득 이를 가는 그녀의 얼굴이 귀면(鬼面)을 뒤집어쓴 것 같았다.

흑의인들의 신랄한 검격이 그런 소옥의 한 몸에 소나기처럼 쏟아졌다. 몸 가까이 검봉이 이르기를 기다리고 있었던 듯, 잠자코 서 있던 소옥이 갑자기 움직였다. 그러자 그녀의 몸이 두 개, 세 개로 갈라져 보였다. 전후좌우를 눈 깜짝할 사이에 오가는 그 움직임이 마치 허깨비라고 착각할 만큼 빠르고 교묘했다.

챙챙챙—!

세 번의 맑은 검명(劍鳴)이 터져 나왔다. 그리고 흑의인들이 놀란 토끼가 물러서듯 재빠르게 뛰어 검역(劍域) 밖으로 뛰쳐나갔다. 그들의 손에는 반 토막만 남은 검이 들려져 있었다.

순식간에 당한 그 일을 믿을 수 없다는 듯 멍하니 서 있던 흑의인들이 일제히 소옥을 향해 부러진 검을 던지고 그 뒤를 따라 덮쳐들었다.

소옥은 살기로 충만한 가슴이 터져 버릴 듯 답답해졌다. 그녀는 자신도 깨닫지 못하는 사이에 사부의 당부마저도 잊은 채 유룡검법(遊龍劍法)을 펼쳐 냈던 것이다. 흑의인들의 가슴을 노리고 살기를 실어 뿌렸지만, 어찌 된 일인지 기식(氣息)이 뒤따라 주지 않았다.

─목숨을 다투는 긴박한 순간이 아니라면 유룡검법을 펼쳐 보이지 마라.

문득 간곡히 이르던 사부의 말이 유성처럼 머리 속을 스쳐 갔다. 그러나 잠시 맑아지는 듯했던 그녀의 눈은 검편을 던지며 달려드는 흑의인들을 본 순간 다시 흐려지고 말았다. 반드시 죽이고 말겠다는 살기가 크게 솟구쳐 정신이 더욱 혼미해졌다.

그녀는 본능적으로 다시 유룡검식을 떨쳐 냈다. 무의식 중에도 그것이 천하제일의 검초라고 했던 사부의 말이 그녀를 움직이게 했던 것이다. 살기가 검초에 실려 크게 뻗어 나갔다.

회룡자무(徊龍紫霧)의 검식이 팔방을 가두고 떨쳐지자 그녀의 몸을 마치 한 마리 거대한 백룡(白龍)이 감싸고 있는 듯 장엄한 검기가 꿈틀거리며 뻗어 나갔다. 수천 수만 개의 은빛 비늘들이 일시에 일어서서 하늘을 뒤덮었다.

소옥을 향해 맹렬하게 부딪쳐 오던 흑의인들이 크게 놀라 일제히 무지막지한 권경(拳勁)을 쏟아내며 급히 몸을 틀었다. 그러나 그들은 그녀가 한번 떨친 검세의 그물에서 벗어날 수가 없었다.

우르르릉─!

그들의 권경이 소옥의 검세와 부딪치자 그것에 스스로 반응하듯 은은한 뇌성과 함께 무거운 기파(氣波)가 일어 사납게 팔방을 때리며 쏟아져 나갔다. 온몸에 박혀드는 검편(劍片)의 살기를 벗어날 수 없게 된 흑의인들의 낯빛이 두려움으로 새파랗게 질려갔다.

크게 일으킨 사문의 유룡신공(遊龍神功)을 검끝에 실어 막 그들의 가슴을 뚫고 목을 찔러 버리려던 소옥이 갑자기 욱! 하는 비명을 터뜨리며 멈칫했다. 그 순간 삼엄하던 검세가 씻은 듯 사라져 버렸고, 그것을 뚫고 밀려 들어온 삼 인의 권경이 소옥의 어깨와 가슴 등에 적중하였다.

"흐윽!"

"악!"

비명은 소옥에게서뿐만 아니라 그녀를 몰아친 자들의 입에서도 동시에 터져 나왔다.

그들은 소옥을 친 순간 그녀의 몸에서 뻗어 나오는 거대한 기운을 느껴야 했다. 그것은 팔목을 마비시키며 노도처럼 가슴으로 밀려드는, 폭열(爆熱)처럼 뜨거운 충격이었다.

혼비백산한 삼 인의 흑의인들은 더 이상 대항할 생각을 잃고 일제히 몸을 돌려 달아났다. 그것을 본 송청림과 두 장한이 버럭 고함을 지르며 모든 힘을 다 쏟아 병사들의 방패를 두드렸다.

"흐앗!"

그들의 장력이 전해오는 무거운 충격을 견디지 못하고 선두의 대열이 답답한 비명을 지르며 무너져 내렸다. 그 틈을 뚫고 몸을 던진 송청림 일행이 진열을 정비하기 위해 정신이 없는 관병들의 머리를 차고 허공으로 솟구쳐 올랐다.

그렇게 몇 번 몸을 날리자 그들은 관병들의 두터운 포위 바깥으로 벗어날 수 있었다.

"소옥 낭자!"

송청림이 다급하게 외치며 소옥을 바라보고 몸을 날렸다. 그의 눈에는 소옥이 흑의인들의 권경에 심각한 부상을 입은 듯 보였던 것이다. 아무래도 그녀의 검이 동창의 고수 셋을 한꺼번에 상대하기에는 역부족이었던 모양이라고 생각했다.

*   *   *

'이상한 일이다. 어째서 그랬을까…….'

관부의 담을 뛰어넘어 무작정 어둠을 바라보고 달리는 송청림의 등에 업혀 흔들리면서 소옥은 내내 그 생각에 몰두했다.

가슴을 역류하며 온몸을 불 속에 던져 넣은 듯 뜨겁게 달구었던 알 수 없는 기운은 많이 가라앉아 있었다. 적절한 순간에 힘껏 어깨와 가슴을 때려온 흑의인들의 경력 때문이었다. 그들의 충실하고 무거운 내력에 기문(氣門)이 충격을 받자, 갑작스럽게 날뛰던 기혈이 그것에 스스로 반응하면서 힘을 상쇄시키고 잠잠해져 갔던 것이다.

소옥은 그 이치를 짐작할 수 있었지만, 어째서 사문의 유룡신공을 운기하자 기혈이 역류하는 그런 일이 벌어졌는지를 알 수 없었다. 스스로 신공을 연마하고 운기할 때는 전혀 그러한 증상이 없었다.

사문에서 유룡신공을 운기하여 칠십이식 유룡검법을 시전했을 때, 기운은 한 가지로 고르게 이끌려 주었고, 내력이 끊임없이 샘솟아 검에 활기를 더해주었다. 처음과 끝이 변함없이 이어지는 그 상쾌함에 검법을 시전하고 나면 오히려 몸과 마음이 한결 가벼워지곤 했던 것이다.

그 모습을 지켜보며 사부는 대성(大成)을 눈앞에 두고 있다고 칭찬을 아끼지 않았었다. 그런데 오늘 죽여야 할 적을 두고서는 어째서 그런 현상이 일어난 것인지 아무리 생각해 보아도 이해되지 않았다.

소옥은 혼미한 상태에서 펼쳤던 자신의 검법과 신공의 운기에 대하여 차근차근 더듬어보았다. 혹시 이성을 잃은 중에 운기를 잘못했던 건지도 모른다고 의심해서였다. 그러나 맑아진 정신으로 다시 생각해 보아도 사문에서 연습한 대로, 이미 몸과 마음 깊이 새겨진 그 수법에서 벗어난 적이 없었다. 그것이 소옥을 더욱 알 수 없게 했다.

─그것이 살기와 극성이기는 하지만, 유룡검법은 가히 천하제일의 검법이라 할 만하다.

풍향곡을 떠나던 날 사부가 해주었던 말이 언뜻 떠올랐다. 어쩌면 그 말속에 이 일의 비밀이 있는 건지도 모른다고 생각했다. 그러자 그렇다면 사부는 어째서 거기에 대해서는 더 이상 말해 주지 않았던 것일까 하는 의문이 새롭게 떠올랐다.

─유룡검법은 어떤 상황에서도 상대를 누르고 너를 지켜주기에 조금도 부족함이 없다.

처음 사부로부터 그것을 전수받기 시작했을 때, 엄숙한 얼굴로 이르던 사부의 말이 뒤이어 귓전에 울렸다. 아직까지 소옥은 사부의 그 말에 한 점 의심을 해보지 않았고, 지금도 그랬다. 하지만 적을 눈앞에 두고 기혈이 역류하여 자칫 목숨을 잃을 뻔한 상황에 처했었다는 것은 꿈이 아닌 현실이었다. 그들이 손에 검을 들고 찔러왔더라면 자신은 벌써 참혹한 주검이 되어 나뒹굴고 있을 것이었다.

'이 일은 정말 알 수 없다.'

소옥이 가만히 머리를 흔들었다. 언제든 사부를 만나면 그것에 대하여 자세히 물어보리라고 다짐하는 데 송청림이 고개를 돌려 그녀를 바라보았다.

"어? 낭자, 깨어나셨소?"

머리를 흔드는 그녀의 기척을 느낀 것이다.

어딘지 짐작도 할 수 없는 어둠 속을 바람처럼 내달리기만 하던 송청림이 우뚝 멈추어 섰다. 그러자 소옥의 몸이 앞으로 와락 쏠리며 그의 넓은 등에 가슴이 더욱 밀착되었다.

처음에는 의식이 없어서 느끼지 못했고, 나중에는 자신만의 생각에 몰두해 있었기에 알지 못했지만, 이제 눌려진 가슴을 통하여 그의 체온과 숨결을 느끼게 되자 참을 수 없는 부끄러움과 당황함으로 몸이 뻣뻣해졌다.

"내려놔욧!"

그녀가 버둥거리자 엉덩이를 받치고 있던 큼직한 그의 손이 더욱 그것을 꽉 움켜쥐며 조였다. 소옥은 그만 머리 속까지 멍해지고 말았다.

"아직 갈 길이 멀었소. 불편하더라도 조금만 참고 계시구려."

"이, 이……!"

부끄러움이 지나쳐 걷잡을 수 없는 노여움으로 변했다. 소옥이 그의 뒤통수를 부수기라도 할 듯 주먹을 치켜들었다. 그러나 그녀는 곧 아! 하는 낮은 비명을 터뜨리고 힘없이 그의 어깨에 팔을 걸칠 수밖에 없었다. 마치 내력을 몽땅 잃었거나, 심한 병을 앓고 있기라도 한 것처럼 조금도 힘을 쓸 수가 없었던 것이다.

"왜 그러시오? 어디가 잘못되었소?"

송청림이 다시 그녀를 돌아보며 급하게 물었지만, 소옥은 차마 대답할 수가 없었다. 입술을 물고 아예 눈마저 꼭 감아버린 그녀가 그의 어깨에 얼굴을 떨구고 말았다. 고개를 들고 있기조차 힘에 겨웠던 것이다.

등 위에 축 늘어져 버리는 소옥을 느낀 송청림은 마음이 더욱 급해졌다. 그녀가 단단히 잘못된 모양이라고 생각한 그가 발에 더욱 힘을 주어 땅을 박찼다.

십여 장 앞에 멈추어 서서 바라보고 있던 두 장한도 이내 등을 돌리고 다시 어둠 속으로 무섭게 내달리기 시작했다.

소옥은 이제 자신의 의식이 멀쩡하게 돌아왔다는 것을 뉘우치고 원망했다. 흔들리는 송청림의 등에 밀착된 가슴을 뗄 수 없다는 것이 절망스러웠다. 엉덩이를 받치고 있는 그의 단단한 손이 느껴지는 데에서는 더 말할 것도 없었다.

흔들리는 그의 등에 붙어서 함께 흔들리는 몸을 가눌 생각마저도 버린 채, 소옥은 두 눈을 꼭 감고 애써 자신은 의식이 없다고 주문을 외듯 수없이 중얼거렸다.

앞서 달리던 두 장한이 갑자기 불에 데인 듯 뒤로 물러섰다. 달리던 속도를 늦추지 않은 채 퉁겨지듯 중심과 힘을 뒤로 옮겨 일 장이나 물러서는 그 신법이 놀라웠다.

"엇!"

송청림도 크게 놀라 걸음을 멈추고 외마디 비명을 질렀다. 소옥이 가만히 눈을 뜨고 바라보자 앞쪽의 어둠 속에 시린 검광이 번쩍이는 게 보였다. 네 명이었다. 흑의를 입고 죽립을 눌러쓴 것으로 보아 동창의 창위들이 분명했다.

어느새 길을 돌아와 가로막은 건지 의아해할 새도 없었다. 뒤쪽에서 삐익—! 하는 날카로운 호각 소리가 들려온 것이다.

비로소 소옥은 자신들이 쫓기고 있었다는 것을 깨달았다. 그랬기에 송청림이 자신을 한사코 내려놓으려 하지 않았던 것이다. 이들이 쫓기는 이유가 자기 때문이라고 생각한 그녀는 당황하고 있는 기색이 역력히 느껴지는 송청림과 자신의 앞에 버티고 선 채 두 자루의 칼을 뽑아 들고 숨을 고르고 있는 장한들을 보며 마음 깊이 미안한 생각이 들었다.

"더 갈 데라도 있나?"

앞을 가로막고 있는 자들 속에서 차갑게 가라앉은 음성이 들려왔다. 비웃음을 담고 있는 소리였다.

"물론이오. 아직도 갈 길이 많이 남았다오."

송청림이 태연하게 응대했으나, 소옥의 엉덩이를 받치고 있는 그의 두 손에는 저도 모르게 잔뜩 힘이 들어가 있었다. 소옥이 그것을 느끼고 가볍게 한숨을 쉬었다.

"나를 내려놔요. 설마 당신은 스스로 손발을 묶어놓고 싸우려는 건 아니겠지요?"

송청림이 그녀의 귀에만 들릴 만큼 작은 소리로 속삭였다.

"참고 기다릴 수 있겠소?"

소옥이 말없이 고개를 끄덕이자 송청림이 그녀를 가만히 내려놓았다. 소옥은 서 있을 수도 없어서 그만 주저앉아 버리고 말았다. 한번 그녀를 안타깝게 바라본 송청림이 다시 작은 목소리로 속삭였다.

"반드시 무사할 거요. 그러니 편히 앉아서 구경이나 하시구려."

이 위태로운 상황에서도 자신의 마음을 진정시켜 주기 위해 애쓰는 그의 모습을 보며 소옥은 처음 가슴이 두근거리는 묘한 느낌을 받고 얼굴을 붉혔다. 그녀가 애써 희미한 웃음으로 대답을 대신해 주자 송청림이 되었다는 듯 가슴을 활짝 펴고 몇 걸음 앞으로 나섰다.

"대체 어찌 된 거지? 개집에 들어앉아 위충현을 지키고 있어야 할 북경의 황구(黃狗)들이 몽땅 이 먼 강서 땅으로 달려온 것 같으니…… 설마 그새 위충현이 하늘의 벌을 받아 죽어 없어지기라도 한 거란 말인가? 그래서 주인 잃은 개들이 산하를 방황하는 건가?"

지독한 이죽거림이었다. 그러나 목석을 깎아놓은 자들인 듯, 흑의 죽립인들은 거기에 대해 아무런 반응도 보이지 않았다. 그들은 조금씩 더 차갑게 가라앉아 가는 살기를 내보이며 서 있을 뿐이었는데, 그것이 소리를 지르고 위협하는 것보다 오히려 위험해 보였다.

그러는 사이에도 옷자락 펄럭이는 소리와 함께 다시 다섯 명의 흑의 인들이 뒤쫓아와 퇴로를 막아섰다. 송청림의 얼굴에 초조하고 당황해 하는 기색이 여실히 드러났다.

앞을 가로막고 있는 네 명의 흑의인들이 모두 만만치 않아 보이는데, 뒤를 쫓아온 다섯 명의 흑의인들이 더해져 동창의 고수들은 모두 아홉 명이나 되었다.

송청림은 자신과 한때 장강쌍룡(長江雙龍)으로 불리던 두 명의 장한 만으로는 그들을 모두 상대한다는 것이 불가능하다는 것을 알았다. 게다가 운신조차 제대로 하지 못하는 소옥을 보호해야 하는 입장이었으므로 어려움은 더했다.

그가 이 어려움을 어떻게 극복해야 할 것인가를 두고 골몰하고 있을 때, 뒤쫓아온 자들 중에서 한 명의 흑의 죽립인이 두어 걸음 나서며 입을 열었다.

"단혈맹(丹血盟)에 대해서는 동림당의 무리들과 똑같이 대한다."

그 말을 들은 소옥은 송림 속의 낡은 사당 안에서 송청림으로부터 천하의 십대고수들에 대하여 들은 것을 기억해 냈다. 그는 분명히 이검(二劍) 중 한 명인 운리성검(雲理聖劍) 제만엽(齊萬燁)이 하북(河北) 무림의 영수이자 단혈맹의 지도자라고 말했었다.

'이들은 단혈맹의 사람들이었나?'

단혈맹이 무엇을 하는 집단인지는 알 수 없었으나, 괴이사기(怪異四奇)를 포함해서 천하 십대고수 중 다섯 명이 함께하고 있다는 것은 놀랄 만한 일이었다. 소옥은 그것만으로도 단혈맹이 얼마나 막강한 힘을 가지고 있는 집단인지 짐작할 수 있었다. 그런데, 하북에 뿌리를 두고 있는 그들이 멀리 강서 땅에까지 내려와 이번 일에 개입했다는 것은 의외의 일이었다.

"과찬이로소이다. 어찌 보잘것없는 무부(武夫) 따위가 자신의 피를 뿌려 이 땅에 충의지도(忠義之道)를 세우려는 동림당의 영웅들과 같을 수 있겠소이까? 당신들은 아마도 단혈맹을 너무 높이 평가하고 있는 것 같소."

송청림이 짐짓 겸양하는 듯 말하며 두 손마저 설레설레 내저었다.

"흥!"

그의 비아냥거림이 마음에 들지 않았던 듯 죽립인이 차갑게 코웃음을 쳤다.

"어쨌든 오늘 너희들은 한 놈도 살아서 이곳을 빠져나가지 못한다."

그가 검자루를 두드리며 말했다. 송청림은 죽립 아래로 드러난 그의 입꼬리가 한쪽으로 비틀리는 것을 보았다. 그는 비웃고 있었던 것이다.

음, 하고 신음한 송청림의 얼굴이 어두워졌다. 그는 비로소 동창의 무리들이 이처럼 많이 몰려와 있는 이유를 알 것 같았다. 그들은 강서성의 동림당을 뿌리 뽑는 것은 물론 자신들도 암중에서 노리고 있었던 것이 분명했다.

죽립 안에서 차갑게 빛나는 눈빛을 송청림에게 던지고 있는 자는 홍안령(紅眼領) 소속 갑조(甲組)의 차수(次首)인 염동서(廉東瑞)였다. 그는 두 자루의 칼을 뽑아 든 채 무표정하게 허공만 바라보고 서 있는 장강쌍룡을 보고 눈살을 찌푸렸다. 눈앞에서 또박또박 말대꾸를 해오는 젊은 놈보다 그들 멋없게 생긴 두 명의 대한에게 더 신경이 쓰였던 것이다.

그는 앞서 나타나 송청림 일행의 앞을 가로막았던 네 명의 동료들을 바라보았다. 그들 중 세 명은 아직 번역(番役)에 들기 전인 자들로서, 동창 소속의 무사에 지나지 않았지만 하나같이 무시할 수 없는 무위(武威)를 지닌 자들이었다.

게다가 그들을 이끌고 있는 사람은 자신이 속해 있는 갑조의 창위(廠衛)들 중에서도 손과 발이 빠르기로 이름난 자로서, 함께 영주인 단목기를 수행해 이곳까지 온 이전성(李田盛)이었다. 그렇다면 자신과 자신이 이끌고 온 네 명의 무사들은 어쩌면 두 손을 놓고 구경이나 하고 있어도 될지 모른다고 생각했다.

마음에 더욱 여유를 갖게 된 염동서가 눈길을 돌려 소옥을 바라보았다. 땅에 주저앉아 눈만 반짝이고 있는 것이 부중에서 그녀를 가로막왔던 세 명의 무사들을 상대하면서 심각한 부상을 입은 것이 분명해 보였다. 그들로부터 그녀의 검법이 괴이하고 무섭기 짝이 없다는 말을 들었지만, 저처럼 운신조차 하지 못하는 몸이라면 더 이상 겁낼 게 없었다.

'이 싸움은 하나마나다.'

그렇게 단정 지은 염동서가 더욱 느물거리는 어투로 눈앞의 송청림을 비웃었다.

"우리가 주인의 그늘을 벗어난 강아지들을 어떻게 때려잡는지 보여주지."

"핫!"

송청림이 어이없다는 듯 커다랗게 코웃음을 치고 나서 염동서를 가리켰다. 그가 자신이 비웃던 말투를 흉내 내어 비아냥거려 왔기 때문이다.

"위명이 쟁쟁한 동창으로서도 감히 정면에서 단혈맹을 상대하긴 두려운 모양이지? 하지만 아무리 강아지라도 쥐새끼를 무는 데는 충분하지 않을까?"

"죽일 놈!"

염동서가 더 참지 못하겠다는 듯 이를 갈고 뒤로 물러섰다. 그것을 신호로 삼은 듯, 그때까지 말없이 그의 뒤에서 때만 노리고 있던 네 명의 무사들 중 두 명이 와락 달려들며 검을 뽑아 쳐왔다.

피이잉—!

호흡을 다스리는 기척도 없이 갑자기 쳐 나온 검격이 빠르고 깨끗했다. 이미 충분히 대비하고 있던 송청림이었지만 그들의 그와 같은 솜씨에는 놀라지 않을 수 없었다.

"창위들이 대단하다더니 과연 헛소문만은 아니었군!"

　　　　　*　　　　　*　　　　　*

　그 시간에 명정각(明政閣)의 대청에서 벌어진 싸움은 이제 막바지에 이르고 있었다.

　병풍 뒤에 숨어 있다가 갑자기 뛰쳐나온 세 명의 창위들을 가로막은 최명판관(催命判官) 최흘(崔屹)은 오랜만에 마음껏 살기를 떨치고 있었다.

　그의 주먹이 막 빗나간 검을 추스르던 자의 미간을 사정없이 찍었다. 와지직, 하는 기음과 함께 뜨거운 피가 확 뻗어 앞자락을 적셨다. 한번 이맛살을 찌푸린 최흘이 뒤에 딛고 있던 왼발 끝에 체중을 싣고 재빨리 맴돌았다.

　사아악ㅡ!

　그가 서 있던 공간을 가르고 두 개의 검인이 살처럼 스쳐 지나갔다.

　최흘은 왼쪽에서 몸을 기울이고 있는 자의 측면으로 살짝 다가서며 내심 이놈들은 과연 창위다운 솜씨를 지닌 자들이라고 생각했다. 검격의 신랄함과 흔들림없는 냉정함이 밖에서 마주쳤던 몇 명의 흑의인들과는 비교할 수 없이 뛰어났던 것이다.

　한 손을 뻗어 뒷덜미를 잡아가자, 우측에 있던 자가 몸과 함께 빗나간 검봉을 틀어 횡으로 후려쳐 왔다. 동료의 위기를 보고 다급하게 뿌려낸 검초였지만, 그 솜씨가 깨끗하고 사나운 것이 감탄할 만했다. 그러나 그자는 지금 자신이 상대하고 있는 복면인이 누구인지 전혀 짐작조차 하지 못하고 있었다. 그것이 어쩌면 그의 가장 큰 실수일 것이었다.

"흥!"

차갑게 코웃음친 최흘이 여전히 한 놈의 뒷덜미를 움켜쥐어 가며 오른손을 뒤로 뻗어 일지(一指)를 가볍게 퉁겼다.

피잉—!

그의 손가락 끝에서 날카로운 휘파람 소리가 났다. 마치 쇠꼬챙이를 휘두를 때 나는 차가운 바람 소리와 같았다.

쨍—!

낭랑한 쇳소리가 청 안에 맑게 울려 퍼졌다.

"흐웃!"

놀란 메뚜기처럼 펄쩍 뛰어 물러서는 자의 검신(劍身)이 꺾일 듯 크게 휘어졌다 돌아오며 윙— 하고 울었다.

팔목을 타고 저르르하게 전해져 오는 기운보다도 그자는 자신의 손에 들린 검에서 나는 소리에 더욱 놀랐다. 그것은 단단하기 짝이 없는 백련정강(百鍊精鋼)에 균열이 생기는 소리였던 것이다.

다급한 그 와중에도 그는 대체 손가락이 얼마나 단단하기에 쇠를 부술 수 있는 건지 문득 의아한 생각이 들었다.

눈 깜짝할 사이에 최흘의 손에 뒷덜미를 단단히 잡힌 자가 이를 악물고 왼팔을 뒤로 뻗어 옆구리를 찍어왔다. 함께 죽겠다는 비장한 일수(一手)였지만, 최흘이 손가락 끝에 내력을 실어 목뼈를 박살 내는 것이 더 빨랐다.

우두둑—!

뼈가 조각나는 섬뜩한 소리와 함께 급격히 기력을 잃은 자의 왼손이 맥없이 최흘의 옆구리를 한번 쓸어보고는 뚝 떨어졌다.

장검을 들고 주춤거리는 자를 향해 돌아서는 최흘의 눈이 싸늘한 살기를 띠고 가라앉아 있었다.

풍치 화상은 이제 왕융(王融)을 바라보고 있었다. 위충현 앞에서는 매 맞은 강아지처럼 몸을 낮추고 눈치를 보며 비굴한 웃음으로 침이 흐르는 줄도 모르더니, 강서성의 포정사(布政使)로 부임해 왔을 때는 하늘에 닿을 듯한 거만으로 사람들을 흘겨보던 자였다. 그런 왕융이 지금은 비 맞은 병아리처럼 숨을 쌕쌕거리며 감히 머리조차 들지 못하고 애처롭게 바들바들 떨고 있었다. 풍치 화상을 힐끔거리는 그의 눈에 절망과 애원이 가득했다.

꽝—!

머리 위에서 자욱한 흙먼지와 함께 부러진 들보며 서까래 조각들이 우박처럼 떨어져 내렸다. 지붕의 한쪽이 뻥 뚫려 그리로 별들이 촘촘히 박혀 있는 하늘이 보였다.

자욱했던 먼지가 서서히 가라앉자 두 사람이 훌쩍 뛰어 내려와 대청 입구를 가로막고 우뚝 섰다. 깡마른 몸의 비천철각(飛天鐵脚) 장풍서(長豐瑞)와 풍채가 좋은 영춘 진인(永春眞人) 곽부성(郭富晟)이었다.

한번 청(廳) 안의 상황을 돌아본 그들이 말없이 입구를 가로막고 섰다. 그러자 청 아래 몰려와 있던 관병들이 놀라 뒤로 물러섰다. 그들은 빤히 바라보면서도 감히 더 이상 뛰어들 엄두를 내지 못한 채 거친 숨만 내쉬고 있을 뿐이었다.

통제하고 명령할 군관이 없다는 것과 뒤에서 독려하던 동창의 무사들도 그림자 하나 보이지 않는다는 것이 그들로 하여금 어떻게 해야 할지 잘 판단할 수 없게 했다. 개인의 뜻과 의지는 처음부터 배제되고 오직 명령에 의해 움직이도록 철저하게 훈련받은 집단의 병폐가 고스란히 드러나는 순간이었다.

이제 청 안의 상황은 완전히 흑의에 복면을 한 괴한들의 수중에 떨어져 있었다. 마지막으로 대항하여 싸우던 창위마저 맥없이 검을 떨어뜨리고 최흘의 인정없는 손에 목이 잡혀 죽어가고 있었던 것이다.

"워, 원하는 게 뭐요? 돈이라면 얼마든지 주, 주겠소……."

이미 기절해 버린 계집을 방패 삼아 끌어안고 목을 움츠리고 있던 남창부(南昌府)의 지부대인(知府大人) 원원중(元原中)이 사뭇 떨리는 목소리로 겨우 말을 건네왔다. 그는 이런 지독한 일을 당하게 되리라고는 꿈에서도 생각하지 못하고 있었다. 이건 악몽이 분명하다고 믿고 싶었다.

"돈?"

풍치 화상(風痴和尙)이 고개를 갸웃하더니 원원중을 향해 뚜벅뚜벅 걸어갔다. 기겁을 한 원원중이 계집을 불쑥 내밀며 그 뒤에 숨어 목을 움츠렸다.

"아, 아니면 여자요? 여기 얼마든지 있으니 다 가져도…… 좋소……."

아직 의식이 남아 있던 몇몇 계집들이 그 말에 다시 찢어질 듯한 비명을 지르고 저마다 다리 사이에 얼굴을 파묻은 채 바들바들 떨었다. 그것을 보고 혀를 쯧쯧 찬 풍치 화상이 상위에 놓여 있던 큼직한 닭다리 한 개를 찢어 들었다.

군침을 삼키며 입에 넣으려던 그는 헛손질을 하고 말았다. 자신이 복면을 뒤집어쓰고 있다는 것을 잠시 잊었던 것이다. 쯧쯧 하고 다시 한 번 혀를 찬 화상이 계도를 상위에 콱 박아놓고 복면을 벗어 던졌다.

햇불 아래 번쩍거리는 그의 맨머리가 고스란히 드러났다. 그것을 본 원원중의 눈이 반짝 하고 빛났다.

"당신은 화상, 아니, 대사님이시오?"

눈앞의 악귀나찰 같던 자가 화상이라는 것을 안 원원중이 한 가닥 기대감으로 간절하게 그를 바라보았다. 오직 으적으적 닭다리를 뜯는 일에 몰두해 있는 풍치 화상의 눈에 만족해하는 빛이 가득했다.

"음, 이 맛은 아주 좋군."

어느새 닭다리 하나를 꿀꺽 해버린 화상이 피와 기름으로 범벅이 된 손을 혀로 핥았다. 허리에는 아직도 피가 뚝뚝 떨어지는 환관 조양서의 머리통이 대롱거리며 매달려 있는데, 붉고 큰 혀를 날름거리며 손바닥을 싹싹 핥는 그 모습이 기괴하다 못해 공포스럽기 짝이 없었다. 그러나 원원중은 한사코 화상의 불심(佛心)을 붙들고 매달릴 작정인 모양이었다.

계집을 내던진 그가 털썩 무릎을 꿇고 수없이 머리를 조아리기 시작했다.

"대자대비하신 부처님의 화신이시여, 오늘 이 중생을 가엽게 여겨 제발 공덕을 베풀어주소서. 그 은혜는 구천에 가서라도 잊지 않을 것이며, 살아서는 삼 대에 걸쳐 불당을 짓고 철마다 보화와 비단을 넘치도록 공양하여 스님의 덕을 기리겠습니다. 아미타불, 아미타불……."

두 손을 싹싹 비비며 울먹이기까지 하는 그의 모습이 진실로 깊이 뉘우치고 있는 불자(佛子) 같았다. 그것을 지그시 바라보던 풍치 화상이 다시 손을 뻗어 술병을 집어 들고는 벌컥벌컥 마셔댔다.

"스님의 법력이 하늘에 닿아 있으니 보살도 감동하고 부처님께서도 갸륵히 여겨 복과 덕을 더해주실 것입니다. 제발 자비를 베푸시어 이 보잘것없는 한 목숨을 부지하게 해주십시오. 나무아미타불……."

가슴의 옷자락이 젖는 줄도 모르고 게걸스럽게 술을 마시고 나서 트림하는 화상을 간절하게 올려다보며 원원중은 이제 어쩌면 살 수 있을지도 모른다고 생각했다. 그만큼 간절하게 빌었고, 화상이 저렇게 술과 고기를 먹었으니 기분이 한결 좋아져 자비를 베풀지도 모르는 일인 것이다.

"불쌍한 중생이로구나."

거푸 트림을 해대던 화상이 입에서 지독한 냄새를 풍기며 붉은 혀로 입술을 핥고 나서 던지듯 말했다. 원원중은 이때다 싶었다.

"맞습니다, 맞습니다. 이 몸은 팔순 노모를 봉양하고 있고, 여덟이나 되는 자식들을 거느리고 있으며 네 명이나 되는 처첩들을 먹여 살려야……."

아차, 하고 급히 입을 틀어막은 원원중이 풍치 화상의 눈치를 보았다. 화상이 눈을 부릅뜬 채 노려보고 있었다.

"뭐야? 집에 계집들이 넷씩이나 있어? 그러고도 이것들을 또 마누라로 삼을 작정이었단 말이냐?"

화상이 발아래 기절해 쓰러져 있는 계집을 가리키며 버럭 소리쳤다. 원원중의 등줄기를 타고 서늘한 소름이 달려갔다.

"그, 그게 아니옵고 실은……."

"썩을 놈!"

눈을 부라린 풍치 화상이 상위에 꽂아놓았던 계도를 다시 뽑아 들었다. 원원중의 얼굴이 사색이 되었다. 눈앞에서 화상의 계도가 번쩍이며 스쳐 갔다.

"악―!"

단말마의 비명을 터뜨린 원원중이 두 손으로 머리를 감싸고 나뒹굴었다. 손 안 가득 잘려진 머리카락들이 너풀거리며 잡혔다. 머리통에 서늘한 기운이 느껴졌다. 어느새 삭발을 한 듯 정수리의 머리카락들이 깨끗하게 밀려 횃불 아래 번쩍이는 알머리가 드러나 있었던 것이다.

넋을 잃고 있는 원원중을 한번 흘겨본 화상이 한껏 거드름을 피우며 음성마저 장중하게 했다.

"네놈의 불심이 갸륵해서 그 개 같은 목숨을 부지시켜 주노라. 하니, 방금 네 주둥이로 한 말을 잊지 말고 이 부처님을 위해 절을 짓고 금은보화와 비단으로 철마다 넘치게 공양을 올려야 하느니."

혼백이 거의 빠져나간 원원중이 정신없이 머리를 끄덕였다.

"음, 고개를 돌리면 피안이라더니…… 이놈이 제법 인연이 있어서 이렇게 금방 개과천선을 하니 과연 이 부처님의 불력이 높은 줄 알겠도다. 아하하하—"

제 흥에 겨운 듯 풍치 화상이 하늘을 보고 껄껄 웃었다. 그러자 그의 허리띠에 매달려 있는 머리통이 요동을 치며 사방으로 피를 퉁겨댔다.

"곧 날이 밝는다."

가만히 하는 양을 지켜보고 있던 최흘이 낮게 꾸짖었다.

"응?"

비로소 정신을 차린 풍치 화상이 한번 밖을 바라보고는 눈살을 찌푸렸다.

"너, 이리 오너라!"

그가 손가락을 까닥거리자 넋을 빼앗긴 듯 왕융이 머리를 끄덕였다. 그는 제가 무슨 짓을 하고 있는지도 모르는 게 분명했다. 화상의 손가락을 바라본 그가 홀린 듯 자리에서 일어나 주춤주춤 다가왔던 것이다.

"기특한 놈이로군. 내 고통없이 해주마."

왕융이 초점없이 풀린 눈으로 멍하니 화상을 바라보며 다시 고개를 끄덕였다. 완전히 넋이 빠져 달아난 모습이었다.

풍치 화상이 그런 왕융의 머리통을 어루만지며 다정하게 말했다.

"내세에서는 개나 돼지로 태어나 사람들을 위해서 몸 바쳐 그들의 입과 배를 즐겁게 해주어야 하느니. 그것이 현세에서 네가 저지른 못된 짓에 대해 속죄하는 길이니라. 알겠느냐?"

왕융이 다시 정신없이 머리를 끄덕였다. 반쯤 벌어진 입에서 흘러내린 침이 수염을 적시고 있었다.

칼빛이 번쩍이고, 왕융의 머리통이 발 아래 뚝 떨어져 한 바퀴 굴렀다. 아직도 벌어진 입에서 침이 흘러나오고 있는 채였다.

그것을 집어 조양서의 머리통과 나란히 허리띠에 찬 풍치 화상이 피 묻은 손 안 가득 떡을 움켜 입에 틀어넣고 우물거렸다. 그것을 본 최흘이 머리를 설레설레 저으며 탄식했다.

"나찰이 따로 없군."

"이제 그만 가자. 재미없다."

다시 한 움큼의 떡을 움켜쥐며 웅얼거리는 화상을 보던 최흘이 기어이 외면하고 말았다.

풍치 화상이 몸을 솟구쳐 천장의 구멍을 통해 지붕 위로 날아올랐다. 그 뒤를 최흘과 장풍서가 따랐고, 마지막으로 영춘 진인이 피비린 내가 자욱히 깔려 있는 대청을 한번 휘둘러 보고 떠나자 관병들이 비로소 와, 소리 지르며 몰려들었다.

어둠을 바라보고 기왓골을 밟고 달려 지붕에서 지붕으로 건너뛰는 그들의 뒤에서 날카로운 호각 소리가 울렸다.

"따라오나?"

부중을 벗어나 인적이 없는 야산 기슭에 다다르자 앞서 가던 풍치 화상이 문득 걸음을 멈추고 돌아보았다.

"빌어먹을 중놈아, 신경 쓸 것 없다. 어서 가던 길이나 가라."

장풍서가 복면을 벗어 던지며 낮게 으르렁거렸다. 쳇, 하고 한번 혀를 찬 풍치 화상이 품에서 술병 한 개를 꺼내 들고 히히 웃었다. 그 와중에도 재빨리 술병을 챙겨 넣은 화상을 보고 영춘 진인이 눈살을 찌푸렸다.

"다 좋은데 당신은 살인을 너무 좋아해서 탈이오."

몇 모금 꿀꺽꿀꺽 마셔댄 화상이 피 묻은 옷소매로 입가를 닦으며 하얗게 눈을 흘겼다.

"죽이려고 온 건데, 그럼 관상만 봐주고 가야 하나? 다 좋은데 너 도사 놈은 너무 점잖을 떨어서 그게 탈이다!"

"당신은 중이면서 하는 짓은 영락없는 악귀나찰이니, 누가 당신을 보고 감히 절 문에 들어설 엄두를 내겠소?"

영춘 진인이 복면을 벗어 들고 한숨을 쉬며 타일렀으나 화상은 오히려 얼굴색을 붉히며 대들었다.

"그러는 너 도사 놈아, 너는 그럼 왜 지붕 위에서 동창의 무사 놈들을 요절냈냐? 잘 어르고 타일러서 스스로 개과천선하게 만들어 제자라도 삼을 일이지."

할 말이 없어진 영춘 진인이 먼 산만 바라보고 한숨을 쉴 뿐, 대꾸하지 않았다.

"시끄럽소!"

최명판관 최흘이 복면을 벗어 던지며 낮게 꾸짖고 나섰다. 이대로 두면 화상이 또 무슨 트집을 잡고 싸우려 들지 모르는 일이었던 것이다.

"창위 놈들이 길목마다 매복하고 있을지도 모르는데 한가롭게 노닥거릴 정신이 있소?"

"가자, 가! 가면 될 거 아니야!"

화상은 다른 사람들은 다 우습게 여겼지만, 최흘에게만은 그렇게 할 수 없는 모양이었다. 그가 막 발작하려던 기색을 억지로 누르고 술병을 다시 품에 쑤셔 넣었다.

"제미랄 놈이 꼭 뒈진 지 석 달은 된 시체 상판을 해가지고 성질머리까지 저리 더러우니…… 그러게 여태까지 장가도 못 가고 늙은 홀아비 신세지 뭐야."

그냥은 못 돌아서겠던지 투덜거리는 화상을 매섭게 노려보던 최흘이 귀를 쫑긋 세웠다. 앞서 성큼성큼 걸음을 떼어놓던 화상도 무언가 수상한 낌새를 느낀 듯 입가의 침을 닦고 고개를 갸웃했다.

"어라? 판관 놈의 말이 맞긴 맞는 모양일세?"

그 말이 끝나기 무섭게 잡목 숲에서 한 무리의 흑의인들이 버석거리며 걸어나왔다. 조심성이라고는 전혀 없는 것이 이쪽을 단단히 얕잡아보고 있는 게 분명했다. 모두 네 명이었는데, 하나같이 풍기는 기도가 오만방자했다. 가만히 서 있었지만, 그 눈빛과 기색에서 평소에 턱으로 사람을 부리며 한껏 거만을 떨던 버릇이 여실히 드러났던 것이다.

마침 화풀이할 상대를 찾던 참에 잘되었다는 듯 화상이 얼굴 가득 좋아하는 기색을 띠고 히히 웃었다.

"기특한 놈들일세그려. 이 부처님의 손발이 심심한 줄 알고 때맞추어 육신공양을 하러 왔으니 이 아니 갸륵한가? 잠깐만 기다리고 있거라. 부처님이 네놈들을 고이 극락으로 인도해 주마."

너스레를 떨면서 한번 허리춤을 추슬러 늘어진 두 개의 목을 추켜올린 화상이 계도를 뽑아 들고 바람 소리를 내며 곧장 달려나갔다.

"성도 이름도 다 필요없다. 그냥 목이나 내놓거라. 아미타불!"

풍치 화상의 계도가 날카로운 휘파람 소리를 뿌리며 어지럽게 떨어져 내리자, 그 앞에 서 있던 두 명의 흑의인들이 물이 갈라지듯 좌우로 벌어지며 신랄하게 검을 뿌려댔다.

쨍—!

날카로운 쇳소리가 한 번 울렸다. 새파란 불똥이 날리는 것을 따라 흑의인 한 명이 내던져지듯 뒤로 퉁겨져 나갔다. 그의 손에 들려 있는 검이 곧 부러질 듯 웅웅거리며 울었다.

"제법이다?"

의외라는 듯 풍치 화상이 계도를 이리저리 돌리며 고개를 갸웃했다. 자신의 한칼을 정면에서 받아내고도 무사하다는 것이 자못 의아스러운 모양이었다.

"음, 지독한 중놈이군."

화상의 칼을 피해 물러섰던 자가 어깨를 늘어뜨린 채 다시 덤벼들 엄두를 내지 못하고 있는 동료를 힐끔 바라보고 혀를 찼다.

'이건 괴상한 늙은이들 아닌가?'

갑조(甲組)의 조장인 벽력흑모(霹靂黑貌) 위추경(魏錘庚)은 고개를 갸웃했다. 그는 네 명의 늙은이를 내심 안됐다고 생각하고 있었다. 하고 많은 길을 두고 하필 이곳으로 도망쳐 와 자신의 칼에 늙은 목숨을 맡기게 된 것을 가엾게 여기는 마음도 들었던 것이다. 그러나 눈앞에서 화상의 도법(刀法)을 보고 나자 그런 생각이 씻은 듯 사라져 버리고 말았다.

단혈맹의 무리들이 부중에 난입할 것이라는 정보를 입수한 위추경은 강서 지부의 무사들을 무려 스무 명이나 동원하여 만반의 대비를 해두었다. 그리고 그들 외에도 강서성에 내려온 갑조 열 명의 창위들과 자신이 있는 이상 누구도 감히 살아서 돌아갈 수 없을 것이라고 굳게 믿었다.

부중에서 불게 될 피바람을 지켜보는 것도, 피 냄새를 맡는 것도 싫어진 그는 그곳의 일을 수하들에게 맡겨둔 채 바람이라도 쐴 겸 해서 동북방의 야산을 매복지로 삼고 느긋하게 쉬고 있던 참이었다. 설마 이곳까지 도망쳐 오는 자들이 있을 것이라고는 기대하지도 않았다.

한가롭게 누워서 별이나 헤아리고 있다가 일이 다 끝났다는 전갈을 받으면 어슬렁거리며 돌아가 뒤 마무리나 깔끔하게 해주고 떠날 작정이었다. 그는 이 낯선 강서 땅이 싫었다. 어서 북경으로 돌아가고 싶은 마음만 간절했다.

그런데 수상쩍은 네 명의 노인들이 달려온 것이다. 한눈에 그들이 부중에 난입했다가 쫓겨온 자들이라는 것을 알 수 있었다. 겹겹이 에워싸고 있을 관병들과 자신의 수하들마저 뚫고 이곳까지 왔다는 것은 어쨌든 칭찬할 만했다. 하지만 그것이 늑대를 피하려다 범의 굴에 들어온 꼴이라고 여기지 않을 수 없었다.

그러나 화상의 칼질을 한번 본 위추경은 자신의 생각을 싹 바꾸어야 했다. 위험한 자들이라는 것을 비로소 실감했던 것이다.

"단혈맹인가?"

위추경이 주춤거리는 수하들을 헤치고 나섰다. 그의 한 손은 허리의 칼자루에 놓여져 있는 채였다.

"것봐, 이놈들은 다 알고 있었다니까?"

위추경의 말에는 대꾸도 하지 않은 채 화상이 뒤를 돌아보고 소리쳤다.

"대체 어떻게 알았지? 혹시 이놈들 중에 점쟁이라도 있는 건 아닐까?"

그가 위추경을 바라보며 알 수 없다는 듯 고개를 갸웃거렸다.

피식 웃으며 찬찬히 화상의 면면을 살펴보던 위추경은 그제야 허리띠에 매달려 있는 두 개의 목을 보고 흠칫 놀랐다. 아직도 핏방울이 뚝뚝 떨어지고 있었는데, 자세히 보자 그것은 바로 강서성의 포정사(布政使)와 감군(監軍)으로 부임해 온 왕융과 환관 조양서의 것이었다.

크게 놀란 위추경이 한 걸음 물러서서 그 두 개의 머리통을 가리키며 버럭 소리쳤다.

"정말 네놈들의 짓이란 말이냐!"

"염병할 놈. 이깟 두 놈의 목을 베는 데 번거롭게 네 사람이나 나섰겠냐? 이 부처님 혼자서 하셨다. 왜?"

풍치 화상이 배를 불쑥 내밀며 턱을 치켜들고 가소롭다는 듯 흘겨보았다. 위추경의 안색이 밀납(蜜蠟)처럼 창백해져 갔다.

왕융이야 그렇다고 쳐도, 조양서의 죽음만은 도저히 그냥 넘어갈 성질의 것이 아니었다. 그것은 조양서가 사례태감(司禮太監) 위충현(魏忠賢)이 총애하는 환관이기 때문이었다. 이대로 돌아가면 심한 문책을 면치 못할 것이 분명했다. 어쩌면 이 일로 태장(笞杖)을 맞고 죽게 될지도 몰랐다.

풍치 화상을 가리키는 위추경의 손끝이 가늘게 떨렸다.

"너, 너, 이 늙은 중놈이 감히, 감히 조정의 관리를 함부로 죽이다니……."

네놈의 목도 내놓아라! 하는 말은 칼바람에 묻혀 잘 들리지도 않았다.

씨이잉—!

한숨에 미끄러지듯 일 장여를 다가서며 벼락처럼 내려친 칼이 정수리에 서늘한 한기를 뿌렸다. 재빠르고 포악하기가 쉽게 찾아볼 수 없는 무서운 솜씨였다.

"헛!"

깜짝 놀란 풍치 화상이 급히 몸을 기울여 예봉을 피하며 계도를 힘껏 쳐 올렸다.

쨍—!

맑은 쇳소리가 다시 한 번 울려 퍼졌다. 새파란 불똥이 사방으로 퉁겨져 나가는 것이 마치 부싯돌을 그은 것 같았다. 그 속에서 분노한 위추경의 고함 소리가 쩌르릉 울려 퍼졌다.

"한 놈도 살려두지 않겠다!"

씨이이잉—!

귀를 찌르는 바람 소리를 뒤로하고 두 번째의 칼이 무지막지하게 밀어닥쳤다. 그를 아는 사람들이 모두 벽력흑모(霹靂黑貌)라고 불러주는 것에 부끄럽지 않게 그의 칼은 사납고 거칠었으며, 흉포한 중에 맹렬하기 짝이 없었다.

풍치 화상은 얼떨결에 기선을 빼앗긴 채 거푸 세 걸음이나 밀려나며 계도를 휘둘러 그것을 막아내야 했다.

쨍쨍쨍—!

맑은 쇳소리가 끊임없이 터져 나왔다. 그때마다 짙은 어둠 속으로 흩어져 날리는 새파란 불똥이 두 사람의 얼굴을 푸르스름하게 밝혀주었다. 번갯불이 번쩍이는 듯했다.

얼굴을 붉힌 채 어금니를 악물고 거친 숨을 씩씩 내뿜고 있는 화상의 얼굴이 흉악해 보인다면, 눈을 부릅뜬 채 이를 갈고 있는 위추경의 얼굴 또한 결코 그에 못지 않았다. 턱을 따라 길게 자라 있는 검은 구레나룻이 마치 사자의 갈기처럼 곤두서서 이리저리 흩날렸다. 그것이 그의 모습을 더욱 용맹하고 사나워 보이게 했다.

"저놈은 대단하군."

그들의 싸움을 바라보던 비천철각(飛天鐵脚) 장풍서(長豊瑞)가 부지중에 감탄성을 터뜨렸다. 사기 중 내력제일로 꼽히는 풍치 화상을 맞이하여 조금도 굴하지 않고 싸우는 위추경의 모습이 깊은 인상으로 남겨졌던 것이다.

풍치 화상의 얼굴이 불에 달아오른 듯 더욱 붉어졌다. 그는 명색이 내력제일 풍치라고 불리는 자신이 고작 동창의 창위 한 놈을 상대하여 오히려 기선을 빼앗긴 채 쩔쩔맨다는 것에 스스로 분노하고 있었다.

살기가 크게 솟구친 그가 어금니가 부서지도록 이를 갈아붙이고 나서 으헝! 하고 소리쳤다. 맞은편 산이 쩌르릉 울릴 만큼 커다란 소리였다.

위추경의 도법을 어쩌지 못하고 있는 듯 보이던 화상이 돌연 뇌전처럼 떨어지고 뿌려지는 삼엄한 칼빛 속으로 내던지듯 스스로를 밀어 넣었다. 무모하기 짝이 없어 보이는 그 행동에 오히려 위추경이 깜짝 놀랐다.

'드디어 이 중놈이 미쳤나?'

그런 생각이 순간적으로 머리 속을 스쳐 지나갔다. 그 찰나의 망설임을 놓치지 않고 본 풍치 화상이 한 손을 불쑥 뻗었다. 그곳은 위추경의 다음 칼이 긋고 지나갈 길목이었다. 그대로 뻗어내다가는 반드시 손목을 잡히고 말 상황이었다. 놀란 위추경이 급히 칼몸을 틀어 화상의 얼굴을 때려갔다.

"흉악한 놈이 제법이다!"

버럭 소리친 풍치 화상이 계도를 비틀어 막으며 왼손의 두 손가락을 일제히 퉁겨냈다.

피이잉―!

지척에서 화상의 손가락들이 날카로운 경풍을 뻗어내며 협복(脅腹)을 노리고 찔러들었다. 그 굳세고 빠르기가 마치 면전에서 쇠뇌를 쏘아댄 것 같았다.

"으헉!"

위추경은 머리끝이 솟구치는 것을 느꼈다. 미처 생각할 겨를도 없이 화상의 얼굴을 향해 힘껏 칼을 내던진 그가 몸을 틀며 왼손을 뻗어 화상의 지력들을 받아냈다.

퍽―!

팔굽에 달구어진 쇠꼬챙이가 박혀드는 듯한 느낌과 함께 가슴을 향해 뜨거운 열기가 송곳처럼 찔러들었다. 위추경은 더 머뭇거릴 마음이 사라졌다. 그가 머리를 기울여 칼을 피하는 화상의 가슴을 향해 힘껏 발길질을 하고는 그대로 몸을 돌려 맹렬하게 산을 바라보고 달려나갔다.

"게 섯거라!"

계도를 휘두르며 두어 걸음 쫓아가던 화상이 문득 멈추어 서서 혀를 찼다. 벌써 위추경의 모습이 어둠 속에 파묻혀 보이지 않았던 것이다.

"그놈, 참…… 놀란 토끼 새끼가 따로 없구만."

갑자기 맥이 풀린 듯 어깨를 추스르며 투덜거리던 화상이 눈을 빛내며 돌아섰다. 거기 아직 주춤거리고 있는 세 명의 창위들이 있었던 것이다. 그들을 본 화상이 붉은 혀를 날름거리며 입가를 핥았다. 맛있는 먹이를 두고 군침을 흘리는 짐승 같았다.

"어떠냐? 세 놈이서 함께해 보지 않으련? 살살 해주마. 거기 가운데 놈은 목살이 연해서 잘 베어지겠다. 그리 아프지 않을 거야."

창위들이 부르르 몸을 떨었다. 그들의 눈에 화상이 피에 굶주린 악귀처럼 보였다. 위추경이 칼을 던지고 달아난 것을 본 그들은 벌써 싸울 마음이 눈곱만큼도 남아 있지 않았다. 그들은 당두(檔頭)인 벽력흑모 위추경의 그런 모습을 여태까지 보지 못했고, 설마 그러리라고 생각해 본 적도 없었다.

서로를 한번 돌아본 창위들이 번쩍 뛰어 물러서더니 위추경이 달아난 곳을 바라보고 그대로 땅을 박찼다.

"어?"

풍치 화상이 외마디 소리를 내며 어깨를 흠칫하고 뒤를 쫓으려 할 때였다.

"됐다, 이 빌어먹을 중놈아. 네놈은 한번 피 맛을 보면 부처고 보살이고 가리지 않고 머리통부터 내려치고 볼 놈이다. 악귀 같은 놈……."

그의 옷자락을 꽉 움켜쥔 장풍서가 얼굴을 온통 일그러뜨리며 혀를 내둘렀다. 풍치 화상의 이런 모습을 한두 번 보는 게 아니었지만, 그때마다 몸서리가 쳐지고 혐오스러워지는 건 어쩔 수 없었다. 그러니 강호의 동도들이 화상 보기를 뱀이나 전갈 보듯 할 수밖에 없을 것이었다.

그 생각을 하고 장풍서는 불쾌한 안색을 감추지 못했다. 화상 때문에 멀쩡한 자신들마저 함께 손가락질을 당한다고 생각한 것이다. 사람들이 자신들을 괴이사기(怪異四奇)라고 부르는 이면에는 그런 혐오의 감정이 숨겨져 있다는 것을 그는 잘 알고 있었다.

제2장

곤륜문하(崑崙門下)

곤륜문하(崑崙門下)

"영주!"

송청림을 노리고 다가서던 염동서(廉東瑞)가 돌연 검을 감추고 뒤로 물러서며 크게 외쳤다. 그와 함께 신랄한 검격을 뿌려오던 두 명의 무사들도 문득 검을 멈추고 물러섰다. 그들이 의아하여 염동서를 바라보았다.

잔뜩 긴장하고 있던 송청림도 어리둥절하여 염동서의 시선을 쫓았다. 그러자 어둠 속 저편에서 목석처럼 서 있는 한 사람이 보였다. 어쩌면 처음부터 그곳에 서 있었으나 알아보지 못한 건지도 모른다는 생각이 들었다. 나무나 바위처럼 착각할 만큼 그는 전혀 움직이지 않고 있었던 것이다.

그가 천천히 다가왔다. 그러자 그를 감싸고 있던 어둠들이 놀라 흩어지는 듯한 착각이 들었다. 한 걸음을 내딛는 것만으로도 가슴을 뛰게 하는 위압감을 느끼며 송청림은 자신도 모르게 부르르 어깨를 떨었다. 이렇게 온몸을 눌러오는 강한 기운을 느껴 보기는 처음이었던 것이다.

"영주!"

그를 확인한 염동서가 다시 한 번 외치고 그 자리에 털썩 무릎을 꿇었다.

"오셨군요!"

맞은편에서 장강쌍룡과 대치하고 있던 이전성(李田盛)도 떨리는 음성으로 그렇게 외치고 염동서를 따라 무릎을 꿇었다. 그들을 수행해 왔던 강서 지부의 무사들은 영문을 알지 못한 채 어리둥절해서 어둠 속의 사람을 바라보았다.

"꿇어라! 영주님이시다!"

염동서가 낮게 꾸짖자, 비로소 사태를 파악한 무사들이 감히 눈길을 들지 못하고 털썩 엎드렸다. 그들은 어둠 속의 사나이가 홍안령주(紅眼領主)라는 것을 알고 나자 지나친 긴장으로 숨조차 크게 쉴 수가 없었다. 아직 무사의 신분에 불과한 그들로서는 영주를 눈앞에서 본다는 것은 감히 생각하지도 못할 일이었던 것이다.

어둠을 밀어내며 느릿느릿 다가온 단목기가 깊숙이 눌러쓰고 있던 죽립을 벗어 들었다. 송청림은 그의 번쩍이는 눈을 보았다. 차갑고 무심하게 가라앉아 깊이를 알 수 없었으나 그것 속에는 이글거리는 불씨가 담겨 있었다.

송청림을 스친 단목기의 시선이 소옥에게 향했다. 그를 마주 보는 소옥의 눈 속에 증오와 원한의 불길이 활활 타오르고 있었다. 입술을 굳게 깨물고 있는 소옥은 차라리 그가 단번에 자신의 목을 쳐주었으면 좋겠다고 생각했다.

　그 앞에서 이처럼 맥을 잃어버린 채 바로 서지도 못하고 주저앉아 가쁜 숨을 몰아쉬고 있어야 하는 자신의 모습이 미워 견딜 수 없었던 것이다. 부끄럽기도 했고 치욕스럽기도 했으며 분하기도 했다. 당장 죽어버리고 싶다는 마음과 함께 벌떡 뛰어 일어나 검을 휘둘러 그의 가슴을 꿰뚫어 버리고 싶다는 충동을 참을 수 없었다.

　"다쳤나?"

　단목기가 슬며시 소옥의 그런 시선을 외면하고 염동서를 바라보며 물었다. 그러자 염동서가 반가움이 가득한 눈으로 단목기를 올려다보며 웃었다.

　"부중에서 당한 모양입니다. 곧 잡아서 끌고 갈 것입니다. 그보다도 이처럼 영주께서 다시 돌아오셨으니 소직(小職)은 기쁘기 짝이 없습니다."

　음, 하고 가볍게 턱을 끄덕인 단목기가 잠시 시선을 들어 어두운 하늘을 바라본 채 침묵했다.

　송청림은 그의 손가락 끝이 칼집을 가볍게 두드리고 있는 것을 눈여겨보고 있었다. 그가 당장에라도 저것을 뽑아 쳐 나올지 모른다는 것을 생각하자 긴장과 두려움이 올무처럼 그를 옭아매 왔다. 무심한 단목기의 기세만으로도 송청림은 자신도 모르게 위축되고 있었던 것이다. 그러한 사실마저 느끼지 못할 만큼 그가 사로잡혀 있는 긴장의 정도가 크고 심했다.

　"곤륜문하냐?"

　한번 턱을 움직이고 난 단목기가 송청림을 바라보고 그렇게 물어왔다. 송청림은 그가 무슨 말을 한 건지 언뜻 이해할 수 없었다.

불처럼 이글거리는 단목기의 눈이 빤히 바라보고 있었다. 송청림은 아랫배에 불끈 힘을 주고 그 눈길을 받았다. 눈동자 속으로 단목기의 차가운 시선이 남김없이 박혀들었고, 그것이 머리 속에 이르러서는 뜨거운 불길이 된 듯 사유(思惟)의 공간을 하얗게 태워 버렸다.

송청림은 모든 것을 잊어버린 채 멍청해지고 말았다. 단목기의 눈빛에 실려 있는 무겁고 어두운 힘이 그의 영혼마저 덧씌워 버린 듯했다.

"아, 아니로소이다. 소생은…… 형산 문하요."

어눌한 음성으로 대답한 그가 머리를 흔들었다.

"가까이 오라."

단목기의 차갑고 무심한 음성이 다시 그의 머리 속을 가득 메우고 웅웅 울렸다. 잘 길들여진 개가 된 듯, 송청림이 흐릿해진 눈빛으로 단목기를 바라보며 주춤거리고 두어 걸음 다가섰다. 그것을 본 소옥이 길게 탄식하고 말했다.

"당신은 섭혼술(攝魂術)마저 익혔으니 과연 사악하기 짝이 없는 사람이로군."

소옥을 바라보고 피식 웃은 단목기가 비로소 눈빛에 실려 있던 신비한 힘을 풀었다.

"마음만 먹는다면 너도 할 수 있는 일이다."

'내가?'

소옥이 의아하여 단목기를 바라보았다. 아무리 생각해 보아도 자신은 사부로부터 이처럼 사악한 사술에 대하여는 일구(一句) 일언(一言)도 들은 적이 없었다. 그런데 할 수 있다니…….

그런 소옥의 의아함을 본 단목기가 머리를 끄덕였다.

"너는 미타금강기(彌陀金剛氣)를 익히고 있을 테지?"

"어떻게 알았지?"

"나를 쳐오던 너의 호흡에서 그것을 보았다."

상가장(商家莊)을 나온 그날 밤 어두운 숲 속에서 자신의 몇 번의 검격을 받아내며 그는 재빨리 그 속에 실려 있는 곤륜의 진산내력(眞山內力)을 알아본 것이다. 어떻게 그럴 수 있을까, 하고 소옥은 더욱 의아해졌다. 단번에 사문의 신공을 알아보았다는 것은 그가 곤륜의 무학에 대하여 깊이 알고 있지 않고서는 불가능한 일이었던 것이다.

소옥의 가슴속을 서늘한 기운 한줄기가 뚫고갔다. 다시 생각해 보니 그때 눈앞의 사내가 자신을 쳐오던 그 검격도 곤륜의 검법과 투로에 뿌리를 두고 있는 것이었다.

"어떻게 된 일이지? 당신은 설마 곤륜문하란 말인가요? 그렇지 않고서야 어떻게 이런 일이……."

슬며시 소옥의 눈길을 외면한 단목기가 다시 어두운 하늘 끝에 시선을 두고 중얼거렸다.

"사문의 신공에는 어느 것이나 공통된 것이 있다. 나의 기운을 크게 일으키고 생기를 강하게 한다는 거지. 타 문의 신공보다 특이한 점일 뿐, 그건 사술이 아니다."

"아!"

소옥이 놀라 소리쳤다. 아버지의 죽음과 유룡신공에 의한 폐혈의 충격 속에서 정신이 혼란해져 있던 그녀의 머리 속에 사문의 신공 구결들이 번개처럼 떠올랐다.

'이상한 자다.'

그가 곤륜의 신공에 대하여 알고 있는 것은 소옥 역시 알고 있는 바였다. 아는 것이 같다는 것은 그 또한 곤륜문하라는 반증밖에 되지 않았다.

곤륜파에는 세 가지의 신공이 있었다. 자신이 익히고 있는 미타금강기가 그중 하나였고, 태청진기(太淸眞氣)와 옥화신공(玉華神功)이 또 있는 것이다.

그밖에 유룡심법(游龍心法)은 사문의 신공이기는 했지만 태사조(太師祖)인 난화선자(蘭花仙子)에 의해 만들어진 독특한 것이었으므로 곤륜의 진산비공(眞山秘功)이라고 할 수는 없었다.

그 세 가지의 신공에는 모두 독특한 효능이 있었는데, 신공이 구 단계에 이르면 일어나게 되는 생기(生氣)와 화신(化神)의 징후였다. 한번 북돋우면 몸 안의 기운이 해일처럼 크고 사납게 일어났고, 한번 가다듬으면 심신(心身)이 쇄락(灑落)해져 마음에 미혹함이 없고 혼탁(混濁)이 가라앉아 신기(神氣)를 바라보는 구신이정(拘神以靜)에 들었다.

그것은 지극히 미묘하고 신비한 지경이어서 외인은 엿보아도 알 수 없었고, 안다고 해도 느낄 수 없는 그런 비법(秘法)이었다. 그런데 단목기가 한마디로 그것을 설파한 것이다. 그것은 사문의 신공을 십성(十成) 연마하지 않고서는 불가능한 일이었다.

소옥은 그만 머리 속이 혼란해지고 말았다. 그녀가 이 일을 어떻게 해석하고 받아들여야 할지 갈피를 잡지 못하고 있는데, 단목기가 성큼 그녀를 향해 다가왔다.

단목기의 커다란 기운에 신지(神知)를 압도당하여 멍하니 서 있던 송청림이 한번 세게 머리를 흔들고 나서 깜짝 놀랐다.

"어?"

어째서 자신이 실신한 자처럼 넋을 잃고 있던 건지 알 수 없었다. 그의 등줄기를 타고 식은땀이 주르륵 흘러내렸다.

그사이 소옥의 몇 군데 혈도를 점한 단목기가 그녀를 번쩍 안아 들어 어깨에 둘러메고 있었다. 비로소 사태를 파악하고 당황한 송청림이 두 팔을 벌리고 앞을 막아섰다. 입술을 굳게 문 그의 얼굴에 어떤 일이 있어도 소옥을 빼앗기지 않겠다는 결의가 가득했다.

그런 송청림을 물끄러미 바라보던 단목기가 피식 웃었다.

"막을 셈이냐?"

"그렇소. 그녀를 내려놓고 당신 혼자서 가시오."

"자신은 있는 거냐?"

"그것은……."

송청림이 대꾸할 말을 찾지 못하고 얼굴만 붉힌 채 분한 숨을 씨근거렸다. 감히 자신 있노라고 소리칠 수가 없었다. 한참 만에야 그가 어금니를 악물고 단목기를 노려보며 한 자 한 자 끊어내듯 말했다.

"나는 당신의 적수가 되지 못함을 인정하오. 하지만 싸우겠소."

그를 바라보던 단목기가 고개를 끄덕였다.

"네가 비겁하지도 않고 교활하지도 않은 사내라는 것을 알았다. 하지만 이건 사문(師門)의 일이다. 네가 나설 게 못된다."

송청림은 앞이 캄캄해지고 말았다. 그가 그렇게 말한 이상 그것은 거짓이 아닐 것이었다. 단목기와 같은 자가 순간의 편리를 위해서 거짓말을 하리라고는 생각할 수도 없었다. 그렇다면 그의 말처럼 자신이 나서서 막거나 방해할 일이 아니었다.

어깨를 스쳐 지나가는 단목기를 멍하니 바라보던 송청림이 소옥의 눈을 찾았다. 그의 어깨 위에 걸쳐져 흔들리며 소옥도 힘없는 눈을 들어 송청림을 바라보고 있었다. 그녀의 입에서 구해달라거나 막아달라는 한마디만 흘러나왔어도 송청림은 목숨을 내던지고 단목기를 막아설 셈이었다. 그러나 소옥의 입은 끝내 열리지 않았다.

"영주, 어디로 가시렵니까?"
염동서가 놀란 얼굴을 들고 단목기를 올려다보았다.
그가 나타났을 때 염동서는 영주를 다시 모실 수 있게 되었다는 생각으로 기쁘기 한이 없었다. 그런데 이제 그는 다시 떠나려 하고 있었다. 붙잡을 수만 있다면 그의 바짓자락이라도 움켜쥐고 싶었다. 단목기를 바라보는 염동서의 눈에 간절함이 가득했다.
"오늘 지부를 습격해 온 자들은 모두 대단한 고수들입니다. 어쩌면 저희들의 힘만으로는……."
말끝을 흐리는 염동서를 보며 단목기가 눈살을 찌푸렸다. 그는 자신이 돌아와 줄 것을 바라고 있는 것이다. 와서 이 일을 수습해 줄 것을 더 바라고 있는 건지도 몰랐다.
"위추경은?"
"위 당두(檔頭)께서는 우이산 방향의 관도를 택해 매복하고 있습니다."
서북쪽, 호남성으로 빠지는 길목이었다. 무심결에 그쪽을 바라본 단목기가 다시 음, 하고 침음성을 흘렸다.
아직 벽력흑모 위추경이 건재하고, 그의 조원들이 남아 있다면 어떻게든 그들끼리 수습할 수 있을 것이라고 여겼다.
"돌아가라."
"예?"
염동서가 깜짝 놀라 머리를 번쩍 들었다.

"나는 내 일을 하겠다고 분명히 말해 주었다."

"하오나, 영주…… 제독태감(提督太監)께서 알게 되신다면……."

"상관없다."

단호한 단목기의 말이 무겁게 이마를 눌렀다. 한번 부르르 몸을 떤 염동서가 힘없이 어깨를 떨어뜨리고 눈길을 떨구었다. 단목기의 말속에서 그의 마음을 돌이킬 수 없다는 것을 다시 한 번 느낀 것이다.

휘적휘적 어둠을 바라보고 멀어져 가는 그의 뒷모습을 바라보던 염동서가 천천히 몸을 일으켰다. 영주는 돌아가라고 했다. 그것은 이곳에서 더 이상 싸울 필요 없다는 말이기도 했고, 눈앞의 송청림 일행을 놓아주라는 뜻이기도 했다.

염동서는 어째서 영주가 갑자기 모든 계획을 포기하고 자신들마저 저버리는 것인지 알 수 없었다. 이대로 북경으로 돌아가 보고한다면 어쩌면 제독태감은 크게 노하여 단목기에 대한 추살령을 내릴지도 몰랐다. 그렇게 되면 자신이 믿고 존경하는 영주를 향해 검을 들이밀어야 할 수밖에 없을 것이다.

그럴 수는 없는 일이라고 내심 머리를 가로저은 염동서가 맞은편에 우두커니 서 있는 이전성을 바라보았다. 그도 묵묵히 시선을 떨군 채서 있는 것이 마음의 갈피를 잡지 못하고 있는 모양이었다.

"돌아간다."

한번 송청림을 흘겨본 염동서가 미련없이 돌아섰다. 그 뒤를 강서 지부의 무사들과 이전성이 따랐다.

살기등등하게 나타났다가 갑자기 처량한 모습들이 되어 멀어져 가는 자들의 뒷모습을 바라보는 송청림 또한 갈피를 잡지 못하고 있었다.

왜 일이 갑자기 이렇게 돌변한 건지 이해할 수 없었으려니와, 단목기의 뒤를 따라가야 할지 말아야 할지 그것조차 제대로 판단할 수 없었던 것이다.

한참을 멍청하게 서 있던 송청림이 휴, 하고 길게 한숨을 내쉬고 나서 맥없이 어깨를 늘어뜨렸다.

"우리도 그만 돌아갑시다."

사기와 만나기로 약속한 곳으로 가는 수밖에 자신이 이곳에서 달리 할 수 있는 일이 없었다. 그것을 느끼는 송청림의 마음에 비통함이 가득했다.

형산(衡山) 문하에서는 형산일룡(衡山一龍)이라고 불리며 마음껏 우쭐댈 수가 있었다. 그 넘치던 자신감과 패기를 고스란히 지니고 강호에 나섰지만, 뜻대로 되는 일이 하나도 없었다. 사당 안에서 소옥에게 뺨을 맞는 어처구니없는 일을 당하고 놀랐는데, 이제 다시 단목기를 보고 나자 자신은 용은커녕 이무기도 되지 못했다는 절망감이 들었다.

강호에서의 삶이라는 것이 얼마나 위태하고, 고수들은 또 얼마나 많은 것인지 비로소 실감할 수 있게 된 그는 애써 소중한 경험을 얻은 것이라고 자위했다. 그러나 마음의 초라함과 자신에 대한 모멸감을 그것으로 다 가릴 수는 없었다.

머리를 떨구고 묵묵히 걸어가는 그의 뒤를 장강쌍룡이 여전히 입을 굳게 다문 채 그림자처럼 따랐다.

살기가 팽팽하게 흐르던 숲 머리에 무거운 정적이 내려앉았다. 멀리서 부엉이가 낮게 울었고, 숨죽이고 있던 풀벌레들도 밤이슬에 날개를 적시며 조심스럽게 울기 시작했다.

어두운 하늘의 장막을 가르고 유성 하나가 붉은 꼬리를 끌며 서쪽으로 떨어졌다.

*　　　　*　　　　*

'대체 이자는 무얼 하려는 걸까?'

등을 돌리고 앉아 석상처럼 움직이지 않는 단목기의 단단함이 자꾸만 가슴을 눌러왔다. 이름도 알려지지 않은 작은 바위산 정상 부근의 천연 동굴 안이었다. 지난밤의 악몽과 같았던 기억들이 아직도 눈앞에 생생한데 벌써 새벽이 밝아오는지, 단목기의 단단한 어깨 너머로 내다보이는 바깥 하늘이 희뿌옇게 젖빛으로 가라앉아 가고 있었다.

멀리서 동터오는 여명(黎明)의 붉은빛이 동굴 안으로 스며들어 단목기의 어깨를 붉게 물들이기 시작했다. 아마도 동굴은 동쪽을 향하여 곧장 입구를 열고 있는 모양이었다. 점차 그의 모습이 밝은 빛무리에 싸여 윤곽이 흐려져 갔다.

무엇을 저리도 깊이 생각하는 건지, 밤새도록 꼼짝하지 않고 앉아 있던 단목기의 고개가 조금 돌려졌다. 소옥은 뻣뻣한 수염이 거칠게 자라 있는 그의 턱을 바라보았다. 수염들을 하얗게 물들이며 빠져나온 빛이 곧장 눈을 찔러왔다.

"나는…… 사제를 만나러 가던 길이었다. 네가 반드시 뇌옥을 찾아갈 것을 내가 아는 것처럼 그도 알고 있을 것이기 때문이지."

"사제라고?"

소옥이 의아하여 자신도 모르게 되물었다. 그러자 단목기의 어깨가 반쯤 돌려졌다. 그가 이 새벽빛을 닮은 듯 서늘하게 가라앉은 눈길로 똑바로 바라보았다.

"너에게는 사형이 되거나, 혹은 사제가 되겠지."

"허튼소리! 사부님에게 제자는 나 하나뿐이다!"

그의 무심한 눈길을 견디지 못하고 시선을 돌리고 싶은 충동이 일었다. 소옥은 애써 그것을 억누르며 단목기의 시선을 받았다. 스스로가 생각해도 터무니없이 큰 소리를 지르고 만 것은 지지 않겠다는 반발심 때문이었다. 단목기의 눈이 더욱 서늘해져 갔다.

"곤륜문하에는 오직 네 사부님만 있다고 생각했나?"

"그건……."

소옥은 일시지간 대꾸할 말을 찾지 못했다. 사부로부터 한 번도 사형제들에 대한 말을 들은 적은 없었지만, 그렇다고 사문에 다른 형제가 없다는 말도 듣지 못했던 것이다. 사부는 사문에 대한 말들을 아예 꺼내지도 않았었다.

왜 그랬을까? 하는 의문이 다시 소옥의 궁금증을 불러일으켰다. 벌써 여러 번 사부에게 그 이유를 묻기도 했으나, 그때마다 사부의 대답은 한결같았다.

─때가 되면 저절로 알게 될 것이다. 그때까지 애써 알려고 하지 말아라.

"사문에는 세 분의 존장이 계시다."

"세 명이라고?"

"그렇다. 첫째인 나의 사부님과 둘째인 너의 사부, 그리고 셋째인 그의 사부다."

"아!"

처음 듣는 말에 소옥은 정신이 멍해지고 말았다. 단목기의 말이 사실이라면 자신에게는 사백이 한 분 계시고, 단목기가 그의 제자이니 자신에게 사형이 되는 셈이었다. 그리고 또 한 명의 사숙이 있는데, 그에게도 제자가 있다고 했다. 그의 입문이 자신보다 늦다면 사제가 될 것이고, 그렇지 않다면 그 또한 사형이 되는 셈이었다.

갑자기 두 명이나 되는 동문이 생겼다는 것에 소옥은 당황했다.

"다, 당신이 나의 사형이라고……?"

그녀가 이를 악물고 가까스로 말했다. 받아들이고 싶지 않았고, 믿고 싶지도 않았다. 휴, 하고 길게 탄식하고 난 단목기가 다시 완고한 등을 보인 채 중얼거리듯 말했다.

"너는 그를 알고 있을 텐데? 그렇게 억지로 감추려 할 것 없다."

"허튼소리! 내가 누굴 안다는 거죠?"

"육지평(陸知坪) 말이다. 귀염적자(貴艶賊子)라고 불린다지?"

단목기의 말에 소옥은 다시 어리둥절해지고 말았다. 처음 듣는 이름이고 별호였던 것이다.

"그게 어쨌다는 거죠? 내가 어째서 그를 안다고 생각하는 건지 모르겠군."

단목기가 하, 하고 한숨을 쉬며 머리를 흔들었다. 그는 소옥이 끝까지 거짓말을 하고 있다고 여기는 듯했다.

"이미 다 드러난 일인데 애써 감출 것 없다. 네가 그를 알고 있다고 해서 잘못된 일도 아니다."

나무라듯 말하고 난 단목기가 다시 혼잣말처럼 중얼거렸다.

"너희들은 이미 가까워졌는데, 나만 외톨이로 나돌았으니 그게 서운하다면 서운할 뿐이지."

"마음대로 생각해요. 하지만 나는 당신을 사형으로 인정할 수 없어요. 당신은 오직 내가 기필코 죽여 원한을 갚아야만 할 원수일 뿐이에요."

소옥의 앙칼진 말에 단목기의 어깨가 흠칫 떨렸다.

"모르고 한 일이다."

"흥!"

소옥의 차가운 코웃음이 머리 속에 웅웅 울렸다.

단목기는 자신이 말해 놓고도 그것이 변명이 될 수 없다고 생각했다. 가슴속 가득 알 수 없는 울분이 솟구쳐 올라왔다. 사부가 다시 원망스러워졌고, 끝까지 감추고 말하지 않은 육지평에 대한 노여움이 다시 불붙어 올랐다.

"그놈이…… 그놈이 그때 연화현(蓮化縣)에서 바르게 말해 주기만 했더라도 그런 실수를 하지는 않았을 것을……."

"연화현(蓮化縣)이라고요?"

소옥이 깜짝 놀라 뾰족하게 소리쳤다. 단목기의 우울하게 가라앉아 있는 눈이 다시 그녀에게 돌려졌다.

"너희들은 어깨를 나란히 하고 사이좋게 정강령을 넘어 그곳으로 내려오지 않았더냐?"

소옥의 얼굴이 새파랗게 질려갔다. 그 엉뚱하고 넉살 좋게 느물대던 말끔한 유생의 모습이 떠오른 것이다.

"그가, 그가 설마……."

"바로 그놈이 육지평이다."

단목기가 의심을 담은 눈길을 소옥에게 못 박고 그녀의 안색을 탐색했다. 소옥이 세차게 도리질을 했다.

"그가 동문이라고요? 그럴 리가 없어요. 그는 고작 백면서생에 불과 했는데……."

"정말 모르고 있었던 거냐?"

단목기의 머리 속이 다시 혼란스러워졌다. 소옥의 하는 양으로 보아 그녀는 정말 우연히 그를 만나 동행하게 되었을 뿐, 그가 동문이라는 것을 알지 못하고 있는 것 같았다. 그렇다면 육지평이 그녀를 모른다 고 한 말도 거짓이 아니었을 것이다.

"우리는 정말 서로가 아무것도 알지 못하고 있었단 말인가?"

단목기가 어이없다는 듯 밝아오는 하늘을 보고 허허 웃었다. 그의 등을 소옥의 차가운 음성이 찔러왔다.

"천만에, 나는 당신이 나의 원수라는 것을 똑똑히 알고 있어!"

단목기의 일그러진 얼굴이 소옥에게 향해졌다. 소옥이 표독스런 눈 으로 그를 쏘아보고 있었다. 지금이라도 떨치고 일어나 단번에 죽여 버리지 못하는 게 한인 듯한 그런 눈길이었다.

"지금 이렇게 당신의 손에 떨어졌으니 당신은 더 망설일 것 없이 나 를 죽이도록 하세요. 그렇지 않으면 두고두고 후회하게 될 테니까."

"너는 내가 너를 죽여주기를 바라나?"

"천만에!"

소옥이 있는 힘껏 소리쳤다. 그녀의 눈에서 줄기줄기 새파란 원독의 불길이 뿜어졌다.

"내가 너를 죽이게 되기를 원한다!"

"음……."

단목기의 입에서 비통해하는 신음이 흘러나왔다. 그리고 동굴 안을 밝히고 있는 햇빛과는 어울리지 않는 무거운 적막이 흘렀다. 분을 참지 못해 씨근거리는 소옥의 숨결이 상처 입은 암코양이의 그것처럼 그르릉거리며 낮게 흐르고 있을 뿐이었다.

한참 만에야 단목기가 무겁고 비장한 음성으로 입을 열었다.
"너는 먼저 이 일이 어떻게 시작된 것인지를 알아야 할 것이다."
그것은 소옥도 내내 궁금해하던 바였다. 그녀는 숨을 죽이고 단목기의 단단한 뒷모습을 뚫어질 듯 바라보았다. 대체 무엇 때문에 이처럼 이해할 수 없는 일이 갑자기 벌어진 것인지 알 수 없다는 답답함이 갑자기 그녀의 숨을 꽉 막아왔다.
"당신은 다 알고 있다는 건가요?"
휴, 하고 한숨을 쉬고 난 단목기가 천천히 몸을 일으켰다. 그의 긴 그림자가 소옥을 뒤덮고 동굴 안 깊숙이 뻗어 나갔다. 그가 여전히 입구의 밝은 아침 빛을 후광처럼 두른 채 천천히 걸음을 떼어 동굴 안을 맴돌았다. 마음속에 가득히 일어나는 번뇌를 견딜 수 없는 모양이었다.
"이것은…… 사문에 은밀히 전해온 한 권의 진경(眞經) 때문에 시작된 일이다. 아니, 어쩌면 그것도 이 일의 한 부분에 불과한 것인지도 모르지. 그렇다면 이 일의 발단은 어디서부터라고 말해야 할까……."
"진경?"
처음 들어보는 말에 소옥이 고개를 갸웃했다. 사문에 그런 게 있다는 것을 사부로부터도 듣지 못했던 것이다.
"그것은 용화진경(龍華眞經)이라고 하는 것이다."
단목기가 말을 멈추고 소옥의 안색을 살폈다. 그러나 소옥은 여전히 그가 하는 말들을 제대로 이해할 수가 없었다. 사문에는 이미 세 개의 신공이 있었고, 그것만으로도 사문의 공부가 천하에 산재해 있는 백문(百門) 백파(百派) 중 으뜸이기에 충분했다. 그런데 용화진경이라는 그 생소한 것은 또 뭐란 말인가.

"그게 나와 내 가족과 무슨 상관이 있다는 거죠?"

"너는 정말 모르고 있었군?"

소옥의 안색에서 그녀가 거짓말을 하지 않고 있다는 것을 안 단목기가 고개를 갸웃했다.

"내 사부님께서는 오래전부터 그것을 찾고 계셨다. 사문이 불미스러운 일로 아직도 장문인을 두지 못한 채 명맥을 잇지 못하고 있는 것과 연관이 있을 것이다."

"당신도 잘 알지 못하는군요?"

그의 말투 속에서 단목기 또한 세세한 내막에 대해서는 알지 못하고 있다는 것을 느낄 수 있었다. 소옥의 말에 단목기가 얼굴을 조금 붉힌 것 같았다.

"나 또한 그 안에 얽힌 일들을 다 알지는 못한다. 사부님으로부터 들은 바가 없으니까."

"휴, 대체 사문에는 무슨 비밀들이 이처럼 많담."

소옥이 한숨을 쉬었다. 동문 사형제들이 있다는 것도 단목기를 통해 비로소 알았고, 용화진경이라는 흉물이 있다는 것도 이제야 알게 된 것이다. 사부는 어째서 그런 것들을 감추고 있었던 건지 이해할 수 없었다.

"이것은 아마도 선대에 얽힌 일들 때문이 아닌가 한다."

자신들과는 상관없는 일일 수 있다는 의미의 말이기도 했다. 소옥이 단목기를 빤히 바라보다가 고개를 가로저었다.

"틀렸어요. 이제는 우리들 대에서도 피할 수 없는 숙명이 되어버렸어요."

단목기가 음, 하고 신음했다. 정체를 알지도 못하는 진경 때문에 이미 소옥과 불구대천의 원한을 맺고 말았다는 것을 새롭게 느낀 것이다. 그렇다면 그녀의 말처럼 이제는 자신들도 그 진경의 저주에 빠져든 건지도 몰랐다.

사부의 대에서는 사형제 간에 서로 반목하게 하고 곤륜을 봉문지경에 이르도록 했으며, 이제는 자신의 대에서까지 이처럼 큰 불행을 가져다 준 것이 바로 그 진경 때문이라고 생각하자 그것은 곤륜의 보물이 아니라 사문을 망치는 마물(魔物)일 것이라는 생각이 들었다.

"나는 사부로부터 그것을 찾으라는 지시를 받았다. 사부는 그것이 너의 집에 있을 것이라고 하셨고, 나는 그것을 찾기 위해 왔을 뿐이다."

"아?"

소옥이 깜짝 놀랐다. 그녀는 문득 뇌옥에서 숨이 끊어져 가던 아버지가 마지막으로 해주었던 말이 떠올랐다. 사부에게 돌려주어야 할 물건이 있다고 하지 않았던가. 어쩌면 그것인지도 모른다고 생각하자 그녀의 안색이 창백하게 질려갔다.

아버지가 어째서 그것을 지니고 있게 되었으며, 그래서 집안의 화를 불러들인 건지 알 수 없었다. 하지만 그녀는 곧 아닐지도 모른다고 다시 생각했다. 설사 그렇다 하더라도 단목기 정도의 인물이라면 아버지 모르게 은밀히 그것을 찾을 수도 있었을 것이었다. 소옥은 억누르고 있던 화가 다시 치밀었다.

"그것 때문에 당신은 우리 가족들을 그처럼 잔인무도하게 살해했고,

내 아버지마저 죽게 했단 말인가요? 그래서 당신은 그것을 찾아냈나요? 당신은 스스로 부끄러운 줄도 모르다니. 정말 후안무치가 따로 없군요!"

단목기는 다시 말문이 막히고 말았다. 그녀의 가족들을 죽게 한 것이 남창부 병사들의 과잉된 충성심 때문이라는 따위의 변명은 하고 싶지도 않았다.

동굴 안을 밝히고 있는 햇빛과는 어울리지 않는 무거운 적막 속에서 분을 참지 못해 씨근거리는 소옥의 숨소리만 낮게 흘렀다.

한참 만에야 단목기가 무거운 탄식을 토하고 죽립을 다시 눌러썼다. 동굴을 떠날 작정인 모양이었다.

"잠깐만!"

소옥이 다급하게 소리쳤다. 막 등을 돌리던 그가 흠칫하여 멈추어 섰다. 그러나 그는 소옥을 돌아보지 않았다.

막상 불러놓았지만, 무슨 말을 해야 하는 건지 막막하기만 했다. 한참을 우물쭈물하던 소옥이 겨우 입을 열었다.

"어디로 가려는 거죠?"

말해 놓고 나니 스스로 어이가 없었다. 내가 지금 뭘 하고 있는 건가? 하는 후회가 그녀의 얼굴을 붉어지게 했다. 단목기가 천천히 소옥을 돌아보았다. 그의 눈빛은 여전히 무심하기만 했다.

"강호."

"강호가 어디 당신 손바닥만한 곳이에요?"

소옥이 발끈하여 소리쳤다. 단목기의 단단해 보이는 턱이 움직인 것 같았다. 그가 입꼬리에 희미한 미소를 걸고 조금 웃었다.

"왜 그걸 묻지?"

"흥, 그래야 부상을 치료하고 난 뒤에 당신을 찾아 원한을 갚을 거 아니겠어요?"

"언제라도 좋다. 너에게 그럴 만한 능력이 생겼을 때 내가 스스로 찾아오지."

더 말하고 싶지 않고 듣고 싶지 않다는 듯 단목기가 성큼성큼 걸어 바깥으로 나갔다. 그의 단단한 뒷모습이 곧 눈부시게 밝은 아침 햇빛 속에 묻혀 보이지 않았다.

그가 떠난 텅 빈 자리를 바라보며 입술을 잘근잘근 깨물고 있던 소옥이 문득 품 안에 싸 넣었던 아버지의 손가락을 떠올리고 그것을 꺼내 펼쳐 놓았다. 엉겨붙은 피와 함께 마르고 주름진 그것이 그녀의 가슴을 아프게 했다.

따뜻하고 부드럽던 아버지의 손이 아니었다. 그것은 차갑게 식었고, 딱딱하게 굳어 있는 끔찍한 물건에 불과했다. 하지만 소옥은 그것을 보며 징그럽다거나 무섭다는 느낌은 들지 않았다. 그녀에게는 그 손가락이야말로 아버지의 전부였던 것이다.

시퍼렇게 변색되어 죽어 있는 그것을 바닥에 조심스럽게 내려놓은 소옥이 억지로 몸을 일으켜 두 번 절하였다.

"아버지, 반드시 이 손으로 아버지를 돌아가시게 했고, 어머니와 동생들을 해친 간악한 놈들을 모두 죽여 복수를 해드리겠어요."

스스로에게 다시 한 번 다짐해 주듯 손가락을 어루만지며 중얼거리는 소옥의 눈에서 활활 불길이 타올랐다. 세상에 대한 증오와 원한이 그녀의 마음을 미칠 듯이 들끓게 했다. 그러자 혈맥 속에 가만히 가라앉아 있던 거대한 기운이 다시 요동을 치며 살아나 난마(亂麻)처럼 제멋대로 날뛰었다.

"억!"

가슴을 움켜쥐고 비명을 지른 소옥이 고통을 참지 못한 채 동굴 바닥을 데굴데굴 뒹굴었다. 불에 데인 듯한 아픔이 몸 안 깊은 곳에서부터 솟구쳐 올라와 정수리를 태울 듯 달아올랐다.

역행하는 이 기운들을 바로잡지 못한다면 복수를 꿈꾼 것도 허망하게 이곳에서 비참하게 죽을지도 모른다는 두려움이 엄습해 왔다. 소옥은 무서웠다. 고통 중에도 소름이 돋게 하는 죽음에 대한 공포가 그녀를 떨게 했다.

두려움은 그 끝에 이르면 더 큰 용기를 불러들이는 법이다. 소옥은 피가 나도록 입술을 악문 채 자신의 두려움을 직시하며 힘겹게 그것과 싸우기 시작했다.

단목기가 곤륜의 신공을 십성 연마했다면, 소옥 또한 사부로부터 물려받은 미타금강기(彌陀金剛氣)를 십성 연마하고 있었다. 마음을 굳세게 하고 기운을 더욱 크게 해주는 심결(心訣)에 따라 운기를 해 나가자 조금씩 고통이 잦아들었다.

한 시진쯤 스스로의 기혈을 가라앉히기에 애쓰던 소옥은 서서히 몰아지경에 빠져들기 시작했다. 삶과 죽음의 경계는 이제 그녀의 마음속에 한 점의 그림자로도 남아 있지 않았고, 나와 세상, 의식과 무의식의 구분 또한 모호해졌다.

시간이 지날수록 세상에는 오직 그녀 혼자만이 남았다. 그러다가 드디어는 그 형체마저도 사라진 채 천지간에 도도하게 흐르는 기운으로만 남겨졌다. 내가 없고 육신이 없으며, 마음마저 사라지고 나자 더 이상 고통이 담겨 있을 그릇도 없어졌다. 그러자 비로소 온전한 자유와 적막이 소옥을 자유롭게 해주기 시작했다.

*　　　　*　　　　*

"뭐야? 그래서 너 혼자 왔다고?"

풍치 화상(風痴和尙)의 노여움으로 가득 찬 고함 소리가 터져 나왔다. 울창한 소나무 가지 사이로 아침 햇살이 화살처럼 꽂혀들고 있는 송림 속이었다.

낡은 사당 안에 소옥을 뺀 그날 밤의 그 사람들이 모두 다시 모여 있었다. 은은한 피비린내가 허공에 남아 떠도는 것은 풍치 화상의 허리 띠에 아직도 매달려 있는 두 개의 수급(首級) 때문이었다. 화상은 무슨 대단한 전리품이라도 되는 양 그것을 자랑하고 싶은 모양이었다.

송청림이 핼쑥해진 얼굴을 제대로 들지 못하고 화상의 노여움을 고스란히 받아냈다.

"사내자식이 그래 저 혼자 살겠다고 부상을 입은 아녀자를 내팽개치고 꽁지가 빠져라고 도망쳐 와?"

눈을 부라린 화상이 머리통이라도 갈기겠다는 기세로 성큼 다가섰다. 그러나 송청림은 감히 변명하지도, 몸을 비키려고도 하지 않았다.

"그러고도 네놈이 불알 달린 사내놈이냐?"

화상이 주먹을 부르르 떨며 더운 콧김을 씩씩 내뿜었다.

"나는 또 그 잘난 형산파(衡山派)에서 쓸 만한 놈이 하나 나온 줄 알았더니 고작 겁 많은 쥐새끼였구나!"

화상의 지독한 독설에 최명판관(催命判官) 최흘(崔屹)이 눈살을 찌푸렸다. 명색이 형산파의 명숙(名宿)인 그로서는 차마 듣기 어려운 말이 었던 것이다.

"그쯤 해두지."

그가 혀를 차고 나서 싸늘하게 일갈했다. 화상이 최흘을 향해 한번 사납게 눈을 흘기고 나서 마지못한 듯 물러섰다.

"빌어먹을 놈. 가재는 게 편이라더니 꼴에 사숙(師叔)이라고 편들어 주는 것 좀 봐."

"이리 오너라."

입맛을 다신 최흘이 화상의 투덜거림을 짐짓 듣지 못한 듯 무시하고 송청림을 향해 손짓했다.

"다시 한 번 말해 보아라. 그자가 분명 곤륜문하라고 했더냐?"

"소질이 똑똑히 들었습니다. 사문의 일이라고 하는 데에는 가로막고 나설 수가 없었습니다."

"그렇겠지."

최흘이 이해한다는 듯 머리를 끄덕였다. 외인으로서 타 문의 일에 나선다는 것은 있을 수 없는 일이었다. 그자가 소옥과 동문이고, 그래 서 소옥을 데려갔다면 송청림으로서는 당연히 막을 명분이 없었을 것 이다.

"그렇다면 대체 곤륜문하가 얼마나 쏟아져 나왔다는 건가? 이건 좀 이상하군."

한쪽에서 가만히 듣고 있던 비천철각(飛天鐵脚) 장풍서(長豊瑞)가 머 리를 갸웃하며 중얼거렸다. 그들은 소옥이 펼쳐 보인 무공에서 그녀가 곤륜문하라는 것을 알고 크게 놀란 바가 있었다. 그런데 송청림의 말 에 의하면 그녀의 사형을 자처하는 자가 또 있는 것이다.

"빌어먹을. 산도 없고 절도 없는 것들이 어디서 갑자기 이렇게 쏟아져 나온 거지? 설마 그새 장문인을 모시고 봉문(封門)을 풀기라도 했단 말인가?"

장풍서를 흉내 내듯 머리를 갸웃거리던 화상이 스스로 중얼거린 말에 놀란 듯 "억!" 하고 비명을 터뜨렸다. 그의 살찐 볼이 갑작스런 긴장으로 푸들푸들 떨렸다.

가만히 듣고 있던 영춘 진인(永春眞人) 곽부성(郭富晟)도 깜짝 놀라 안색을 굳히며 소리쳤다.

"설마 그놈이 그자의 전인이란 말인가!"

진인의 외침에 괴이사기(怪異四奇)의 입이 약속이라도 한 듯 일제히 닫히고 무거운 침묵이 사당 안을 채워갔다.

한참 만에야 최흘이 엄한 얼굴로 송청림을 바라보고 입을 열었다.

"그자의 이름은?"

"소질은 듣지 못했습니다. 다만 동창의 무리들이 그를 영주라고 부르는 것밖에는……."

차마 물어볼 정신도 없었다고 말할 수가 없었다. 얼굴을 붉히는 송청림을 보며 그간의 사정을 짐작했다는 듯 최흘이 눈살을 찌푸렸다.

"감당할 수 없었더냐?"

그자가 정말 동창에 있다는 두 영주 중 한 명이라면 송청림이 상대할 자가 아니라는 것은 불문가지였다. 그것을 뻔히 알면서도 다시 확인하려는 것은 믿고 싶지 않은 마음 때문이었다.

"음……."

그러나 내심 부정해 주기를 바랐던 송청림이 어두운 얼굴로 눈길을 떨구고 고개를 끄덕이자 최흘이 신음을 흘리고 물러섰다.

"그자가 어디로 갔느냐?"

한쪽에서 잔뜩 얼굴을 찌푸린 채 서 있기만 하던 장풍서가 갑자기 한 겹 살기를 두른 얼굴로 다가서며 물었다. 의아하여 그를 바라보던 송청림이 다시 고개를 저었다.

"묻지 못했습니다."

"이런, 멍청한 놈! 네놈은 대체 거기 있긴 있었던 거냐?"

풍치 화상이 노하여 다시 소리치자 영춘 진인이 한숨을 쉬고 나서 그들을 말렸다.

"이 아이는 아마도 겁에 질려 정신이 없었을 것이네. 그만큼 그자의 공부가 대단하다는 증거겠지."

"빌어먹을 놈! 거북이새끼 같으니!"

여전히 마땅치 못하다는 듯 풍치 화상이 허공을 향해 눈을 부라리고 주먹을 흔들어 보이며 버럭 소리쳤다. 누구에게 하는 욕인지 알 수 없었다.

무엇을 생각하는지 뒷짐을 진 채 어지럽게 사당 안을 거닐던 최흘이 문득 걸음을 멈추고 손뼉을 쳐서 모두의 시선을 모았다.

"자, 이제 우리의 일이 생긴 것 같다. 모두들 어떻게 할 작정인지 들어보자."

"어떻게 하긴 뭘 어떻게 해? 제자라는 그놈이 강호에 나왔으니 어딘가에 빌어먹을 구양 노괴(具陽老怪)도 살아 있겠지. 이 부처님은 그놈을 찾아서 우선 목을 비튼 다음에 구양 노괴가 어디 있는지 그것을 알아내야겠다!"

"잘한다! 모처럼 너 빌어먹을 화상 놈이 마음에 꼭 드는 말을 하는구

나. 노부의 생각도 그렇다!'

　풍치 화상이 얼굴을 붉힌 채 터무니없이 큰 소리로 외치자 기다리고 있었다는 듯 장풍서도 손뼉을 치며 소리쳤다. 그들은 모두 단단히 화가 나 있는 듯했다. 송청림은 이 노인들이 왜 갑자기 긴장하고 흥분하다가 이처럼 분노하여 외치는 건지 이해할 수가 없었다.

　"가만, 가만. 진정들 하시게."

　손을 들어 만류하고 난 영춘 진인이 헛기침을 하고 넌지시 화상을 바라보았다.

　"풍치 도우는 설마 그녀와 한 약속을 잊은 건 아니겠지?"

　"잊긴 뭘 잊어? 너 말코도사는 감히 이 부처님이 노망이 들었다고 말하려는 거냐?"

　영춘 진인의 말에 풍치 화상이 대뜸 발끈하여 나섰으나 장풍서는 문득 깨달아지는 게 있었던지 시무룩한 얼굴이 되어 어깨를 떨구었다. 그의 눈치를 본 영춘 진인이 다시 한 번 가볍게 헛기침을 하고 옷소매를 떨쳤다.

　"자, 그러니 우리는 심각하게 생각해야 할 것이네. 과연 구양 노괴를 찾는 게 중요한지, 아니면 그녀와의 약속을 지키는 게 중요한지 그것부터 정해야 하지 않겠나."

　"도사의 말이 맞다. 우리는 그것부터 정하자."

　최흘이 다시 거들고 나섰다. 고개를 갸웃거리며 잠시 생각하던 풍치 화상이 자신의 머리통을 툭툭 두드리는 것이 아무래도 알 수 없는 모양이었다.

　"빌어먹을, 둘 다 중요하다. 어느 것이 더 낫고 못한 게 어디 있어?"

　툴툴거리던 화상이 갑자기 좋은 생각이 났다는 듯 손뼉을 치며 기뻐

했다.

"이렇게 하자. 우리들 중 두 명은 그녀와의 약속을 지키고, 남은 두 명은 구양 노괴 그 염병할 놈을 찾아 나서는 거다!"

말을 해놓고 나서도 자신의 그 생각이 정말 기막힌 묘책이라는 듯 스스로 대견해하며 싱글벙글하는 화상의 뒤통수를 장풍서의 손바닥이 철썩, 갈겼다.

"미련한 놈 같으니! 뭐가 둘이냐? 결국 구양 노괴의 제자일지도 모르는 그 어린놈 하나를 찾자는 것 아니냐!"

그자가 소옥을 데려갔고, 또 구양 노괴의 행방을 알고 있을지도 몰랐으므로 결국은 그자를 찾는 일이 우선이었다. 비로소 그것을 깨달은 화상이 머리를 긁었다.

"그럼 저 말코도사가 한 말은 뭐야?"

영춘 진인이 빙긋 웃으며 한번 수염을 쓸고 나서 느긋하게 말했다.

"무엇이 주가 되고 무엇이 종이 될 것인지를 우선 확실하게 해두고 일을 하자는 얘길세. 그 어린아이를 붙잡고 나서 무얼 먼저 해야 할지 갈팡질팡하지 말자는 거지."

그들은 마치 눈앞에 단목기를 잡아 꿇어 앉혀놓기라도 한 듯 말하고 있었다. 한쪽에서 묵묵히 그들의 말을 듣고 있던 송청림은 가만히 탄식했다. 그가 본 단목기는 이들 네 명의 노인들이 생각하고 있는 것처럼 그렇게 호락호락해 보이지 않았던 것이다. 어쩌면 그자의 무서움이 이들보다 더할지도 모른다고 생각하자 다시 등줄기에 식은땀이 배어나왔다.

'대체 이들은 뭘 하려는 걸까? 그녀와의 약속이란 또 뭐고 구양 노괴라는 사람은 또 누구기에 이처럼 공통된 적의를 내보이는 걸까?'

송청림은 아무리 생각해 보아도 그들의 말과 행동을 이해할 수 없었다. 그들이 말하고 있는 그녀가 누구인지 짐작할 수도 없었고, 구양 노괴가 누구인지는 더 더욱 알 수 없었던 것이다.

"됐다. 그럼 북경으로 가자."

화상이 더 기다릴 것 없다는 듯 옷소매를 떨치고 나섰다.

"그놈이 동창의 영주라니 거기 가면 자연히 만나게 되겠지."

마치 단번에 동창을 들이쳐 단목기의 멱살이라도 잡아 끌고 오려는 듯 서두르는 화상을 보며 세 명의 노인들이 동시에 혀를 끌끌 찼다.

"음, 분하다."

왼팔을 주무르던 위추경(魏錘庚)이 다시 한 번 부드득 이를 갈았다. 풍치 화상에게 당한 것에 대한 화가 아무래도 풀리지 않았던 것이다.

보기에는 뚱뚱하고 미련해 보이는 중놈이 그렇게 고강한 내력과 수단을 가지고 있는 고수일 줄은 뜻밖이었다.

그는 벽력흑모(霹靂黑貌)라고 불리기에 부족하지 않을 만큼 성정이 포악하고 사나웠으며, 수단과 솜씨가 지독했다. 벽력흑모 위추경이라면 동창 내에서도 홍안령(紅眼領)의 영주인 철혈도(鐵血刀) 단목기(丹木奇)와 더불어 상종하지 못할 두 명의 괴물이라고 소문이 자자했던 것이다.

그런 자신의 명성을 생각하자 다시 이가 부드득 갈렸다. 성도 이름도 알 수 없는 늙은 뚱보 화상에게 십 초를 견디지 못하고 달아나는 꼴을 보였다는 것이 부끄럽다 못해 분하기 짝이 없었다.

"어떻게 할 작정이십니까?"

함께 뒤도 돌아보지 않고 남성산(南城山) 기슭까지 쫓겨온 세 명의 수하 중 삼 호로 불리는 이자권(李字權)이 조심스럽게 물었다. 힐끔 그를 노려보는 위추경의 눈에 핏발이 서 있었다.

"돌아가자는 게냐?"

"어쨌든 복귀하여 보고는 해야 하지 않겠습니까?"

"음……."

위추경이 어금니를 악물고 신음을 흘렸다. 북경으로 돌아가 보고를 한다면 그 다음에 맞게 될 상황이 눈앞에 빤히 보였던 것이다.

일을 제대로 처리하지 못했을 뿐 아니라 오히려 칼을 던지고 도망쳤다는 것이 알려진다면 그 지독한 제독태감(提督太監) 장가령(長可寧)의 손에 온전할 리가 없었다. 게다가 영주인 단목기까지 조직을 이탈하여 제멋대로 행동했으니 어쩌면 그 화까지 자신이 뒤집어쓰게 될지도 몰랐다.

"나는 안 간다!"

"예?"

위추경의 말에 이자권이 깜짝 놀라 그를 바라보았다.

"돌아가면 태장(笞杖)을 맞아 죽거나 참수(斬首)를 면치 못할 걸 뻔히 알면서 어떤 멍청한 놈이 간단 말이냐?"

"하오면 무단 이탈을……?"

"제기랄! 영주가 그 모양인데 나라고 하지 못할 게 뭐야!"

그가 버럭 소리를 지르자 세 명의 수하들이 찔끔하여 몸을 사렸다. 그들은 단목기에 대한 것 못지 않게 이 포악한 조장에 대한 두려움을 가지고 있었다. 단목기에게는 그래도 따뜻한 면이 있었지만, 위추경에서 느낄 수 있는 것은 독 오른 독사 같은 난폭함뿐이었던 것이다.

"너희들은 어떻게 할 테냐?"

그가 윽박지르듯 세 명의 수하들을 차례로 보며 이 사이로 으르렁거렸다. 함께 동창을 이탈하자는 협박이 다분한 어조였다. 그의 눈치를 보며 망설이던 자들 중 쥐눈을 쉴 새 없이 굴리던 사호 태원호(太元戶)가 자신의 코를 한번 눌러보고 어눌하게 말했다.

"이것 참, 갈 수도 없고, 안 갈 수도 없고……."

힐끔 동료들의 눈치를 다시 한 번 본 그가 혼잣말처럼 중얼거렸다.

"가면 잘해야 변방으로 쫓겨나 군역(軍役)을 살 것이고, 안 그러면 목이 잘릴 텐데…… 허참……."

막막하다는 듯 하늘을 보며 한숨을 쉬자 곁에 있던 삼호와 오호의 얼굴이 새파랗게 질렸다. 동창에 있던 자가 신분을 잃고 변방의 군문(軍門)으로 쫓겨가면 그 말로가 어떻다는 것은 모두가 아는 사실이었다.

따돌림과 멸시, 부당한 학대를 이기지 못하고 스스로 목숨을 끊거나, 아니면 어느 놈의 손에 등을 찔려 죽기 일쑤였던 것이다. 권력의 울타리 안에서 보호를 받으며 위세를 떨치던 자들이 그 바깥으로 쫓겨나면 흔히 겪게 되는 일이었다.

그러나 복귀하지 않는다면 반역자로 낙인찍힌 채 평생을 전전긍긍하며 숨어살아야 할 것이었다. 그 어느 쪽이든 위험하고 마음에 들지 않기는 마찬가지였다.

"에잇, 나도 가지 않겠소!"

태원호가 동조하겠다는 뜻을 보이자 위추경이 한쪽 입꼬리를 흘리며 흐흐 웃었다.

"잘 생각했다. 당장 죽는 것보다는 그래도 하루라도 더 사는 게 낫지! 우리가 이 넓은 천하의 한구석에 숨어서 성도 이름도 감추고 산다면 그들이 어떻게 찾아내겠느냐."

동창의 이목이 닿아 있지 않은 곳이 없다고는 해도 넓고 넓은 게 중원 대륙이었다. 설마 제 몸 하나 숨길 곳이 없다고는 생각되지 않았다.

"좋아. 나도 군문으로 쫓겨가느니 차라리 도망자가 되겠다."

사태의 돌아가는 양을 지켜보고 있던 오호 왕추정(王酋丁)도 위추경의 편에 섰다. 그의 어깨를 한번 두드려 준 위추경이 다시 이자권을 보았다. 어서 결정하라는 무언의 재촉이 충혈된 두 눈 가득 담겨 있었다. 한참을 망설이던 이자권이 침통한 얼굴로 모두를 한번 돌아보고 나서 신중하게 입을 열었다.

"아무래도 나는 돌아가서 보고를 하는 게 좋겠소. 아직 염 차수(次首)와 이전성(李田盛)이 남아 있으니 그들의 말까지 듣고 나면 태감도 차마 우리를 모질게 대하지는 않을 것이오. 게다가 이곳에서 공을 세운 바도 있으니 설마 그렇게까지야……."

차수인 염동서는 신중하고 성품이 무난한 자라 평소에도 제독태감의 신임을 받고 있었다. 그와 이전성이라면 태감도 어느 정도 마음이 약해질지도 몰랐다. 더구나 이곳 강서 땅에 내려와 도지휘사사(都指揮使司)의 십만 정병들 중에서 동림당의 혐의가 있는 자들 일천을 가려내 생살부(生殺簿)를 만들어 보고한 공도 컸다. 그리고 무엇보다 그는 한낱 명령에 따라 움직이는 조원에 불과한 것이다.

어쩌면 이자권의 말처럼 그 공과 남창부중에서의 실패를 서로 상쇄하여 가벼운 책벌로 그치고 말지도 몰랐다. 그것을 생각한 듯 태원호와 왕추정의 얼굴에 다시 망설이는 기색이 떠올랐다. 그것을 본 위추경의 눈빛이 더욱 흉흉해져 갔다.

"죽일 놈!"

사납게 부르짖은 그의 손에 어느새 이자권의 목이 틀어쥐어져 있었다.

"가서 미주알고주알 떠벌리고 죽느니 여기서 내 손에 죽는 게 깨끗할 거다!"

말리고 말고 할 새도 없이 우두둑! 하는 소리와 함께 이자권의 목이 뒤로 꺾여 돌아갔다. 혀를 빼문 채 기운을 잃고 축 늘어진 그의 몸을 던져 버린 위추경이 벌떡 일어서서 흉악한 눈길로 태원호와 왕추정을 노려보았다. 그들은 넋이 빠진 채 이자권의 주검을 가리키며 어어, 하는 헛소리만 뱉어낼 뿐이었다.

"죽고 싶다면 지금이라도 말해라! 멀리 북경까지 갈 것 없이 내가 이 자리에서 죽여주마!"

비로소 정신을 차린 태원호와 왕추정이 그 자리에 납작 엎드렸다. 그들은 위추경의 살기가 자신들에게까지 미치지 않기를 바랄 뿐이었다. 그가 설마 자신의 수족이나 다름없던 수하마저 이처럼 무참하게 죽여 버리리라고는 상상하지도 못했던 일이었다.

"나를 따른다면 살 수 있다. 이 기회에 사람들의 손가락질을 받는 관복을 벗어버리고 강호에 나가 자유롭게 사는 거다. 우리가 종횡강호한들 어느 놈이 감히 가로막겠나?"

위추경의 자신감에는 어느 정도 타당성도 있었다. 그의 솜씨라면 강호에 나가서도 충분히 고수의 대열에 낄 만했던 것이다. 게다가 동창에서 갈고 닦은 자신들의 솜씨도 결코 만만치 않다는 것을 태원호와 왕추정은 잘 알고 있었다. 마음만 독하게 먹는다면 위추경과 함께 강호에 방회(幫會)를 세우고 한 지방의 패자(覇者)가 될 수도 있을 것이었다. 그렇다면 그것이 동창의 위세를 빌어 거들먹거리고 사는 것보다 어쩌면 더 나을 수도 있었다.

"우리는 끝까지 위 대가와 함께 생사화복을 나누겠습니다!"

그들이 입을 모아 외쳤다. 그들은 이제 더 이상 위추경을 조장이라거나 당두(檔頭)라고 부르지 않았다.

*　　　*　　　*

"저것이 내 집이었다."

소옥은 과거형으로 말하고 있는 자신을 느끼고 더욱 참담해지는 기분을 맛보아야 했다.

검게 그슬린 기둥 몇 개와 여기저기 흩어져 있는 흙벽들의 시커먼 잔해들만이 그곳이 집 자리였다는 것을 알게 해주고 있을 뿐, 어디에도 생기는 없었다.

뒤꼍의 대나무 숲 속에 한 마리 상처 입은 짐승처럼 웅크리고 앉아서 그것을 보며 소옥은 수백 번도 더 입술을 깨물어야 했다.

"울지 않겠어."

가슴이 저려올 때마다 품 안에 간직하고 있는 아버지의 손가락을 어루만져 보며 그렇게 중얼거렸다. 그러면 슬픔 대신 분노와 한이 그녀의 가슴을 메워왔다.

어머니와 동생들의 죽음을 자신의 손으로 수습하지 못했다는 것이 내내 마음에 앙금으로 남았다. 어쩌면 그날 밤의 그 불길 속에서 살과 뼈도 다 타버리고 한 줌의 재로 흩어져 버렸을지도 모르는 혈육들인 것이다.

"흥, 사형이라고? 개자식. 반드시 죽여 버리고 말겠어."

단목기의 그 음울하게 가라앉아 있던 눈을 떠올리고 뽀드득 이를 갈았다. 다음에 만났을 때는 반드시 자신의 손으로 죽여 그 목을 들고 이곳에 와 제를 올리겠다고 다짐했다. 그러자 단목기와 동창에 대한 원한이 뼈 속까지 시리게 스며들었다.

"위충현이라는 놈……."

어금니를 악문 소옥이 스산하게 중얼거렸다. 그 늙은 내시 놈마저 죽이지 않고서는 이 원한을 풀 수 없을 것 같았다.

그렇게 살기를 일으키자 가슴 한쪽이 다시 은은하게 아파왔다. 이틀에 걸쳐 모든 것을 잊고 운기조식하여 내상을 치료했지만 여운이 남아 있었던 것이다. 어째서 자신에게 그런 현상이 생겼는지는 아직도 알 수 없었다.

잠시 호흡을 고르고 미타금강기(彌陀金剛氣)를 운용하여 두 손에 내력을 응집시켰다. 가슴속이 시원해지며 단전에서부터 시작된 거대한 기운이 막힘없이 치달아 두 손을 은은한 금빛으로 물들였다. 달리 금황기(金黃氣)라고 부르기도 하는 그것은 한 번 내뻗으면 단번에 천 근의 바위라도 부수어 버리고 말 강한 기운이었다.

어디에도 기혈이 역류하거나 맥이 끊겨 멈추는 고통은 없었다. 내력을 완전히 회복했다는 것을 알 수 있었다. 소옥은 두 손에 모았던 기운을 풀어 대주천(大周天)으로 한 바퀴 돌린 다음에 다시 갈무리하였다.

다음으로 그녀는 조심스럽게 유룡심법(遊龍心法)을 운용해 보았다. 남창부중에서 낭패를 당했던 일이 떠올라 겁이 났지만, 정신을 모으고 호흡을 다스려 나가자 시원한 기운이 일어 사지백해로 순조롭게 흘러 나갔다.

은은한 청광이 그녀의 윤곽을 따라 어둠 속에서 희미하게 빛났다.

마음이 한결 가라앉았고, 기분이 상쾌해졌다. 어디 한곳 막히는 것이 없는 것으로 보아 유룡심법 자체에 이상이 있는 건 아니었다. 그런데 그날 밤의 일은 왜 그랬던 건지 더욱 이해할 수가 없었다.

그러는 중에 어둠이 짙어졌다. 희뿌연 구름 몇 조각이 바람에 쓸려 지나가자 편월(片月)이 희미한 빛을 드러냈다. 그 옅은 월광 아래 마당 구석에 서 있던 오동나무의 커다란 그림자가 더욱 을씨년스러운 그늘을 드리웠다.

잠시 불에 타다 남은 그 둥치와 가지들의 삭막함을 바라보던 소옥이 바람에 떠밀리는 낙엽인 듯 가볍게 몸을 던져 허공을 날았다.

오동나무 아래 깃털처럼 소리없이 내려선 그녀가 나무 그늘에 몸을 숨기고 숨을 멈추었다. 잠시 주위의 기척을 세세하게 살폈지만 경계할 만한 것은 아무도 없었다. 불에 그슬리다 남은 나뭇가지 한 개를 주워 든 소옥이 나무 밑을 파헤치기 시작했다.

아버지가 대체 지난 십오 년 간이나 숨겨두고 있었다는 것이 무엇인지, 흙이 파헤쳐지고 구덩이가 깊어질수록 두려움과 설레임이 그녀의 숨을 헐떡이게 했다.

드디어 나뭇가지 끝에 딱딱한 느낌이 전해져 왔다. 그것을 내던져 버린 소옥이 땅에 엎드려 정신없이 두 손으로 흙을 파헤치기 시작했다. 무엇일까? 내내 가슴을 답답하게 하는 그 궁금증이 드디어 손가락 끝에 걸려 멈추었다.

작은 함(函)이었다. 오랜 세월의 더께가 내려앉아 이미 반쯤은 썩어 있어서 무심결에 힘을 주어 꺼내려 하자 귀퉁이가 흙처럼 부서져 내렸다. 깜짝 놀란 소옥이 손을 떼었으나 무너지는 흙덩이의 무게를 이기지 못한 그것은 흙과 같이 부서져 주저앉아 버렸다. 그리고 그 안에서 침침하게 색이 변한 유지(油紙) 뭉치가 드러났다.

소옥은 조심스럽게 그것을 꺼냈다. 몇 겹으로 에워쌌던지, 유지 덩이들이 서로 단단하게 뭉쳐서 돌과 같았다. 품에 그것을 넣은 소옥이 서둘러 구덩이를 메우고 다시 한 번 흉한 모습으로 남아 있는 오동나무를 올려다본 뒤 땅을 박차고 몸을 날렸다.

앞서 스쳐 간 바람을 뒤따라온 몇 장의 먹구름이 초닷새의 칼끝 같은 조각달을 완전히 덮어버렸다. 코앞이 보이지 않는 어둠이 그 순간 세상을 모두 감추어 버렸고, 소옥의 흔적은 이제 어디에서도 찾아볼 수 없게 되었다.

유지 뭉치는 오랜 세월이 지나는 동안 서로 달라붙고 뒤엉켜 뜯어낼 수가 없었다. 심지를 낮추어놓은 흐린 유등(油燈) 불빛 아래서 소옥은 조심스럽게 소도(小刀)로 그 유지 덩어리를 깎아내야 했다.

객잔은 새벽을 바라보는 짙은 어둠 속에서 깊은 물속처럼 고요하게 가라앉아 있었다. 옆방에서 누군가가 고르게 코 고는 소리가 벽을 통해 낮게 들려왔다.

칼날을 조심하며 서너 겹의 유지를 깎아내자 다시 비단 헝겊으로 싼 물건이 모습을 드러냈다. 손가락 끝의 감촉에 의지하여 더듬어보았다. 그리고 단단한 유지의 껍질 속에서 그것을 끄집어냈다. 드디어 십오 년의 세월 속에 묻혀 있던 무엇인가가 모습을 드러낼 순간을 맞고 있었다.

아버지는 무슨 이유로 이것을 가슴속에 묻어두듯 그처럼 깊이 파묻어두고 그 오랜 세월 동안 비밀로 간직해 왔던 것일까? 왜 마지막 숨을 거두며 이것을 사부에게 돌려주라고 한 것일까? 이것에 얽혀 있는 아

버지와 사부와 단목기, 그리고 이제는 자신까지도 포함된 그 인연들이
악연(惡緣)일지 선연(善緣)일지…….

그 모든 생각들이 잠시 소옥으로 하여금 하던 일을 멈추고 멍하니
불꽃을 바라보게 했다. 그녀는 자신이 이것이 무엇일지 이미 짐작하고
있다는 것을 잘 알았다. 단목기가 말했던 바로 그것. 용화진경(龍華眞
經)인 것이다.

'용화진경…….'

그 생소한 이름이 소옥의 마음을 어지럽게 했다. 이것이 무엇이기에
그것을 알기도 전에 이처럼 지울 수 없는 상처를 자신과 가족에게 가
져다 준 것인지 끔찍한 생각이 들었다. 문득 왈칵 밀려드는 두려움 때
문에 소옥은 그것을 펼쳐 볼 엄두를 내지 못하고 주춤주춤 물러앉았다.

*   *   *

"그 아이가 이미 다녀갔다."

오동나무 아래서 상관혜(上關慧)가 떨리는 음성으로 그렇게 말했다.

"그렇군. 오래 지나지는 않은 듯하오."

왕서륜(王瑞倫)이 어딘지 음울하게 가라앉은 음성으로 답했다.

그들은 똑같이 막 새로 덮은 흙구덩이를 바라보고 있었다. 상관혜의
얼굴 가득 안타까움과 비통함이 어려 있었고, 왕서륜은 어두운 낯빛으
로 침울하게 가라앉아 있었다.

"아직 무사해."

상관혜의 떨리는 음성이 기쁨으로 젖어 반짝였다. 그럴수록 왕서륜
의 얼굴에 드리워져 있는 어둠은 더 깊어져 갔다.

"곧 동창에서 무사들을 풀어 대대적인 추격에 나설 것이오. 그들이 부중에서 저지른 일은 위충현을 충분히 화나게 했을 테니까."

며칠 전 남창부중에서 있었다는 혈풍에 대해서는 어디를 가나 생생하게 들을 수가 있었다. 사람들은 쉬쉬하면서도 입에서 입으로, 귀에서 귀로 그 소식을 전하고 담아두었던 것이다.

—강호에는 아직 협사(俠士)들이 남아 있었어.

조심스럽게 전하는 말끝에는 꼭 그런 감탄이 뒤따르는 것이어서 그것이 민초들의 마음이라는 것을 잘 알 수 있었다. 그들은 위충현에 대한 분노와 적의를 하나같이 공유하고 있었던 것이다.

"사저, 그 아이를 빨리 찾아야 하오."

왕서륜이 멍하니 오동나무를 올려다보고 있는 상관혜의 옷깃을 흔들었다. 상관혜가 다시 쓸쓸한 얼굴이 되어 불에 그슬린 오동나무 등치를 어루만졌다. 그녀의 손끝이 가늘게 떨리고 있는 것을 왕서륜은 놓치지 않고 보았다.

"휴······."

상관혜가 문득 깊은 탄식을 불어냈다.

"그가 죽고 나무도 불탔으니 이제 내게 남은 것은 추억뿐이로군."

그녀의 중얼거림이 왕서륜의 가슴에 못이 되어 박혀들었다. 그가 상관혜를 따라 깊이 탄식하고 애써 그녀의 쓸쓸한 얼굴을 외면했다.

서늘한 밤바람 한줄기가 불어와 상관혜의 머리카락을 흔들고 지나갔다. 뒤곁 대나무 숲이 먼 파도 소리를 내며 우우— 하고 울었다. 가슴 깊은 곳으로 불어오는 그 울음소리를 두 사람은 말없이 듣고 있었다.

문득 왕서륜이 어깨를 긴장으로 딱딱하게 굳혔다. 잠시 턱을 들고 바람에 실려오는 어둠의 기운을 느끼던 그가 낯빛이 새파랗게 질린 채 다급하게 상관혜의 소맷자락을 끌었다.

"그가 왔소!"

낮은 그의 속삭임이 비명 소리처럼 들렸다. 문득 정신을 차린 상관혜의 얼굴도 그를 따라 창백하게 질려갔다. 그녀도 분명히 느낄 수 있었던 것이다. 어둠에 묻혀 소리없이 다가오고 있는 커다란 기운이었다. 그것은 빠른 바람에 밀려오는 구름처럼 그들의 어깨를 덮어오고 있었다.

휙—

왕서륜이 땅을 박차고 던지듯 몸을 날렸다. 그 뒤를 상관혜가 옷자락을 틀어쥔 채 뒤따랐다. 그것이 바람에 펄럭이는 소리를 내는 것조차 두려워하는 모습이었다.

그들이 돌아볼 겨를도 없이 대나무 숲 속으로 숨어들어 긴장으로 높아진 숨을 서너 번 몰아쉬었을 때였다.

어둠 속에서 날개를 활짝 편 거대한 올빼미처럼 한 점의 소리도 흔적도 없이 날아 내리는 그림자가 있었다. 상관혜와 왕서륜은 급히 자신들의 기도를 폐쇄하고 숨을 멈추었다. 긴장이 그들의 근육과 힘줄을 뻣뻣하게 했다. 흔들리는 대나무 잎과 어둠과 바람 소리 속에 엎드려서 그들은 자신들의 기척은 물론, 생기마저도 감추어야 했다.

살아 있기를 버리고 하나의 사물이 되어버린 듯 그렇게 굳어 있는 그들의 눈에 어둠 속을 서성거리는 한 사람의 모습이 뚜렷이 보였다. 풍향곡에서 헤어졌던 대사형 구양목(具陽木)이었다.

잿더미로 주저앉아 있는 집터 주위를 한 바퀴 맴돌고 난 그가 문득 흉측스럽게 서 있는 오동나무를 바라보았다. 그리고 무릎을 굽힌 것 같지도 않았는데 마치 바람에 떠오르는 솜털인 듯 가볍고 소리없이 허공을 날아 그 아래 내려섰다.

뒷짐을 지고 오동나무를 천천히 맴도는 그의 모습이 흐린 달빛 아래 산책을 나온 신선인 듯 풍치있게 보였다. 흙 무더기 앞에서 걸음을 멈춘 그가 무엇을 생각하는지 잠시 그것을 내려다보다가 하, 하고 탄식을 했다.

"애석하다. 조금 늦었구나."

떠나기가 못내 아쉬운 듯 다시 한 번 오동나무를 맴돈 그가 힐끔 대나무 숲을 바라보았다.

상관혜와 왕서륜은 지나친 긴장으로 가슴이 터질 듯 답답해 왔다. 그들은 밤바람에 구양목의 탐스럽게 늘어진 검은 수염이 가벼이 날리는 것을 지켜보며 시간이 더디 감을 원망했다. 그의 시선이 어서 비껴가기를 간절히 바랐지만, 구양목의 번쩍이는 눈길은 대나무 숲에서 떠날 줄을 몰랐다.

한참을 대나무 숲 속에 가라앉아 있는 어둠을 지켜보던 구양목이 탄식하며 한번 수염을 쓸었다.

"아직 인연이 다하지 않았으니 내 힘으로 어쩌리요. 사제, 사매, 너희들은 그렇게 두려워할 것 없다."

상관혜와 왕서륜이 창백한 얼굴로 서로를 마주 보았다. 그렇게 조심을 했건만 구양목의 불 같은 시선은 끝내 속이지 못한 모양이었다. 낭패한 모습으로 일어서려는 왕서륜의 팔을 상관혜가 꽉 붙잡았다. 눈으로 그를 제지하며 조금을 더 엎드려 있자 구양목이 다시 탄식하고 머리를 젓는 모습이 보였다.

"내가 늙은 걸까? 이제는 이목마저 흐려지는 모양이다."

기실 구양목은 그곳에 상관혜와 왕서륜이 몸을 감추고 있다는 것을 알지 못했다. 다만 의심을 지우지 못하고 혹시나 하는 마음으로 한번 말을 던져 본 것이다. 그의 노회(老獪)한 수법에 자칫 걸려들 뻔했던 왕서륜이 부르르 몸을 떨었다. 그의 눈에 멀리 어둠 속으로 한줄기 바람이 되어 사라져 가고 있는 구양목의 옷자락이 보였다.

"이제 됐어."

상관혜가 안도의 한숨을 쉬고 일어섰다.

"아, 위험했다."

비로소 가슴을 쓸며 스스로의 경솔했음을 뉘우치던 왕서륜은 힐끔 상관혜를 훔쳐보며 역시 꼼꼼하고 의심 많기는 여자를 따라갈 수 없다고 생각했다.

옷을 털고 머리를 매만진 상관혜가 쓸쓸한 눈을 들어 왕서륜을 바라보았다.

"하지만 그는 꾀가 많고 의심이 많은 사람이니 곧 다시 돌아올 거야. 그전에 어서 이곳을 떠나자."

흠칫 놀란 왕서륜이 서둘러 상관혜의 뒤를 따라 대나무 숲을 떠났다. 그들이 숲을 떠난 지 일각도 채 되지 않아 그녀의 예측대로 구양목이 다시 나타났다. 그리고 이번에는 망설이지 않고 대나무 숲 속으로 뛰어들었다.

"이런, 여우 같은 것!"

젖은 대나무 잎사귀들이 눌려 있는 자국을 본 구양목이 발을 구르며 소리쳤다. 하지만 그때는 이미 늦어 허공 중에 그들의 체취마저 남아 있지 않았다. 제 꾀에 제가 속아 넘어갔다는 것을 안 구양목이 허허 하고 웃었다.

"예나 지금이나 네 머리는 언제나 내 발보다 한 걸음 앞서 가고 있구나. 하지만 여우도 강을 건너다 꼬리를 적실 때가 있는 법이지. 부디 몸과 마음을 두루 조심하거라."

어딘가에서 상관혜가 자신의 말을 듣고 있기라도 하다는 듯 중얼거린 구양목이 다시 옷자락을 날리며 멀어져 갔다.

*   *   *

소옥과 헤어진 단목기는 육지평의 행방을 찾아서 다시 남창부로 왔다. 그리고 부중에서 가장 큰 주루인 선인루(仙人樓)의 현판에서 사부의 독문표기(獨門標記)를 보았다. 사부가 자신을 찾고 있었던 것이다. 그것을 안 단목기는 가슴이 철렁했다. 여간해서는 강호에 나서는 걸 꺼려하는 사부가 북경을 떠나 이 먼 강서 땅까지 몸소 내려왔다는 것이 심상치 않게 여겨졌다.

단목기는 주위에 자신을 주시하는 사람이 없다는 것을 확인하고 재빨리 손톱 끝으로 사부의 표기 밑에 자신의 표기를 긁어 새겼다. 그리고 주루에 들어 느긋하게 술을 마시고 있기를 한 시진쯤 했을까, 늙은 거지 한 명이 사람들을 헤치고 재빨리 들어왔다.

"아니, 저놈의 거렁뱅이가? 그렇게 혼이 나고도 아직 정신을 차리지 못하다니!"

문 앞에 서 있다가 거지를 본 점원이 주먹을 흔들며 뒤를 쫓았다.

"히히…… 네놈이나 나나 남의 밥 얻어먹고 살기는 매한가지다. 사람 팔자는 돌고 도는 거라고 하지 않더냐? 언젠가 네가 거렁뱅이가 되고, 내가 점원이 될지 어떻게 아느냐."

탁자를 끼고 맴돌아 쫓기면서도 늙은 거지는 희희낙락했다. 그새 거지를 쫓는 점원이 세 명으로 늘었지만, 쉰 냄새를 풍기며 비좁은 탁자 사이를 요리조리 빠져 달아나는 그의 걸음을 쫓아 잡지 못했다. 마치 그들을 놀리기라도 하듯, 거지는 손님들의 탁자를 스쳐 갈 때마다 그 위에서 가장 먹음직스런 것 한 가지씩을 냉큼 집어 품 안에 쑤셔 넣었다.

"저런 고약한 노화자(老火者)가 있다니!"

손님들 중 혈기가 왕성한 몇 명의 젊은이들이 일제히 그렇게 소리치며 자리를 박차고 일어나 늙은 거지의 뒤를 쫓았다.

화자(火者)란 원래 불알 없는 고자(鼓子)를 말하는 것이었는데, 위충현이 사례태감(司禮太監)으로 득세하여 세상을 어지럽히면서 그것은 가장 듣기 싫은 욕이 된 말이기도 했다. 그 욕을 들은 거지가 발끈하여 멈추어 서더니 휙 돌아섰다. 그를 잡으려고 뒤쫓아 오던 젊은이 한 명이 갑자기 멈추어 선 거지의 가슴에 코를 박고 말았다.

"어이구, 지독해라!"

그 고약한 냄새를 견디지 못하고 비틀대는 자의 뺨을 깡마른 거지의 손바닥이 사정없이 철썩 갈겼다.

"화자라니! 그럼 내가 어찌 네놈의 애비를 낳았고, 그 고약한 애비가 또 너를 낳을 수 있었겠느냐?"

지독한 말에 뺨을 맞은 젊은이가 어리둥절하여 거지를 바라보았다.

"히히, 어렵게 생각할 거 없느니라. 그저 할애비를 뵈었으니 절이나 한번 하거라.”

늙은 거지가 다시 발끝으로 젊은이의 무릎을 냅다 걷어찼다.

“어이쿠!”

젊은이가 중심을 잃고 기우뚱하더니 기어이 바닥에 무릎을 꿇고 처박히고 말았다. 꼭 늙은 거지 앞에 머리를 조아리는 꼴이었다.

“저리 비켜! 멍청한 놈!”

뒤에서 쫓아온 점원과 청년 두 명이 그런 젊은이를 밀어내며 늙은 거지에게 달려들었다. 거지가 혀를 내밀어 보이고는 다시 뒤돌아서 탁자 사이를 요리조리 헤집으며 도망치기 시작했다. 놀란 사람들이 피하느라고 탁자가 엎어지고 의자가 부서지는 한바탕 소란이 일었다.

아래층의 그 소란에 놀란 이층의 주객들이 모두 난간에 몰려들어 그 꼴을 보며 손뼉을 치고 웃어댔다. 젊은이들이 늙은 거지를 잡는지 못 잡는지를 두고 내기를 하는 자들도 있었다.

“저런, 저런! 또 부서진다!”

회계대에서 발을 동동 구르며 어쩔 줄 몰라 하는 뚱뚱한 집사의 모습이 그 소란을 더 우스꽝스럽게 해주었다.

늙은 거지가 어느새 주루를 두 바퀴나 맴돌아 다시 단목기의 탁자로 다가왔다. 그러자 그의 몸에서 쉰 냄새가 지독하게 났다. 때에 전 쪼글쪼글한 손을 뻗은 거지가 망설임없이 단목기의 앞에 놓여 있던 술잔을 집어 냉큼 입에 털어 넣었다.

“캬, 좋다! 양하대곡(洋河大曲)이라니, 이 얼마 만이냐!”

양하대곡은 강소성(江蘇省) 사양현(泗陽縣) 양하진(洋河鎭)에서 생산되는 명주(名酒)였다. 그 빛깔이 투명하고 향기로웠으며 달고 독하기 짝이 없는 술로 유명했다.

미련이 남는지, 씩씩거리며 뒷덜미를 잡아오는 점원의 손길을 무시한 채 늙은이가 냉큼 술병을 집어 들어 품에 쑤셔 넣었다.

"헤헤, 기다려라, 이놈아. 늙은이 숨넘어가겠다."

무의식적인 행동인 듯, 살짝 어깨를 낮추며 고개를 돌려 뒤를 바라보았다. 마치 뒤쫓아온 점원을 쳐다보려는 듯 자연스럽기 짝이 없는 모습이었다. 그러나 그가 고개를 돌린 것과 점원이 갈퀴처럼 웅크린 손을 뻗어 막 뒷덜미를 움켜쥐려는 것이 절묘하게 맞아떨어졌다.

"어이쿠! 이 빌어먹을 늙은이가 사람 친다!"

점원이 손목을 쥐고 펄쩍펄쩍 뛰며 고래고래 비명을 질러댔다. 덜미를 노리고 내뻗은 손가락이 그만 늙은 거지의 이마에 강하게 부딪치고만 것이다. 그 바람에 세 개의 손가락이 마디가 꺾여 손등에 닿았다. 그 아픔이란 당해본 사람만이 안다.

"히히, 때리기는 네놈이 때려놓고 지랄도 네놈이 떠니 이 할애비는 이유를 모르겠다."

사람들이 보았을 때는 영락없이 점원이 늙은이의 머리통을 갈긴 것처럼 보였다.

눈물마저 질금질금 흘리며 쩔쩔매는 점원 때문에 길이 가로막힌 자들이 늙은 거지를 가리키며 소리를 질러댔다. 그때 주루의 문이 부서질 듯 열리고 중무장한 관병들이 들이닥쳤다. 순찰을 돌던 관병들이 주루의 소란을 듣고 달려온 것이다. 지난밤 부중에서 일어난 혈겁 때문에 남창부는 대낮인데도 어디를 가나 살기등등한 관병들이 가득했다.

군관이 한번 호통을 치자 놀란 구경꾼들이 모두 흩어졌고, 노인을 쫓던 점원과 젊은이들도 머리를 어깨에 묻고 슬그머니 꽁무니를 뺐다.

"잡아라!"

그 한마디에 황소 같은 병사들 다섯 명이 우르르 달려들어 눈 깜박할 사이에 늙은 거지를 누에고치처럼 묶어버렸다.

회계대에 바짝 붙어 서서 눈알만 뒤룩뒤룩 굴리고 있는 집사의 얼굴이 벌레 씹은 것처럼 일그러졌다. 부서진 집기며 음식 값을 누구에게서 받아내야 할지 막막해졌던 것이다.

소란이 가라앉자 단목기가 아무 일도 없었던 듯 자리에서 일어섰다. 늙은 거지가 술병을 낚아채 가며 그 자리에 재빨리 떨어뜨린 쪽지 한 장을 손에 말아 쥔 채였다.

거리로 나와 걸으며 쪽지를 펼쳐 읽어보았다. 첫닭이 울 무렵 철정산(徹井山)에서 기다리겠다는 간단한 내용이 담긴 사부의 전언(傳言)이었다.

'철정산……'

단목기는 죽립을 들어 올리고 남쪽 종루 너머로 멀리 솟아 있는 높은 산을 바라보았다. 무이산맥(武夷山脈)이 동쪽 바다를 바라보고 숨가쁘게 달려오다가 한 가지를 틀어 남창부를 향하고 내뻗은 끝에 우뚝 솟아 있는 산이었다.

'사부께서는 언제 그런 방수(幇手)를 두신 걸까?'

문득 그런 의문이 들었다. 언제나 혼자였고, 누구와도 말하거나 어울리기 싫어하던 사부의 모습과 조금 전에 본 늙은 거지의 떠들썩함과는 전혀 어울려 보이지 않았던 것이다.

단목기는 서쪽 망루 위를 넘어가고 있는 해를 보았다. 성문이 닫히기 전에 서화문(西華門)을 나서서 천천히 걷는다면 새벽녘에는 철정산 기슭에 이를 수 있을 것이다. 그러면 경사(京師)를 전혀 떠나지 않던 사부가 무슨 일로 이 먼 곳까지 자신을 찾아왔는지도 알 수 있게 될 것이었다.

혹시 사부의 신변에 급한 어떤 일이 생긴 건 아닐까 하는 생각도 들었으나 단목기는 곧 머리를 가로저었다. 사부 자신이 스스로를 그렇게 한다면 모를까, 세상에서 사부를 급하게 할 만한 사람은 아무도 없다는 것을 그는 잘 알고 있었다.

*　　　*　　　*

"너는 나를 원망하고 있느냐?"

새벽이 동터오는 개울가에서 구양목은 바위에 걸터앉아 있고, 단목기는 그 아래 무릎을 꿇고 있었다. 발 아래 안개 자욱한 세상이 아득히 내려다보이는 철정산(徹井山) 중턱의 참나무 숲 속이었다.

구양목은 지그시 단목기를 내려다보고 있었다. 갑자기 나타난 사부로 인해 몹시 놀란 듯한 얼굴이었는데, 그 한구석에는 또 다른 의문과 원망이 떠올라 있기도 했다.

"제자는 감히 여쭈어보고 싶은 게 있습니다."

한참을 머뭇거리던 단목기가 조심스럽게 말을 꺼냈다.

"말해 보거라."

"이 일을 이미 알고 계셨습니까?"

구양목은 단목기가 묻고자 하는 것이 무엇인지 잘 알 수 있었다. 이미 부자와 다름없는 정으로 합쳐져 있는 그들이었다. 말하지 않아도 눈빛과 전해오는 느낌만으로 서로의 마음을 읽고 생각을 짐작하는 일들이 어렵지 않았다.

휴, 하고 한숨을 쉰 구양목이 선뜻 대답하지 못하고 침묵했다. 그들의 무거운 침묵을 적시며 새벽의 차가운 이슬이 발등에 내려앉고 있었다. 바위에 부딪쳐 여울을 만들며 빠르게 흐르고 있는 개울물 소리가 점점 커져 갔다.

한참 만에야 구양목이 낮고 무거운 음성으로 대답해 주었다.

"이 일은 나도 미처 알지 못했다. 너의 질문을 받고 지금에야 비로소 그렇다고 확신할 수 있을 뿐이다."

구양목은 확실히 그가 노리고 있던 소옥이 소양진의 딸이고, 그녀는 또 상관혜의 제자이기도 하다는 것을 알지 못했다. 지난 일들을 간략하게 고하는 단목기의 단편적인 말들을 들으며 비로소 일이 그렇게 꼬였다는 것을 알았다.

단목기의 마음이 한결 가벼워졌다. 이제 이 일은 운명이라고밖에 달리 말할 수 없었다. 사부도 처음부터 모르고 있었던 것이다. 모르고 빚어진 비극이었고, 모르고 맺게 된 원한이라면 그건 운명일 수밖에 없었다.

"제자는 이제 그녀를 해칠 수가 없습니다."

구양목의 얼굴이 한순간 딱딱하게 굳어졌다. 그러나 그 또한 사랑하는 제자에게 사매를 죽이라고는 차마 명령할 수 없었다. 단목기가 내심으로 운명을 탓하고 있듯, 구양목도 이처럼 일이 꼬여 버린 것을 운명이라고 생각하며 억울해하고 있었다.

"좋다. 진경이 이미 그 아이의 손에 들어간 듯하니 너는 역시 그것을 찾아오는 게 좋겠다. 그 나머지의 일들은 네 마음대로 해도 무관

하다."

"......."

단목기는 소옥의 손에서 그것을 빼앗아와야 한다는 것까지도 마음에 들지 않았다. 다시 소옥의 마음을 상하게 하고 싶지 않았던 것이다.

"사부님께서는 그것이 없더라도 이미 천하제일의 고수라는 칭호를 받기에 부족함이 없으십니다."

그럼에도 불구하고 어째서 그토록 진경에 집착을 보이는 건지 알고 싶었다. 그러나 구양목은 끝내 만족할 만한 대답을 해주지 않았다.

"천하제일은 없다. 그렇기에 사람들이 그토록 그 말에 매달리는 것이지. 짐승에게 천적이 있듯이 사물에는 언제나 서로 극성인 것이 있기 마련이다. 그것을 무시하고 대적할 아무도 없이 오직 천하에 제일로 군림할 수 있는 자란 없다."

"하오면, 사부님께서 진경을 찾는 것은 그것이 사부님과 극성이기 때문입니까?'

단목기는 사부의 말속에서 그것을 느꼈다. 물끄러미 단목기를 바라보던 구양목이 천천히 고개를 끄덕였다.

"너는 반만 맞추었다. 하지만 그것으로도 충분하지."

여전히 한 겹의 의문은 남겨두는 사부를 보며 단목기는 가만히 한숨을 쉬었다. 누구에게나 말하기 어려운 사정이 한두 가지는 감추어져 있는 것이다. 사부라고 예외일 수는 없었다. 무겁게 가라앉아 가는 단목기의 눈빛을 읽은 구양목이 가볍게 한숨을 쉬었다.

"나는 평생을 사문을 일으키는 일에 매달려 왔다. 내 한 몸에 지닌바 공력이 바다를 가르고 산을 쪼갤 만하더라도 사문이 없다면 뿌리없이 떠도는 부평초에 지나지 않다. 사람들의 손가락질과 멸시를 면할 수 없는 거지. 너는 나의 뜻을 잘 알고 있고 너 또한 그러한 마음을 지니고 있다. 머지않아 곤륜의 위명이 천하를 덮고, 강호의 수많은 문파와 고수 명숙이라는 자들이 곤륜의 초석(礎石)에 이마를 찧으며 복종을 맹약하게 될 것이다. 나는 사문의 그날을 꿈꾸며 평생을 참아왔다."

군이 더 말하지 않더라도 단목기는 자신의 사부가 그처럼 큰 위엄과 능력을 지니고도 강호의 이목을 피해 구차하게 몸을 숨기고 있는 이유를 잘 알고 있었다. 그리고 사부의 말속에서 그가 이제 머지않아 다시 강호에 나서려 한다는 것을 느꼈다. 그때는 세상의 누구도 그를 막지 못할 것이다. 강호에서 사부의 존재를 아는 자들이 없듯이 그때의 위험을 짐작하는 자들도 없는 것이다.

"나는 곤륜문하이고, 너 또한 그렇다. 곤륜의 명예와 위업이 이렇게 사람들의 망각 속으로 묻혀 버리게 내버려 두어서는 안 된다."

'사문을 일으키는 일.'

사부의 말을 들으며 단목기는 그것을 생각했다. 그것은 사문의 전승을 받은 자라면 누구든지 생각하고 꿈꾸는 일이기도 했다.

'나의 사문은 천하제일이다.'

다시 그렇게 마음속으로 중얼거리자 뿌듯한 자부심이 가슴을 부풀렸다. 그 천하제일의 사문에 있어야 할 위용과 위엄을 되찾기 위해 사부는 홀로 애쓰고 있었다. 하지만 사숙고(師叔姑)와 힘을 합한다면 그 노력의 기간이 훨씬 짧아질 수도 있었고, 수고를 덜 수도 있을 것이었다.

"어째서 사숙고의 힘을 빌지 않으십니까?"

마음속에 담아두고 있던 궁금함을 기어이 묻고 말았다. 그러자 구양목의 얼굴빛이 갑자기 다른 사람이 된 듯 딱딱하게 굳어졌다. 단목기는 사부의 돌변한 모습을 보고 놀라 긴장했다.

한동안 묵묵히 발등을 적시고 있는 이슬을 보고, 개울물 소리에 귀를 기울이고 있던 구양목이 음, 하고 길게 침음성을 발했다. 마음속에 있는 갈등과 힘겨운 싸움을 하고 있는 게 분명했다.

"그들은…… 잊어라."

"예?"

의외의 말에 단목기가 번쩍 고개를 들고 사부를 바라보았다. 구양목이 그의 시선을 피하며 몸을 일으켰다.

"세상에서 믿고 의지할 수 있는 사람은 오직 너와 나 둘뿐이다. 그것을 잊지 말아라."

찾아올 때 그랬던 것처럼 말없이 돌아서는 사부의 뒷모습에서 단목기는 나이 든 노인의 쓸쓸함을 보았다. 저것이 사부의 참모습일지도 모른다고 생각하자 가슴 한쪽이 아릿하게 아파왔다.

"이제 어디로 가시렵니까?"

애써 떨리는 음성을 감추며 건조하게 물었다. 구양목이 돌아보지도 않은 채 한 손을 들어 새벽빛을 받아 붉게 빛나고 있는 발 아래의 세상을 가리켰다.

"드디어 세상으로 나선다."

이제는 보이지 않는 사부의 모습을 망막에 잡아두려는 듯, 참나무 숲에 둔 눈을 깜박이지도 않으며 단목기가 그렇게 중얼거렸다.

사부는 드디어 오랜 세월 동안의 은둔을 깨고 저 산 아래로 내려가 세상 속에 묻히려는 것이다. 단목기의 마음에 격동이 일었다. 조금씩 눈을 뜨고 깨어난 흥분이 그의 혈관들을 뜨겁게 달구어갔다. 주먹을 불끈 움켜쥔 그가 길게 심호흡을 했다. 두 눈에 번쩍이는 정기가 막 떠오르는 태양을 오히려 어둡게 하는 듯했다.

"더 이상 나의 사문은 어둠 속에 숨어 있지 않을 것이다."

＊　　　＊　　　＊

"풍향곡으로 돌아가자."

그렇게 중얼거린 소옥이 더 머뭇거릴 거 없다는 듯 벌떡 일어섰다. 탁자 위에는 풀어헤쳐진 비단보 위에 낡은 책자 하나가 놓여 있었다. 창문을 붉게 물들이고 흘러드는 새벽빛 아래 용화진경(龍華眞經)이라는 글자가 먹빛도 생생하게 반짝였다.

오래된 낡은 비급을 연상했던 소옥은 그것이 오래전부터 전해 내려오던 것이 아니라 사문의 존장 중 누군가가 직접 기술했다는 것을 짐작할 수 있었다. 그렇다면 사부일 수도 있고, 사조일 수도 있었다. 그런 만큼 어쨌든 이 일에 대해서는 사부보다 더 잘 아는 사람은 없을 것이었다.

풍향곡으로 사부를 찾아가 일의 전말을 묻고 의문을 푸는 것이 가장 먼저 해야 할 일이라고 생각한 소옥은 주섬주섬 보퉁이를 꾸려 등에 걸머졌다. 사부는 풍향곡에 홀로 남겨진 채 적막한 날들을 보내고 있을 것이었다. 쓸쓸히 앉아 있을 사부를 떠올리자 그리움이 왈칵 밀려들어 그녀의 눈자위를 붉게 물들였다. 산을 내려와 겪은 그동안의 끔찍했던 일들과 가슴의 상처가 다시 새롭게 새겨진 것이다.

가만히 객방의 문을 나선 그녀는 아직 서쪽 하늘 끝에 남아 있는 지난밤의 어둡고 적막한 흔적을 보며 인적없는 들길을 걸었다. 보퉁이

하나를 걸머지고 있는 그녀의 모습이 아침을 피해 숲으로 돌아가는 밤 짐승처럼 쓸쓸해 보였다.

등 뒤로 횃불 빛이 희미해져 가고 있는 남창부의 높은 성벽이 멀리 보이더니 드디어 소나무 가지 사이에 묻혀 사라져 버리고, 막막한 갈대밭이 가로놓였다. 산을 내려올 때는 봄볕이 무르익을 무렵이었는데 어느새 여름을 바라보고 있어서 무성한 갈대 잎들이 쇠어가기 시작하고 있었다.

옅은 새벽빛을 받아서 반짝이는 잎들이 바람 소리를 삼키고 있는 둔덕에 서서 소옥은 막막한 심정이 되었다. 다시 천 리 길을 돌아 형산(衡山)으로 향하는 걸음이 무겁기는 사부를 따라왔을 때나, 지금 이렇게 혼자서 허위허위 가고 있을 때나 다름없다는 생각 때문이었다.

세상에 나선 길이 언제나 이렇듯 적막하고 쓸쓸할 뿐이라면 차라리 사부처럼 평생을 산중에 묻혀 꽃을 피우고 사는 것이 나을 것 같았다.

'하지만……'

이제는 그럴 수도 없게 되었다는 것이 그녀의 마음을 더욱 깊은 공허함 속으로 가라앉혔다. 파도처럼 바람에 눕고 일어서는 갈대밭을 앞에 두고 서서 소옥은 갈 길을 잊은 아이처럼 막막한 심정으로 먼 산을 바라보고 서 있기만 했다.

그렇게 새벽의 스산함이 지나가고 아침 햇빛이 그물처럼 어깨를 덮어왔다. 대지를 누르고 있던 서늘한 밤 기운이 밀려가며 자욱한 안개를 남겨놓고 있었다. 그 안개 속에서 갈대 숲이 구름 위로 솟아나듯 둥둥 떠올랐다. 갈대 잎 끝에 맺힌 이슬이 방울방울마다 영롱한 햇빛을 감추고 반짝였다.

머리 위로 산비둘기 한 쌍이 앞서거니 뒤서거니 하며 낮게 날아갔다. 붉은 빛을 걷어가는 아침 해를 향해 힘차게 날개를 저어가는 그것들을 물끄러미 바라보던 소옥이 한번 입술을 깨물고 성큼 갈대 숲으로 몸을 내려놓았다.

종아리를 적시는 습지의 서늘한 기운이 등줄기를 따라 올라오더니 정수리까지 맑게 씻어주었다. 소옥은 비로소 아침의 신선함과 활기를 느낀 듯 한번 두 팔을 쭉 뻗어보고 나서 첨벙거리며 가슴까지 차 오른 안개를 헤치고 마주 보이는 산을 향해 갈대의 바다를 건너기 시작했다.

열흘 후, 소옥은 다시 정강령(鼎岡嶺) 높은 고개를 바라보고 있는 연화현(蓮化縣)에 이르러 있었다. 그때의 그 주루인 화화루(華花樓)의 금빛 현판을 바라보자 남다른 감회가 일었다. 소옥은 비로소 이름을 알게 된 그 사내를 떠올리고 실소를 지었다.

"흥, 귀염적자(貴艶賊子) 육지평(陸知坪)이라고?"

쌀쌀맞은 코웃음으로 비웃고 나서 고개를 갸웃하다가 입을 가리고 다시 한 번 웃었다.

"도둑놈[賊子]이라는 말은 맞는 말이야. 그런데 앞의 귀염(貴艶)이라는 말은 영 어울리지 않아. 귀하지도 않은 데다가, 사내가 낯뜨겁게 고울 염(艶)이라니…… 흥, 기생오라비처럼 생겨먹은 데다가 능청맞기까지 하니 어쩌면 그것도 어울릴지 모르겠군."

잠시 자신을 놀리던 그의 준수한 얼굴을 떠올리고 실소를 흘린 소옥이 다시 야무지게 입술을 닫았다.

"다시 만난다면 그때는 귀염(貴艶)이 아니라 귀염(鬼艶)을 만들어주고 말 테다. 귀신이 아름다우면 어떤 꼴이 되는지 똑똑히 봐둬야지."

자신을 놀린 대가를 톡톡히 치르게 하리라고 마음먹었던 소옥은 문득 머리채를 늘어뜨리고 창백한 얼굴을 한 유혼녀(幽魂女)를 떠올리고 다시 킥킥 웃고 말았다. 그리고는 아무래도 그것만은 안 되겠다는 생각에 머리를 저었다. 사내가 죽어서 유혼녀가 될 리 없으니 귀염(鬼艶)이라는 말도 그에게는 어울리지 않았던 것이다.

그렇게 우두커니 서서 실없는 상상을 하는 동안 내내 마음에 남아 있던 쓸쓸함을 잠시 잊을 수 있었다. 그의 얼굴을 떠올리고 나이를 짐작해 보니 자신보다 두엇은 많을 것 같았다. 그렇다면 어쩌면 그도 사형이 될 수 있었다.

'사형…….'

그 말을 중얼거린 소옥은 다시 침울해졌다. 문득 단목기의 단단하게 닫혀 있는 얼굴이 머리 속에 다가왔던 것이다.

제3장

용화진경(龍華眞經)

용화진경(龍華眞經)

'수상한 자들이다.'

불을 끄고 침상에 누웠지만 신경이 쓰여 잠이 오지 않았다. 바로 옆방에 들어 있는 자들 때문이었다.

"맞다니까."

"확실한 거야? 아니면 괜히 소문만 내는 꼴이 돼."

"제기랄. 네놈 눈깔은 못 믿어도 내 눈깔은 아직 믿을 만하다. 내가 똑똑히 봤어. 틀림없다구."

"그럼 해보자. 소문나는 게 두려우면 은밀한 곳에서 감쪽같이 해치우면 되는 걸가지고 뭘 그렇게 계집처럼 꿍꿍거리나?"

벽에 귀를 대자 그들의 투덕거리는 말소리가 고스란히 전해져 왔다. 모두 네 명이었는데, 소옥이 객잔에 찾아들어 늦은 저녁을 먹고 있을 때 어슬렁거리며 나타나 내내 그녀를 힐끔거리던 자들이었다. 행색이며 인상들로 보아 강호에서 제법 칼밥을 먹고 사는 자들인 성싶었다. 그중 우두머리 격으로 보이는 자는 제법 외관이 험악하고 눈빛이 충실한 것이 호락호락해 보이지 않는 삼십 대의 장한이었다.

소옥은 그들의 눈길이 마음에 들지 않았지만 소란을 떨고 싶지 않아 애써 외면하고 점원에게 객방을 부탁해 후원의 객사에 들었다. 그런데 그자들도 소옥을 뒤따라 옆방에 들었던 것이다.

그것만으로는 그렇게 크게 신경 쓸 일이 아니었다. 그런데 그자들은 옆방에 먼저 와 묵고 있던 손님들을 협박하여 쫓아버리고 굳이 그곳에 들어앉았다. 그때부터 소옥은 긴장을 풀 수 없었다. 혼자서 여행하는 여자를 노리는 치한이거나 좀도둑일 수도 있었고, 백주 대로에서 강도 짓을 일삼는 흉악한 놈들일 수도 있다는 생각이 들었다.

갑자기 옆방이 조용해졌다. 앞으로의 계획을 귓속말로 소곤거리고 있기라도 한 모양이었다. 잠시 더 동정을 살피던 소옥은 혀를 찼다. 하룻밤 편히 자며 피로를 풀고 일찍 정강령(鼎岡嶺)을 넘어 형산(衡山)으로 향하려 했던 계획이 마음대로 되지 않는다는 것에 짜증도 났다.

잠시 망설이던 그녀는 기어이 다시 짐을 챙겨 들고 일어서고 말았다. 내내 수상한 자들의 동정에 귀를 곤두세운 채 자는 듯 마는 듯 새벽을 기다리는 것보다 차라리 밤이슬을 맞으며 길을 재촉하는 게 더 속 편하리라는 생각에서였다.

살금살금 다가가 문을 왈칵 열자 밖에서 동정을 엿보고 있던 자가 깜짝 놀라 물러섰다. 호리호리한 몸매에 쥐눈을 하고 하관이 빠진 이십 대의 청년이었다. 소옥을 바라보는 그자의 얼굴에 들켰다는 당황감이 가득했다.

한번 매섭게 흘겨보아 준 소옥이 거칠게 어깨를 부딪치고 스쳐 지나갔다. 그녀의 모습이 후원의 어둠 속으로 내려서 멀어지자 청년이 후 닥닥 자신의 방으로 뛰어들었다.

'우습군.'

연화현을 나서서 뿌옇게 놓여진 황톳길을 터벅터벅 걸으며 소옥은 그렇게 중얼거렸다. 자신이 마치 깊은 밤중에 낯선 길을 가는 사내들을 홀려 넋을 빼앗고 정혈을 빨아먹는다는 귀랑호리(鬼娘狐狸)라도 되는 듯한 생각이 들었던 것이다. 누군가가 지금의 모습을 본다면 능히 그렇게 생각하고 제풀에 놀라 주저앉을지도 모르는 일이었다. 흐린 달빛 아래 몸이 드러나는 것도 상관없다는 듯 멀찍이 떨어져서 어슬렁거리며 따라오고 있는 사내들의 기척이 등 뒤로 고스란히 느껴지고 있었다.

아무래도 쉽게 물러설 자들이 아니었다. 따돌리자고 마음먹으면 감쪽같이 떼어놓을 수도 있었다. 하지만 소옥은 그러고 싶은 마음이 들지 않았다. 여자 혼자라고 얕보고 있는 자들이라면 단단히 혼을 내주어야 할 것이고, 다른 이유가 있다면 그게 무엇인지 밝혀내야 할 것이었다.

관도를 벗어나 울창한 송림(松林) 속으로 들어섰다. 그러자 놓칠 것을 염려한 듯 사내들이 발자국 소리를 울리며 뛰어왔다.

"어?"

앞서 송림으로 뛰어든 쥐눈의 청년이 놀란 외침을 터뜨리고 갑자기 멈추어 섰다.

"빌어먹을 놈아!"

그 등에 부딪칠 뻔한 자가 낮게 외치고 급히 걸음을 멈추었다.

"음, 듣던 대로 제법 간이 부어오른 계집이로군."

뒤따라온 우두머리 장한이 뻣뻣한 턱수염을 쓸며 고개를 끄덕이고 곁에 선 자를 돌아보았다.

"똑똑히 봐라. 정말 저 계집이 맞는지."

텁석부리 장한 곁에 서 있던 자가 주춤거리며 몇 걸음 나섰다. 아름드리 노송의 둥치에 기대서서 지그시 바라보는 소옥의 눈빛이 어둠 속에서 하얗게 빛나고 있었다.

다가오는 자를 유심히 보며 소옥은 내심 이상한 놈이라고 생각했다. 어디선가 본 듯한 얼굴이었는데, 아무리 생각해도 그게 어딘지, 정말 자신이 보기는 본 자인지 아리송하기만 했던 것이다.

머뭇거리며 소옥으로부터 서너 걸음 떨어진 곳까지 다가온 자가 머리를 앞으로 내밀고 그녀의 얼굴을 자세히 살펴보았다. 단번에 쳐버릴 수 있는 곳까지 겁도 없이 다가온 자였지만 소옥은 잠자코 그자가 하는 짓을 두고 보았다.

"음……."

그가 소옥을 살피고 있듯이 소옥도 그자를 살피고 있었다. 그러다가 오른손 팔목에 두텁게 감겨져 있는 흰 천을 보았다. 문득 그녀의 뇌리를 스치고 지나가는 생각 하나가 있었다. 소옥의 얼굴이 싸늘하게 굳어졌다.

"이리 와봐."

차갑게 노려보며 한 걸음 다가서자 그자가 깜짝 놀라 주춤거리며 물러서더니 땅을 박차고 뒤로 몸을 던져 텁석부리 장한 곁에 내려섰다. 장한이 긴장을 감추지 못하고 숨을 씩씩거리는 자의 어깨를 툭 쳤다.

"봤어?"

그자가 소옥에게서 눈을 떼지 못한 채 고개를 끄덕였다.

"맞소. 바로 그 계집이오."

"음."

장한이 등 뒤에 감추었던 칼을 꺼내 들고 앞으로 나서서 소옥을 가리켰다.

"계집, 조용히 따라갈 테냐, 아니면 목만 떼어줄 테냐?"

장한의 은밀한 눈짓을 받은 나머지 세 명의 사내들이 조금씩 움직여 소옥을 둘러싼 채 호시탐탐 틈을 엿보기 시작했다. 소옥의 어깨 너머로 서서히 암울한 살기가 피어 올랐다.

"상가장에서 온 자들이지?"

손목에 흰 천을 두텁게 감고 있는 자가 움찔 놀라며 자신도 모르게 어깨를 부르르 떨었다. 그자는 소옥의 집에서 대들보 위에 숨어 그녀를 기다리고 있던 다섯 명의 사내들 중 한 명이 틀림없었다. 상가오호(商家五虎)라고 큰소리치던 그자들은 모두 소옥에게 크게 당해 엄한 중상을 입었다. 그중 오늘 향도가 되어 낯선 사내들을 이끌고 온 자는 손목이 부러지는 상처를 입고 재빨리 싸움판에서 물러났던 바로 그자였다.

소옥은 노장주(老莊主) 상경문(商京門)이 아직도 동창의 앞잡이가 되어 자신을 노리고 있다고 생각했다. 그의 아들이라던 상필지(商弼知)와 딸인 첩영(疊瑛)의 얼굴이 눈에 어렸다. 아비와는 달리 그 아들은 제법 군자다운 면모가 있었고, 귀여운 소녀 첩영의 영리함은 그녀를 놀라게 한 바가 있었다.

"그런 건 아무래도 좋지 않나? 흐흐……."

텁석부리 장한이 능글맞은 웃음을 흘리며 소옥의 온몸을 핥듯이 훑어보았다. 은은한 달빛과 어둠 속에서 오연히 턱을 치켜들고 서 있는 소옥의 자태는 확실히 매혹적인 데가 있었다. 얼굴에 싸늘한 냉기를 띠고 있는 것이 더욱 사내의 마음에 드는 모양이었다.

"너를 고이 그들의 손에 넘긴다는 건 좀 아까운 생각이 드는걸?"

장한이 붉은 혀를 내밀어 입술을 핥았다. 그러나 소옥은 부끄럽다거나 노엽다거나 하는 감정이 일지 않았다. 스스로 생각해 보아도 놀라운 일이었다. 어쩌면 지난 한 달여 사이에 자신의 감정이 나무나 돌처럼 되어버린 건지도 몰랐다. 다만 장한의 붉어져 가는 눈을 똑바로 바라보며 마음속에 일고 있는 살의(殺意)를 조금씩 키워갈 뿐이었다. 그리고 점점 커져 가는 그 긴장과 흥분을 어느새 즐거워하는 마음으로 바라보게 되어 있었다.

소옥의 침묵을 바라보던 장한이 득의의 미소를 지었다. 그는 소옥이 겁에 질려 있다고 생각했다. 달빛은 은은했고, 숲은 깊었다. 부엉이 한 마리 울지 않는 적막 속에서 풀벌레들도 침묵하고 있었다. 이런 밤에 소슬한 바람에 이마를 적시며 저런 암코양이 같은 계집을 품고 즐겨본다는 것은 매우 운치있는 일이 될 것이 분명했다.

사람들이 혹마(黑馬)라고 부르며 꺼려하는 그는 남창부 일대에서 악명이 높은 자였다. 한 자루 칼을 잘 썼는데, 어디에서 배웠는지 솜씨가 매섭고 기력이 충실하여 고수의 반열에 들 만했다. 게다가 성품마저 악착스럽고 잔혹하기 짝이 없어서 그를 아는 강호인들은 되도록 그와 상대를 하려고 하지 않았다. 한 번 성질이 올라 칼을 휘두르며 달려들면 마치 미친 말이 발광을 하듯 걷잡을 수가 없었던 것이다.

그의 악명이 입에서 입을 통하여 널리 퍼져 나가자 그의 주위에는 남창부를 무대로 하여 악행을 일삼는 자들이 하나둘 모여들기 시작했다. 흑마의 명성에 기생하면서 관과 협사들의 위협으로부터 조금이라도 떨어져 있기 위해서였다.

약한 자들일지라도 모이면 제법 담이 커지고 힘이 생기는 법이었다. 거기에 흑마(黑馬) 남궁적(南宮赤)이라는 보호벽이 더해지자 들개의 무리 같던 자들은 점점 늑대들이 되어가려 하고 있었다.

뜻있는 사람들이 경계와 우려의 눈으로 지켜보는 중에 그들 근본도 없는 무뢰배들의 집단은 이제 제법 틀을 갖추고 남창부를 중심으로 하여 사방 일백 리 안에서는 무시할 수 없는 크고 강한 세력이 되어가고 있었다. 이대로 조금만 더 지나면 강서 무림에 새로운 흑도(黑道)의 방회(幫會) 하나가 생겨날지도 몰랐다.

이제는 남창부의 거물이 되어 거들먹거리는 그 흑마 남궁적이 몸소 자신의 애병(愛兵)을 손에 잡고 나섰다는 것은 충분히 위협이 될 만한 일이었다. 그를 따라온 수하들은 모두 소옥이 무릎을 꿇고 살려달라고 애걸할 것이라고 믿었다.

"말해 봐. 상경문의 사주를 받았지? 너도 그의 개지?"

소옥의 싸늘한 눈이 흑마의 검고 각진 얼굴에 박혔다. 그의 뺨을 타고 달리고 있는 굵은 상처 자국이 꿈틀거렸다.

"네 눈에는 나 흑마로 불리는 사내가 고작 상가장의 하수 노릇이나 할 정도로밖에 안 보인단 말이지? 흥! 우선 네년을 발가벗겨 눕혀놓고 난 다음에 내가 어떤 사람인지 뼈에 새겨지도록 해주겠다."

소옥의 얼굴이 마치 납을 부어 만들어놓은 인형인 것처럼 싸늘하고 딱딱하게 굳어갔다. 스스로를 흑마라고 한 무례한 자의 말에 억누르고 있던 분노와 수치, 그리고 증오가 폭발하듯 솟구쳐 나온 것이다. 그 커다란 살기는 오히려 그녀를 차분하고 냉정하게 해주었다.

"나를 잡아가면 그 대가로 네가 받는 게 뭐지?"

"황금 세 관."

적지 않은 돈이었다. 그만하면 누구든지 군침을 흘리고 달려들지 않을 수 없을 것이었다.

"상장주가 돈이 많기는 많은 모양이군."

"천만에. 그로부터는 한 푼도 받지 않아."

"……?"

소옥의 빈정거림에 흑마가 태연하게 응수했다. 그는 상경문의 청부를 받은 게 아닌 모양이었다. 그럼 누가? 하는 의아함이 소옥을 망설이게 했다. 누가 그 많은 돈을 지불하면서 청부를 했단 말인가. 순식간에 소옥의 뇌리에 몇 사람의 얼굴이 스쳐 지나갔다. 그러나 그들 중 누구도 그런 청부를 할 만한 사람은 없었다.

"가보면 알아. 하지만 그전에 우선 치러야 할 순서가 있지. 스스로 벗을 테냐, 아니면 내 손이 닿기를 기다릴 테냐."

집요하게 추근대는 자의 눈을 파버리겠다고 생각한 소옥이 검을 뽑아 들었다. 그것을 신호로 삼은 듯 흑마가 한 걸음 물러서며 눈짓을 했다. 그러자 호시탐탐 소옥을 노리고 있던 세 놈이 우왓! 하는 기합성을 터뜨리며 일제히 달려들었다. 순간, 월광이 은은하던 숲 속에 창백한 칼 빛이 가득 찼다. 단번에 소옥을 찍어 쓰러뜨리겠다는 듯, 세 놈의 칼바람에는 흉흉한 살기가 날카로울 뿐, 조금의 사정도 없었다.

그들의 칼바람 속으로 성큼 들어선 소옥이 어깨를 틀어 몸을 기울이며 눈으로 사방을 보고 우측을 향해 한번 찍어냈다. 쉬익, 하는 매서운 바람 소리가 검끝에서 피어났다. 한줄기 싸늘한 검기가 뻗어 어둠을 갈랐다.

용기도운(龍氣渡雲)의 검초가 뻗어 나가는 곳에서 놀란 외침이 터져 나왔다. 우측에서 달려들던 자가 날카로운 검기를 견디지 못하고 칼을 틀어 어지럽게 휘두르며 주춤거리고 있을 때, 소옥은 한 발로 정면의 놈을 향해 걷어차며 왼손을 칼처럼 세워 좌측에서 다가온 자의 얼굴을 때렸다.

한 번에 세 가지의 서로 다른 수법을 쏟아내는 데 조금의 어색함도 파탄도 드러나지 않았다. 수비는 생각하지 않은 채 오직 독사처럼 신랄한 공격만을 해오는 소옥의 기세에 세 놈은 한순간도 견디지 못했다.

챙ㅡ!

날카로운 쇳소리가 났다. 우측에 있던 자가 반 토막 난 칼을 던진 채 쩍 벌어진 가슴을 움켜쥐고 나뒹굴었고, 정면에 있던 자는 억! 하는 답답한 비명을 지르며 부러진 정강이를 붙잡고 외발로 경중경중 뛰어 물러섰다.

가장 혹독하게 당한 자는 겁없이 칼을 후려쳐 오던 좌측의 장한이었다. 뻗어 나온 소옥의 수도(手刀)에 맞은 칼몸이 부러질 듯 퉁겨져 나가며 호구를 저리게 했다. 그 뜻밖의 힘에 놀라는데 내쳐 날아든 그녀의 수도가 그대로 한쪽 목을 베어낼 듯 후려쳤다.

"으악!"

단번에 목뼈가 부러진 자가 어깨 아래로 떨어져 힘없이 건들거리는 머리를 가누지 못하고 비틀댔다.

"음?"

흑마 남궁적이 눈 깜짝할 사이에 벌어진 그 일들에 놀라 눈을 부릅떴을 때, 소옥은 조금의 여유도 주지 않고 다시 몸을 던져 정면을 쳐나가고 있었다.

파앗—!

차갑고 선뜻한 기운이 낙뢰(落雷)처럼 정수리 위에 떨어졌다. 부러진 정강이의 고통을 잊은 채 쥐눈의 장한이 어지럽게 칼을 휘두르며 몸을 기울였다. 수법도 초식도 없이 살겠다는 본능만으로 허공을 보고 휘젓는 칼질이었다.

서걱—!

살과 뼈가 갈라지는 낮고 무거운 소리가 신음을 덮고 깔렸다. 어깨에 꽂혀든 검이 가슴을 반쯤이나 가르고 빠져나왔다.

"어, 어……."

쩍 벌어진 제 가슴속을 들여다보며 놀라던 자가 눈빛을 풀고 무너지듯 모로 쓰러졌다. 뿜어져 나온 피가 어둠을 적시며 확 퍼져 나가더니 이내 숲 속을 자욱한 피비린내로 뒤덮었다.

쿵—!

그와 함께 목이 꺾인 채 비틀대던 자도 이미 혼백이 떠나 버린 육신을 맨땅 위에 내던지고 길게 쓰러져 누웠다.

눈 한 번 깜빡이고 나니 어느새 세 명의 수하들이 죽어 나자빠져 있었다. 그걸 바라보는 남궁적의 검은 얼굴에 의아해하는 기색이 가득했다. 아직도 그는 자신이 본 것을 믿을 수 없는 모양이었다.

"네놈은 그 눈을 파줄 테다."

표정 하나 없이 싸늘하게 빛나는 눈이 어둠과 흐린 달빛과 자욱한 피비린내 속에 둥둥 떠서 다가오는 듯했다. 끔찍한 그 모습에 흑마가 저도 모르게 부르르 몸을 떨었다. 이건 매혹적인 젊은 계집이 아니라 악귀라는 생각이 번쩍 들었다. 마음에 품었던 욕정이 피 냄새와 함께 천 리 만 리 달아나 버리고 왈칵 두려움이 밀려들었다.

늘 피 냄새를 두르고 살면서도 여태까지 이런 끔찍한 느낌을 받은 적은 없었다는 생각이 그를 당황하게 했다. 어쩌면 상대가 자신과 같이 험악한 사내가 아니라 아리따운 계집이라는 것이 생소한 두려움을 가져다 주는 건지도 몰랐다.

나긋나긋하고 달콤한 살덩이를 가지고 있으며, 색기(色氣) 머금은 눈빛과 웃음으로 사내들의 마음을 녹여 사로잡는 요상한 것들이라는 것이 그가 가지고 있는 젊은 여자에 대한 생각이었다. 그의 머리 속에 이처럼 잔인하고 끔찍한 여자는 들어 있지 않았다.

잠시 혼란이 왔다. 검을 들고 눈앞에 다가들고 있는 그녀를 과연 여자로 대해주어야 할 것인지, 아니면 생사를 걸고 싸워야 할 상대로 대해야 할 것인지 언뜻 판단이 서지 않았던 것이다. 하지만 오래 생각하고 있을 시간이 없었다. 어느새 소옥의 검끝이 인후(咽喉)에 와 닿아 있었던 것이다.

차갑고 서늘한 살기가 목뼈를 뻣뻣하게 압박해 왔다. 사람들이 흑마라고 부르며 상종하기를 꺼려하는 독종 남궁적은 자신이 지금 강적을 만났다는 것을 인정하지 않을 수 없었다. 게다가 다른 사람도 아닌 나이 어린 여자라니 그건 정말 견딜 수 없는 일이었다.

"참, 이런 빌어먹을 일이라니……."

남궁적이 눈앞의 소옥을 빤히 바라보며 쓴 입맛을 다셨다. 소옥의 밀납처럼 창백하게 가라앉아 있는 얼굴은 더 이상 아름답지도, 매혹적이지도 않았다. 남궁적은 비로소 상대가 여자라는 생각을 버려야겠다고 작정했다. 동등하게 검 한 자루에 의지하여 생사를 다투는 적으로 인정한다면 더 이상 거리낄 것도 망설일 것도 없었다. 강한 자는 살고 약한 자는 죽을 뿐인 것. 그것이 자신처럼 하루하루를 칼끝에 목숨을 맡기고 살아가는 무리들이 늘 각오해야 하는 삶의 방식이고 법칙이었다.

"이봐, 이렇게 해서야 어디 움직일 수가 있나? 제대로 싸워보겠다면 좀 비켜줘야 할 것 아니냐고."

그가 눈으로 인후에 와 닿아 있는 소옥의 검을 가리키며 말했다. 두 어깨 가득 느물거리는 여유와 자신감이 충만하게 차 올라 있었다. 잠시 그런 남궁적을 바라보던 소옥이 보일 듯 말 듯 한쪽 입술을 일그러뜨리고 웃었다.

"네 그 썩어버린 눈알을 파내주겠어."

피리를 불듯 곱고 짜랑짜랑하던 목소리도 이미 간데없었다. 스산하게 가라앉아 있는 그것은 마른 나뭇가지를 흔들고 더욱 날을 세워서 달려드는 겨울 바람 소리 같았다.

목에서 떨어지는 검끝을 물끄러미 바라보던 남궁적이 피식 웃었다.

"좋았어. 그럼 나는 네 사타구니를 두 쪽으로 갈라주지."

지독한 욕설이고 모욕이었지만 소옥은 전혀 개의치 않는 모양이었다. 두어 걸음 물러서서 검을 늘어뜨린 채 남궁적을 똑바로 바라보는 눈빛에 한 점의 흔들림도 없었다. 어깨를 으쓱해 보인 남궁적도 두어 걸음 물러선 후 칼을 뽑아 들었다. 새파란 칼 빛이 그의 몸에서 뻗어 나온 푸른 불길인 듯 이글거렸다. 그것을 보며 소옥은 눈앞의 징그러운 사내가 보기와는 달리 충실한 내력을 갈무리하고 있는 고수라는 것을 느꼈다.

"누가 너 같은 자를 보낸 거지?"

"글쎄 같이 가보면 알게 된다니까. 왜? 이제야 겁이 나나? 하지만 늦었어. 나는 칼을 뽑은 이상 피를 보지 않고 거둔 적이 없다."

"얼간이."

소옥이 차갑게 비웃은 것과 핫! 하는 가벼운 기합성을 날리며 남궁적이 몸을 부딪쳐 온 것이 동시인 듯했다.

쨍쨍쨍―!

어둠 속에 새파란 불똥을 날리며 귀를 따갑게 하는 쇳소리가 연거푸 터져 나왔다. 세 번을 부딪친 것이 한순간이었다. 누가 공격을 했고, 누가 그것을 받아낸 것인지 구별할 수가 없었다. 흑마의 도법은 빠르고 사나웠는데, 초수가 거듭될수록 그 강도가 더해가는 것이 마치 산꼭대기에서 눈을 굴린 것 같았다.

그의 강하고 힘있는 칼을 맞아 소옥은 가볍고 날랜 운신과 검법의 신묘함으로 그것을 눌러가고 있었다. 그녀의 검에서 쏟아져 나오는 변화가 생생하게 살아 꿈틀거리는 것이 마치 검봉에 눈이 달려서 스스로 보고 판단하는 것 같았다.

"요상한 년!"

눈을 찔러오는 살기에 놀란 남궁적이 버럭 외치며 팔방풍우(八方風雨)의 어지러움으로 맹렬하게 칼을 휘둘렀다.

쨍쨍쨍―!

다시 몇 번의 날카로운 쇳소리가 숲을 흔들었다. 흩어져 달아나는 새파란 불똥들이 어둠을 잠깐 창백하게 밝혔다가 사라졌다.

'이건 하수가 아니다!'

은은히 저려오는 호구의 통증을 눌러 참으며 훌쩍 뛰어 물러선 남궁적이 번쩍이는 눈으로 소옥을 뜯어보며 중얼거렸다. 저렇게 호리호리하고 연약해 보이는 몸에서 어떻게 그처럼 맹렬하고 신기(神氣) 넘치는 검초가 쏟아져 나올 수 있는 건지 의아하기만 했다. 두 번 부딪치며 본 소옥의 검격은 마치 신들린 무녀(巫女)가 넋을 놓아버린 채 무아지경에서 추는 춤사위인 듯 예사롭지 않은 귀기(鬼氣)마저 느껴지는 것이었다.

"젠장, 어쩐지 청부 대가가 크더라니. 다 이유가 있었어."

금 세 관을 제안받았을 때 그는 웃었다. 고작 냄새나는 계집 한 명을 잡아다 주는 일치고는 너무 과한 청부금을 제시한 자가 미련스러워 보이기까지 했던 것이다. 그런데 겪어보니 그게 아니었다.

"돌아가면 다섯 관을 요구해야겠다."

그가 땅에 침을 뱉고 나서 어금니를 악물었다. 이 정도의 계집이라면 황금 다섯 관짜리 청부는 족히 된다고 생각하자 다시 투지가 맹렬하게 불타올랐다. 오래간만에 목숨을 걸고 싸워볼 상대를 만났다는 것이 그의 지독한 근성에 불을 지핀 것이다.

"누가 너에게 내 목숨을 청부했는지 그것만 말해. 그러면 눈 하나는 남겨주지."

"허허, 허허허……."

혹마 남궁적이 조금의 사이를 두고 허탈하게 웃었다. 아직까지 자신의 칼 앞에서 이처럼 무례한 협박을 하는 자를 만나지 못했던 것이다.

"계집, 아직 모르는 모양인데, 눈 하나쯤은 아무것도 아니야. 목이 떨어지는 것에 비하면 그야말로 바늘로 한번 찔리는 것에 불과하지."

소옥은 눈앞의 험상궂은 자가 이런 일에 충분히 단련되어 있다는 것을 알았다. 이자는 죽어도 청부자를 밝히지 않을 것이며, 상대를 죽일 수만 있다면 자신의 목숨도 기꺼이 내던질 준비가 되어 있는 지독한 자인 것이다.

두어 번 부딪쳐 보자 충분히 이길 수 있다는 자신감이 생겼다. 하지만 그 흉악한 투지와 각오만은 두려워하지 않을 수 없었다.

"각오해라, 계집!"

이를 간 남궁적이 땅을 박차고 달려들었다. 매처럼 빠르고 가벼운 몸놀림이었다. 눈앞에 와락 달려드는 야차 같은 얼굴을 똑바로 보며 소옥은 어금니를 꽉 물었다.

피이잉―!

다시 머리 위에서 남궁적의 칼이 벼락처럼 떨어졌다. 조금 전과는 사뭇 다른 기세였다. 칼끝에 생생하게 살아서 쏟아져 오는 살기가 서릿발 같았다.

'바로 이런 거야.'

가슴이 지나친 긴장으로 인해 터질 듯 방망이질 쳤다. 소옥은 혀끝을 깨물었다. 갑작스러운 고통이 잠시 온몸을 마비시켜 오는 과도한 긴장을 잊게 해주었다. 강호의 삶이란 바로 이와 같이 한순간에 삶과 죽음을 온전히 내맡겨 버리는 그런 것이었다. 그 치열함이 그녀의 온몸에 짜릿한 전율을 가져다 주었다.

칼날이 머리카락에 닿을 때까지 눈도 깜빡이지 않은 채 기다리던 소옥이 발끝에 체중을 실어 힘껏 옆으로 몸을 뽑으며 사문의 검법 중 빠르기를 으뜸으로 치는 분광전검(分光電劍) 팔식(八式)을 벼락처럼 뿌렸다. 단목기를 놀라게 했던 검초였고, 사부로부터 쾌검에 자질이 엿보인다는 칭찬을 받았던 검식이었다.

남궁적의 칼이 그의 의지에 따라 자유자재의 기량을 마음껏 뽐냈다면 그에 맞서고 있는 소옥의 검로(劍路) 또한 자유롭기 한이 없었다. 사문의 투로(套路)를 받아왔지만 무궁한 변화와 임기응변의 조화는 오직 소옥 그녀만의 것이었다.

피이잉—!

어깨를 찍어오는 칼날에서 날카로운 휘파람 소리가 났다. 남궁적은 이미 적과 나를 잊고 생사를 잊은 채 오직 자신의 도격(刀擊)에 흠뻑 빠져들어 몰아(沒我)의 상태에 몰입해 든 모양이었다. 그의 칼이 생생한 기세를 싣고 팔방을 찍고 베고 후려쳐 오는 것이 마치 우박이 쏟아지는 듯했다.

"흥!"

온몸을 붙잡아오는 도세(刀勢)의 그물 속에서 소옥의 냉랭한 코웃음 소리가 터져 나왔다. 움직임을 지극히 아끼는 사람인 듯, 조금씩만 움직여 남궁적이 쏟아놓고 있는 칼 빛의 파도 속을 위태롭게 헤집는 것이 금방이라도 몸이 갈라져 쓰러질 것만 같아 보였다. 그러나 그런 소옥의 움직임을 대하는 남궁적의 마음은 그렇지 않았다.

"요상하다!"

그가 팔목에 더욱 힘을 실어 신랄한 도격(刀擊)을 멈추지 않으며 크게 외쳤다.

벌써 열여덟 번이나 수법을 달리하여 몰아쳤지만 허사였다. 곧 찍을 수 있을 것 같았던 처음의 생각과는 달리 칼은 그녀의 몸에 좀체 닿지 못한 채 매번 미끄러졌다. 남궁적은 자신의 칼이 자신의 것이 아닌 듯 생각되어졌다. 베어야 한다는 의지에 배반하여 스스로 비켜가고 있는 것 같았다.

다시 소옥이 반걸음 물러서며 어깨를 기울이고 머리를 외로 틀었다.

피잉—

그녀의 옆머리를 아슬아슬하게 스친 칼이 부드러운 어깨 선을 따라 흘러내리듯 미끄러져 떨어졌다.

"너는 사람이 아니구나!"

놀란 남궁적이 외치고 스스로가 만들어놓았던 산격(散擊)의 권역(圈域) 밖으로 훌쩍 뛰쳐나갔다. 그는 소옥이 펼치고 있는 신법이 곤륜의 운룡대팔식(雲龍大八式) 중 신묘하기 짝이 없는 칠보연환분심(七步連環分心)이라는 것을 꿈에도 생각하지 못했다. 게다가 소옥은 부드럽고 질긴 것을 특징으로 하는 유룡신공(遊龍神功)을 운용하여 남궁적의 칼을 당기고 밀어냈던 것이다.

퇴(推)와 랍(拉)의 비결에 따라 가까이 이른 것은 밀었고, 멀어지려면 다시 슬쩍 당겨주는 신공의 교묘한 조화가 한껏 펼쳐지자 남궁적의 칼은 이러지도 저러지도 못한 채 유지(油紙) 위에 구르는 물방울처럼 맥없이 미끄러지곤 할 수밖에 없었다.

그는 놀란 눈으로 소옥을 뚫어지게 바라보았다. 대체 이처럼 요상한 수법이 있으리라고는 당하고도 믿을 수 없었던 것이다. 그의 눈에는 이제 소옥이 정말로 자신을 홀리는 귀랑호리(鬼娘狐狸)인 것처럼 보였다.

"너, 그게 무슨 요상한 술법이냐? 설마 네년이 정녕 귀신은 아니겠지?"

"병신."

소옥이 싸늘하게 대꾸하고 검을 들어 남궁적을 겨누었다.

"겨우 그까짓 잔재주를 가지고 나를 잡으려고? 흥, 이제는 너에게 청부한 자에 대해서 말하고 싶은 마음이 생겼겠지?"

빤히 소옥을 바라보던 남궁적이 피식 웃었다. 그의 부릅떠졌던 눈에 다시 번들거리는 물기가 어리기 시작했다. 남궁적이 붉은 혀로 입술을 한번 핥고 나서 흐흐 웃었다.

"정말 미치게 하는 계집이로군. 너 같은 계집을 품으면 그 맛이 어떨까? 나는 그것을 꼭 알아보고 말 테다."

"미친놈."

입꼬리를 흘리며 싸늘히 비웃던 소옥이 갑자기 와락 몸을 기울인 듯했다. 눈앞에 번쩍이는 그녀의 모습이 보인 것 같았는데 벌써 소리없이 다가온 검봉이 미간을 찍어오고 있었다.

"헛!"

놀란 남궁적이 헛바람을 들이키며 뒤꿈치로 정신없이 땅을 밀었다.

쨍쨍쨍쨍—!

요란한 쇳소리가 진저리를 치듯 어둠을 흔들고 터져 나왔다. 눈을 어지럽게 하며 사방으로 흩어져 날리는 새파란 불똥들이 요사스럽기 짝이 없었다.

호흡을 가다듬을 틈도 없이 여덟 걸음이나 밀려나 있는 남궁적의 옷자락이 이리저리 찢기고 뚫려 바람에 펄럭였다. 가슴의 맨살에 와 닿는 서늘한 밤 기운에 번쩍 정신을 차린 그가 먼저 자신의 칼을 바라보았다. 호구를 저리게 하는 강한 힘에 불쑥 좋지 않은 느낌을 받은 것이다.

"음……."

그의 두터운 입술 사이로 탄식처럼 떨리는 신음이 흘러나왔다.

새파랗게 빛나던 칼날이 흉하게 망가져 빛을 잃고 있었다. 그런 자신의 애병을 쓰다듬는 손길이 안타까움으로 떨렸다. 여태까지 백여 번을 싸워왔지만 한 번도 날을 잃어버린 적 없이 언제나 방금 벼려낸 것처럼 창백하게 반짝이던 칼이었다. 그것을 가만히 들여다보고 있으면 세상에서 이보다 더 아름다운 것이 없다는 생각이 들곤 했다.

그것이 물어뜯긴 듯 여덟 군데나 듬성듬성 이가 빠져 이제는 흉물로 변해 있었다. 남궁적은 차라리 자신의 뼈에 파이고 뜯기는 흠이 나는 것이 좋았다고 생각했다. 천천히 눈을 들어 소옥을 바라보는 그의 얼굴에서 처음으로 표정이 사라졌다.

"계집, 반드시 네년을 벌거벗겨 가랑이를 벌려놓고 말 테다. 그리고 사타구니에서 여덟 점의 살덩이를 뜯어내지 못한다면 나는 사내가 아니다."

칼을 거둔 그가 선뜻 한 손가락을 자신의 왼쪽 눈에 찔러 넣었다. 그 뜻밖의 행동에 소옥이 깜짝 놀라 억! 하고 비명을 터뜨렸다.

자신의 눈알 한 개를 후벼 파낸 남궁적이 선혈이 뚝뚝 떨어지는 그것을 소옥의 발 아래 던졌다. 그것을 보는 소옥의 얼굴이 새파랗게 질려갔다. 뻥 뚫린 구멍에서 뭉클뭉클 쏟아져 나오고 있는 검붉은 피가 남궁적의 얼굴을 온통 물들이고 앞자락마저 홍건히 적시고 있었다. 소옥은 그 괴기스러운 모습을 차마 마주 볼 수 없었다.

"기억해 둬. 나는 흑마 남궁적이다."

그가 칼을 던져 버리고 돌아섰다. 그러나 소옥은 더 이상 움직이지 못하게 되기라도 한 듯 그를 쫓을 생각도, 불러 세울 생각도 하지 못한 채 멍하니 서 있기만 했다. 설마 그가 이처럼 끔찍한 짓을 해버릴 줄 몰랐다는 것이 더 큰 충격으로 그녀의 머리 속을 텅 비게 했다.

아직도 그가 뿌린 선혈이 풀잎에 맺혀 이슬을 물들여 가고 있었다. 소옥은 남궁적의 모습이 어둠에 묻혀 사라지고 나서도 한참 동안이나 그렇게 서 있었다.

구름에 묻혔던 조각달이 슬며시 모습을 드러내자 그녀의 발 아래서 남궁적의 눈알이 희뿌연 월광을 받아 번쩍이며 빛나는 듯했다. 부르르 진저리를 친 소옥이 주춤주춤 물러섰다. 검을 뽑아 단번에 세 놈을 찍어 넘기던 그 무서운 살기도, 흉포한 적의도 남궁적이 보여준 행동에 비하면 아무것도 아니었다.

"도대체 사람은 얼마나 잔인해질 수 있는 걸까?"

문득 자신의 손에 목숨을 잃은 자들의 초라한 주검을 돌아보고 다시 부르르 진저리를 치는 그녀의 어깨 위에 창백한 달빛이 소리없이 내려앉고 있었다.

"나는 이제 영영 풍향곡으로 돌아갈 수 없게 되어버리고 말았다."

사부와 함께했던 그 순진한 날들로 다시는 돌아갈 수 없게 되었다는 것을 절실히 느꼈다. 스스로 검을 휘둘러 사람을 죽였다는 것보다 조금 전 남궁적이 자기 자신에게 해 보였던 그 행동이 몇 배는 더 크고 무서운 충격으로 다가왔다. 한마디 한마디 끊어내듯 말하던 그의 음성이 머리 속에서 윙윙 울렸다.

이 끔찍한 곳에서 빨리 떠나는 것만이 그 모든 불쾌함과 증오와 경악들을 떨쳐 버리는 길이라도 되는 듯 소옥이 이를 악물고 땅을 박찼다. 그녀의 신형이 바람을 타고 날아가는 매처럼 쏜살같이 어둠을 뚫고 사라져 버렸다. 텅 빈 송림 사이의 어둠을 가득 메우고 있는 것은 안개처럼 떠도는 피비린내와 잔인한 살육의 흔적들뿐이었다. 그리고 이제는 이슬에 젖고 있는 남궁적의 눈 하나가 그것들을 말없이 지켜보고 있었다.

"이건 좀 심한 거 아니오?"

빈둥거리며 누워 있던 태원호(太元昊)가 벌떡 일어나며 소리쳤다. 언제나 가늘게 좁혀진 채 반짝거리던 그의 쥐눈이 한껏 부릅떠져 있는 것이 단단히 화가 난 모양이었다.

"또 왜 그래?"

왕추정(王酋丁)이 비스듬히 몸을 일으켜 태원호를 보고 눈을 흘겼다. 교활하고 의심이 많은 태원호에 비해 왕추정은 우유부단한 성격이었다. 그러나 한번 화를 내면 심하다 싶을 만큼 과격한 면이 있어서 함께 갑조(甲組)에 몸담고 있던 동료들 모두가 꺼려하던 자였다.

"대체 우리를 뭘로 보고 요따위 대접이냔 말이야!"

"뭐가 어때서? 좋기만 하구만. 먹여주지 재워주지 귀찮게 구는 놈 없지. 이만하면 신선놀음이 따로 없지 뭐."

"제기랄. 너는 대체 속이 있는 거냐 없는 거냐? 자존심이 상하지도 않냐?"

왕추정의 느긋한 대꾸에 더 화가 난 태원호가 한껏 부릅뜬 눈을 부라리며 이를 악물었다.

"대체 이것들이 날고 긴다는 동창의 창위들을 뭘로 보고……."

흥분하여 한바탕 떠들어댈 듯하던 그가 자신의 실수를 느끼고 재빨리 말꼬리를 흐린 채 위추경(魏錘庚)의 눈치를 보았다. 천장을 바라보고 반듯이 누워서 눈을 멀뚱거리고 있던 위추경이 느릿느릿 몸을 일으

컸다. 태원호의 얼굴에 긴장이 어렸다.

"그렇게 주둥아리를 조심하라고 일렀건만……."

쯧쯧 혀를 찬 위추경이 섬뜩한 눈길로 태원호를 노려보았다. 그가 눈에 힘을 주자 거친 수염으로 뒤덮인 검은 얼굴이 더욱 험악해 보여서 절로 오금이 저려왔다.

"한 번만 더 그 말이 나오면 그때는 네놈의 주둥아리를 뭉개놓고 말테다."

"아직 적응이 되지 않아서 그럴 거요. 대형이 좀 참으시구려."

왕추정(王酋丁)이 무마하고 나서자 마지못한 듯 위추경이 눈빛을 풀고 다시 벌렁 드러누웠다.

"기다려라. 머지않아 때가 올 거다."

"벌써 사흘이 지났수. 대체 얼마나 더 기다려야 하는 거요? 대형은 속이 넓어 느긋할지 모르지만 속 좁은 이놈은 벌써 온몸에 좀이 피는 것 같아 견딜 수 없소."

무안을 당한 태원호가 억울하다는 듯 중얼거렸다.

그들은 우선 강서 땅을 떠나고 볼 요량으로 서둘러 정강령(鼎岡嶺)을 넘었다. 사흘 전의 일이었다. 위추경은 정강령 높은 구비에 이르자 갑자기 산채에 몸을 의탁하자고 했다. 겨우 산도적이 되겠다는 거냐고 반발하는 두 명의 수하를 어렵게 구슬러 흑림채(黑林寨)의 문을 두드렸다.

자기들 입으로는 정강령의 산신(山神)이라고 떠벌리지만, 산도적들이 무서우면 얼마나 무섭겠느냐. 듣기로 산채가 견고하고 쌓아놓은 재물이 넉넉하며 수하들이 많다고 하니 잠시 몸을 맡기고 있다가 기회를 봐서 통째로 산채를 먹어버리자. 우두머리 노릇을 하면서 세력을 키워 그것을 발판으로 방회(幇會)를 세운다면 아무것도 없이 시작하는 것보다 훨씬 쉬울 것 아니냐. 그때까지만 참고 견뎌보자.

이런 위추경의 말에 두 사람은 달리 더 좋은 대안을 생각해 낼 수 없었다. 산채의 기반을 통째로 빼앗아 수하들을 거느리고 군림하면서 거들먹거릴 수 있다면 그것도 그리 나쁠 것은 없었다. 그중 제법 솜씨가 있는 놈들을 훈련시켜 문파를 연다면 그것은 처음 자신들이 마음먹었던 일을 이루는 것이기도 했다.

강호에 나선 이상 기대고 과시할 세력이 없다면 무시당하기 일쑤였다. 그건 관에 몸담고 있을 때나 별반 차이 없는 세상사의 이치이기도 했다. 세력을 일으켜 한 지방을 장악하고 위엄을 떨치면 스스로 찾아오는 자들도 생기게 마련이고, 그들을 잘 아우르면 세력은 더욱 커지는 법이었다. 그쯤 된다면 동창에서 배신자를 처단하기 위해 추살대(追殺隊)를 보내온다고 해도 겁날 게 없을 것이었다.

그러나 마지못한 듯 위추경을 따라 흑림채에 발을 들여놓은 후 겪은 지난 사흘 간의 대접은 우선 불만스럽기 짝이 없었다. 산채 안으로는 들어가 보지도 못한 채 목책(木柵) 바깥쪽에 있는 허름한 숙소에서 그곳을 이용하는 외채(外寨)의 보잘것없는 졸개들과 함께 지내야 했던 것이다.

밤이면 모여 왁자하게 떠드는 그들의 말을 들어보면 온갖 잡놈들이 다 모여 있었다. 한마디로 시정잡배들의 전시장이었다. 북경에서 거들먹거릴 때는 그런 보잘것없는 자들을 경멸하고 쳐다보지도 않았던 왕추정이었고 태원호였다. 그런데 겁도 없이 하찮은 산적의 조무래기들이 시도 때도 없이 찝쩍대 왔다. 딴에는 선입자(先入者)랍시고 위세를 떠는 모양이었는데, 그것마저도 참을 수 없는 역겨움이었다.

그중에도 다행이랄 수 있는 일은 자신들에게 번(番)을 세우지 않는다는 것이었다. 물론 새로 들어온 자에 대한 어느 정도의 경계심과 배려일 수도 있었겠지만, 어쩌면 그 자체가 아직도 산채에서 자신들을 완전히 받아들이지 않았다는 반증일 수도 있어서 한편으로는 아니꼽기도 했다.

가끔 초막에 들르는 소두령이라는 자가 하루 종일 방에서 뒹굴거리는 그들을 보고 혀를 차거나 눈을 흘기기도 했지만 그뿐, 누구도 이제는 관심을 보여오지도 않았다. 기름 위에 떠도는 물방울인 것처럼 그들 삼 인은 철저히 무시당하고 외면당한 채 사흘을 보내고 있었던 것이다.

나름대로 계획을 세워두고 있는 탓인지, 위추경은 불 같은 그의 성격에 걸맞지 않게 잘 참고 견뎠다. 이런 일에는 워낙 무딘 왕추정도 아무 말이 없었다. 하지만 성미가 팔딱거리는 태원호로서는 영 견디기 힘들었다.

"잘 봐두었겠지? 이놈들은 영 쓸모없는 것들이다."

그런 태원호의 불만을 달래주어야겠다고 생각했는지 위추경이 몸을 일으켜 앉으며 그렇게 말을 건네왔다.

"관병들도 두려워하지 않는 흉악한 산적들이라더니 흥, 소문이란 역시 믿을 게 못 돼. 이것들의 하는 짓을 보면 그 대가리라는 두령 놈들의 꼴도 짐작하기 어렵지 않다. 안채에 들어앉아 코빼기도 뵈지 않은 채 거들먹거리고 있지만 너희들의 삼 검을 견디지 못할 하수들이 분명할 게다."

"흥, 삼 검은 무슨. 수틀리면 단번에 멱줄을 끊어버리고 말 테요."

태원호가 당장 그렇게 하지 못하는 게 한이라는 듯 어깨마저 들썩이며 자신의 검을 쓰다듬었다. 태원호나 왕추정의 솜씨라면, 아니, 동창의 창위라는 명예로운 직책에 뽑혀 보검을 하사받은 자들은 모두 일급의 고수 아닌 자가 없었다. 홀몸으로 강호에 나가 시비를 당해도 두려워하지 않을 자들이었던 것이다.

"그래. 이까짓 것들쯤이야 한번에 열 명, 백 명이 달려든다고 해도 두려울 게 하나도 없지."

잠자코 있던 왕추정도 그렇게 흰소리를 했다. 내색은 하지 않았어도 무료하기는 그도 마찬가지였던 모양이었다.

"그러니 조금만 더 진득하니 기다려 보자. 기회는 반드시 올 것이다. 두령이라는 놈들 몇 명만 목을 쳐버리면 나머지 놈들은 지레 질려서 무릎을 꿇게 될 것이다."

위추경이 군침을 삼켰다. 본채(本寨)에 들어가기만 하면 무슨 트집을 잡든지 시비를 걸 작정을 했다. 왕추정과 태원호를 거느리고 우르르 달려들어 한바탕 휘저어 버리면 두령이고 졸개고 할 것 없이 단번에 박살을 내버릴 자신이 있었다.

"안에들 있나?"

그들이 속으로 전의를 가다듬으며 마음을 삭이고 있는데 문이 벌컥 열렸다. 하루에 두 차례씩 내려와 번을 세우고 다시 본채로 올라가곤 하던 소두령이라는 자였다.

"많이들 기다렸네. 총관께서 보자고 하시네."

"총관?"

태원호가 고개를 갸웃했다. 우습지도 않은 산적 놈들이 꼴에 총관이라는 직책까지 두고 있다는 것이 영 뜻밖이었던 것이다. 소두령이 짐짓 거드름을 피우며 볼을 씰룩거렸다.

"사흘 만에 총관께서 신입을 부르시기는 이게 처음일세. 다 내가 그동안 여기저기 윗분들에게 잘 말하고 다닌 덕이라는 걸 잊지 말게."

일이 잘되면 그냥 넘어가지 말라는 은근한 협박이었다. 위추경이 씩 웃고 일어섰다.

"잊지 않겠소."

부드럽게 말하고 있었지만, 속으로는 네놈의 개 같은 목숨만은 살려주도록 해보지, 하고 중얼거리고 있었다. 그것을 알 리 없는 소두령이 웃으며 고개를 끄덕였다.

"암, 그게 의리라는 거고, 우리 같은 호걸들이 목숨보다 중하게 여겨야 하는 도리지."

'썩어 뒈질 놈……'

입 밖에 튀어나오려는 욕을 가까스로 참는 위추경의 얼굴이 씰룩거리며 일그러졌다. 꼴에 의리와 호걸을 말하는 게 배알이 뒤틀려 그 주둥아리를 찢어버리고 싶은 충동을 가까스로 억누르는데, 자신이 한 말에 스스로가 흡족한 듯 한껏 가슴을 펴 보인 소두령이 돌아섰다.

"따라오게."

비로소 세 겹으로 두른 철옹성 같은 목책(木柵)을 지나 본채(本寨)에 발을 들여놓게 된 위추경 일행은 뜻밖의 모습에 놀란 눈을 크게 뜨고 신음을 흘려야 했다.

우선 잘 정돈된 정원이 의외였다. 이런 일에는 문외한인 위추경의 눈에도 그것은 범상스럽게 보이지 않았다. 쉬지 않고 사람의 공들인 손을 탄 듯, 나무며 화단은 주변의 지세와 잘 어울려 제각기 조화를 이

루고 싱싱한 생기를 뿜내고 있었다. 누가 이것들을 관리하는지 몰라도 상당한 안목을 지니고 있는 자가 틀림없었다. 언젠가 들러본 제독태감(提督太監)의 사저(私邸)도 이만한 정원을 가지고 있지는 못했다. 위추경은 하찮은 산적 놈들이 끌에 제법 멋을 아는 체한다고 생각했다.

정원의 아기자기한 숲 사이로 난 소로(小路) 끝에 한 채의 전각이 있었다. 비록 용골을 날듯이 세우고 기와를 올리지는 않았어도 그것 또한 위추경 일행을 놀라게 하기에 충분했다.

투박한 나무를 깎아 기둥을 세우고 갈대와 나무청을 엮어 지붕을 이었는데, 이층에 다락까지 둔 작지 않은 규모였다. 게다가 그것이 주변의 자연 환경과 잘 조화되어 오히려 요란한 채색으로 멋을 낸 성중의 전각들보다 한결 운치있어 보였다.

전각 너머로는 이십여 장의 깎아지른 듯한 벼랑이 버티고 있었다. 골짜기를 타고 올라온 바람이 불 때마다 그 위의 무성한 소나무 숲 사이로 언뜻언뜻 높고 낮은 지붕들이 보였다. 그곳에도 전각들이 세워져 있는 모양이었다.

"이곳은 성(城)으로 말하자면 외성(外城)이라고 할 수 있는 곳이지."

"허!"

그렇다면 자신들은 아직도 본채(本寨)에 들어가지 못했다는 말이었다. 위추경은 이자들의 산채(山寨)가 생각보다 훨씬 크고 단단한 규모를 가지고 있다는 것을 알고 감탄했다.

위추경이 탄성을 발하자 그들을 인도해 온 소두령이 한껏 뿜내는 눈으로 흘겨보며 어깨를 우쭐거렸다. 촌놈이 이런 으리으리한 광경을 보고 기가 죽은 게 틀림없다고 여기는 눈치였다.

"총채주님과 당주(堂主)급 이상의 두령들은 모두 저 벼랑 위의 내채

(內寨)에 기거한다네. 거기는 아무나 함부로 접근할 수 없는 곳이니 실수로라도 가까이 가지 않도록 조심하게."

눈마저 부라리며 제법 겁을 주는 소두령을 보며 위추경은 속으로, 빌어먹을 놈이 사람을 볼 줄 몰라도 이렇게 모를 수가 있나 하고 다시 욕을 했다.

"가까이 가면 어떻게 된다는 거요?"

태원호가 잔뜩 볼이 부은 소리로 묻자 소두령이 그의 코앞에 얼굴을 바짝 갖다 대고 속삭이듯 말했다.

"어느 칼에 맞아 죽는지 모르게 돼지는 거지."

"쳇!"

"어허, 이 사람. 내 말을 허투루 들었다가는 큰코다칠 걸세. 용담호혈(龍潭虎穴)이 있다면 저기가 바로 그곳이요, 염라전이 있다면 저곳이야말로 바로 그곳일세."

태원호가 코웃음을 치자 소두령이 자못 근엄한 얼굴로 을러댔다. 그것을 보며 위추경은 속으로 이놈들이 허풍스럽기는 어지간히 허풍스럽다고 비웃었다.

두리번거리는 사이에 어느새 전각 앞에 이르렀다. 큼직한 금색 글자로 무룡전(武龍殿)이라고 새겨져 있는 현판 아래 우락부락하게 생긴 두 명의 장한이 양쪽으로 벌려 서 있었는데, 허리에 찬 칼을 눌러 쥐고 부리부리한 눈으로 다가온 자들을 노려보고 있는 기상이 제법 틀이 잡혀 있었다.

"수고가 많으시네. 총관께서 데려오라고 하신 바로 그자들이네."

켕기는 데가 있는지, 소두령이 두 손을 비벼대며 어눌하게 말했다. 장한들이 그런 그를 거들떠보지도 않고 낯선 세 사람의 면면을 불 같은 눈으로 핥듯이 훑어보았다. 그들의 따가운 시선을 받으며 위추경은 이놈들은 제법 쓸 만하다고 생각했다. 솜씨야 어떨지 몰라도 사람을 누르는 위압적인 기세만큼은 그런대로 봐줄 만했던 것이다.

우측의 장한이 무표정한 얼굴로 가볍게 머리를 끄덕이고 한 걸음 비켜섰다. 한번 그를 바라보고 말없이 전각 안으로 들어서는 위추경의 뒤를 왕추정이 바싹 붙어 따랐고, 태원호가 모르고 그런 것처럼 장한을 스쳐 지나가며 슬쩍 어깨를 부딪쳤다.

"억!"

앳된 티가 가시지 않은 시비를 따라 청(廳) 안으로 들어선 위추경이 외마디 소리를 지르고 우뚝 멈추어 섰다. 그 뒤를 따르던 왕추정과 태원호도 급히 숨을 죽이고 어깨를 긴장으로 굳혔다.

정면의 호피 의자 위에 한 다리를 꼬고 비스듬히 앉아 차를 마시고 있는 추레한 모습의 작은 노인을 본 것이다.

노인은 낡은 베옷을 걸치고 있었는데, 얼마나 오래 입고 있었던 것인지 꾀죄죄하기가 마치 저잣거리 한구석에 쪼그리고 앉아 구걸을 하는 걸인의 행색과 구분하기 힘들 지경이었다. 늙어 기력이 없고 병들어 몸이 오그라든 노인들이 다 그렇듯이 온몸에 생기라고는 한 올도 엿보이지 않았다. 구부정한 허리를 의자에 비스듬히 기대고 반쯤은 누워서 게슴츠레 눈을 감고 있는 것이 세상에 대해서, 그리고 얼마 남아 있지 않은 게 분명한, 자신의 앞에 덤으로 놓여 있는 그날들에 대해서 견딜 수 없는 권태로움을 맛보고 있는 듯했다.

노인은 손을 들어 찻잔을 집는 것마저 귀찮다는 듯 귀여운 시녀가 먹여주는 대로 홀짝거리며 한 모금씩 차를 마시고 있었다. 입 안에서 한참을 우물거리는 동안에 그는 도리질을 하듯 끊임없이 머리를 흔들고 있었는데, 마치 중풍 들린 노인이 머리를 가누지 못해 건들거리는 것 같았다.

그런 몰골에 그런 버릇을 가지고 있는 사람은 강호에 딱 한 명이 있을 뿐이었다. 그 한 사람의 이름이 위추경의 머리 속을 텅 비게 만들었다.

노인이 좌우로 불안하게 머리를 흔들며 매우 느리게 고개를 돌려 위추경을 바라보았다. 짓무른 그 눈과 흘러내릴 듯 늘어진 눈두덩의 거무튀튀한 살덩이가 주름지고 바짝 말라붙은 볼과 함께 어우러져 보기에 역겨웠다. 그러나 위추경을 비롯한 왕추정과 태원호는 조금도 비웃거나 경멸하는 마음을 가질 수 없었다. 그들은 노인의 눈길이 이마에 와 닿을 때마다 터질 듯한 긴장으로 어깨를 굳혔다. 자신들의 의지와는 상관없이 꼭 움켜쥔 두 손이 잔경련을 하듯 떨렸다.

"우리 산채에…… 몸담기를 원해서…… 왔다고?"

노인이 기력이라고는 한 올도 실려 있지 않은 건조한 음성으로 띄엄띄엄 말했다. 그리고 그 말이 끝났을 때 위추경은 정신없이 머리를 끄덕이고 있는 자신의 모습을 문득 느끼고 비참해져야 했다.

"좋아…… 그런데 너희들은 왜…… 노부를 보고도 멀쩡하게 서 있는 거지……?"

다시 그 말이 끝났을 때 위추경은 벌써 삭정이가 꺾이듯 무릎을 꺾고 바닥에 엎드려 있었다. 그것은 왕추정과 태원호도 마찬가지였다. 그들은 아예 이마를 바닥에 처박고 있는 것이 노인의 눈길을 받는 것조차 꺼려하는 듯했다.

비로소 흡족하다는 듯 메마른 입술에 희미한 웃음기를 떠올렸던 노인이 가까스로 손을 들어 털었다.

"됐어. 가봐……."

마치 큰 은전이라도 입은 사람처럼, 위추경은 두 명의 수하와 함께 머리조차 들지 못하고 뒷걸음으로 청을 벗어났다. 서두르는 기색이 완연한 것이 노인이 다시 말을 꺼낼 것을 두려워하는 것 같았다. 그들은 한시라도 빨리 노인에게서 떨어지기를 간절히 원하고 있었다. 그런 그들에게서 시선을 거둔 노인이 여전히 불안하게 머리를 흔들며 다시 의자에 비스듬히 기대고 눈을 감았다.

"이건 뭐가 잘못돼도 단단히 잘못된 게 틀림없다. 그렇지 않고서야 그 살신(殺神)이 어째서 이곳에 버젓이 살아 있느냐 말이다."

위추경이 험상궂은 얼굴을 있는 대로 일그러뜨린 채 중얼거렸다. 그는 무룡전(武龍殿)을 나온 이래 내내 얼굴을 펴지 못하고 있었다. 그건 왕추정도 태원호도 마찬가지였다. 그들의 머리 속에 들어 있는 생각은 오직 한 가지뿐이었다.

'이건 실수한 거다.'

자신들의 선택이 크게 잘못되었다는 것을 믿지 않을 수 없었다.

"대형, 그는 혹시 귀신이 아닐까요?"

아니라는 것을 뻔히 알면서도 그렇게 묻는 태원호의 마음을 충분히 이해할 수 있었다. 위추경 자신도 그가 차라리 귀신이었다면 하고 생각하고 있었던 것이다.

수라도부(修羅屠夫).

이십여 년 전부터 그렇게 불려왔던 대살성(大殺星) 초수추(楚搜騶). 그것이 비루먹은 개처럼 볼품없던 그 노인의 본색이었다.

그는 두 손의 잔인함이 나찰보다 더했고, 심계의 악독함이 염왕(閻王)보다 지독하다는 산동의 마귀였다. 오만함이 하늘에 닿았던 그는 십여 년 전 무슨 이유에서인지 황궁에 월장하여 들어가 진가정(陳架正)을 살해한 적이 있었다. 진가정은 강호를 질타하던 절정의 고수였는데, 그의 무공과 협기를 높이 산 황실에서 초빙하여 금의위(錦衣衛) 독무(督武)라는 자리를 맡기고 있었다. 신비하기 짝이 없다는 황궁 내원의 고수로 영입된 것이다. 그런 진가정을 황궁에까지 쫓아가 죽인 것은 황실의 위엄마저 눈 아래 둔 일이었다.

초수추는 그 일로 동창의 추살대(追殺隊)에게 무려 다섯 달을 쫓기다가 섬서(陝西) 북단(北端)의 유림(楡林)에서 기어이 장성을 넘지 못하고 관외(關外)를 바라보며 죽었다. 그렇게 알려진 것이다. 그리고 그 뒤로 더 이상 세상의 어디에서도 그의 모습을 찾아볼 수 없었다.

그때의 일은 지금도 동창이 거둔 쾌거로 회자되고 있었다. 그런데 분명히 죽었다고 알려진 그 수라도부 초수추가 버젓이 살아 강호에 이름도 알려지지 않은 외진 산채에서 총관 노릇을 하고 있었던 것이다. 특이한 외관과 함께 널리 알려진 특징인 머리 흔드는 버릇은 여전해서 그를 알아보는 것은 어렵지 않았다.

"대체 그 마두가 어째서 이런 외진 산채에 틀어박혀 있느냐 말이다. 그것도 두령이 아니라 겨우 총관이라니…… 허, 어디 가서 이 일을 말하면 사람들이 나더러 미쳤다고 할 게다."

위추경은 황실을 떠들썩하게 하고 세상에서 사라졌던 그 마두를 이곳에서 총관이라는 신분으로 만나보았다는 것을 믿을 수가 없었다. 하지만 그는 확실히 수라도부 초수추였다. 그러자 마음 가득 어두운 그늘이 깔렸다.

"지금이라도 늦지 않았소. 차라리 이 끔찍한 곳을 떠나 버립시다."

태원호가 엉덩이를 들썩이며 부추겼다. 그를 바라보는 왕추정의 눈빛도 같은 마음을 전해오고 있었다. 위추경이 끙, 하고 탄식을 했다.

"조금 더 지켜보자. 어쩌면 그가 있기 때문에 우리도 덩달아 안전해질 수 있지."

초수추 같은 자의 그늘에 머물러 있으면 당분간은 동창의 추살대를 겁내지 않아도 될 것이었다. 우선 신변의 안전을 취한 다음에 서서히 다음 일을 도모하는 게 더 좋을 수도 있다는 생각이 들었다. 그런 생각을 말하자 왕추정과 태원호는 어쩔 수 없이 주저앉을 수밖에 없었다. 그들로서는 지금 위추경을 따르는 수밖에 달리 선택할 여지가 없기도 했다.

그들을 달래놓은 위추경은 그러나 내심 다른 생각도 갖고 있었다. 그것은 동창에 몸담고 있던 지난 십여 년의 세월 동안 자기도 모르게 몸에 밴 어떤 동물적인 감각에 의한 것이었다. 밖에서 보았을 때는 그저 나그네의 등이나 후리는 산적들이 모여 사는 산채에 불과했으나, 위추경의 발달된 감각은 이곳에 그것 말고 다른 무언가가 또 있다는 것을 느끼게 해주었다.

위추경은 그것이 무엇인지 알아볼 작정을 했다. 그러자 어쩌면 이들이 불순한 의도를 지니고 모인 자들일 수도 있다는 냄새가 솔솔 맡아졌다. 그것을 가리기 위해 산적으로 위장하고 있을 뿐이라면 그 비밀을 캐내는 것이야말로 좋은 흥정거리가 될 수 있었다. 큰 공을 세우고 떳떳하게 동창으로 복귀할 수도 있었고, 아니면 비밀을 지켜주는 조건으로 이들로부터 대가를 받아낼 수도 있었다. 그렇지 않으면 그 비밀을 원하는 곳에 팔 수도 있는 것이다.

다음날 위추경 일행은 본채가 있는 적운산(積雲山)에서 멀리 떨어진 청태산(靑苔山) 청림채(靑林寨)로 옮겨갔다. 총관인 수라도부 초수추의 명에 따라 청림채의 일원으로 자리 잡게 된 것이다. 위추경과 왕추정, 태원호는 모두 소두령이라는 직책을 부여받았다. 신입으로서 들어오자마자 소두령이 된다는 것은 매우 이례적인 일이었다.

간혹 강호에서 죄를 짓고 쫓기다가 산채에 몸을 의탁해 오는 자들이 있었는데, 그들 중 명성이 제법 높은 자가 아니고서는 오자마자 소두령으로 발탁되는 일이 드물었다. 수라도부 초수추는 일별(一瞥)한 것으로 위추경 일행이 만만치 않은 자들이라는 것을 알아본 것이다.

그러나 고작 소두령이라는 직위는 위추경 일행 모두에게 흡족하지 않았다. 그들은 아직도 자신들의 솜씨라면 이런 산채에서 두령 정도는 충분하다고 믿고 있었다. 처음에는 산채를 통째로 삼키고 대두령이 될 것을 꿈꾸었으나 수라도부를 만나고 나서 한풀 꺾이기는 한 셈이었다.

그러나 그 꿈도 청림채에 들어 신입으로서 채주와 면담을 하게 되면서 물거품처럼 사라져 버리고 말았다.

채주의 거처인 청목전(靑木殿) 문 앞에 웅크리고 있는 두 마리의 커다란 개를 본 순간 위추경 일행은 또 하나의 생각에 부르르 진저리를 쳤다.

"쌍적아(雙赤兒)!"

그들의 입에서 동시에 경악의 외침이 터져 나왔다. 발등에 턱을 괴고 졸던 개들이 번쩍 고개를 들고 그들을 바라보았다. 온몸이 타오르는 불처럼 붉은 털로 뒤덮여 있었는데, 크기가 송아지만한 것이, 개라기보다 차라리 흉악한 괴수(怪獸)라고 해야 옳을 것이었다. 그것들이 번쩍이는 눈으로 위추경 일행을 노려보며 송곳니를 드러내고 낮게 으르렁거렸다. 위추경은 절로 오금이 저려와 꼼짝할 수가 없었다.

강호에서 이 두 마리의 개는 오히려 그 주인보다 유명한 바가 있었다. 암수 한 쌍인 그것들은 호랑이도 두려워하지 않고 달려들어 물어뜯었고, 철사를 박아놓은 듯한 적모(赤毛)는 단단하고 매끄럽기 짝이 없어서 도검(刀劍)이 소용없었다.

"귀견사(鬼犬師) 강량(姜亮)!"

위추경이 그 이름을 외치고 나서 급히 자신의 입을 틀어막았다.

그의 눈에 거슬리면 미처 열 걸음도 달아나기 전에 먼저 쌍적아에게 물려 죽었고, 재주가 있어서 그놈들의 이빨을 견뎌냈다고 해도 강량의 채찍에 사지가 찢겨 죽었다. 그러므로 한번 그에게 밉보인 자들은 어쨌든 죽기 마련이었다.

십여 년 전부터 강호에 흉명(凶名)을 떨치던 그는 그의 개들과 함께 포악하고 잔인한 그 자신의 성품 때문에 강호의 공분을 사 쫓겨났다. 아니, 그 스스로가 강호를 비웃고 떠난 것이라고 말하는 게 옳을지도 몰랐다.

그는 자신을 추격해 온 섬서(陝西) 귀왕문(鬼王門)과 청성문도(青城門徒), 호남의 철장방(鐵掌幇) 등 삼개 문파에서 공동으로 구성한 추살대를 끌어들여 장성 아래 육반산(六盤山)에서 한바탕 공전절후의 혈전을 벌였다.

청성파는 명실공히 소림 무당과 함께 무림에 뿌리 깊은 명문정파였고, 귀왕문은 당시 공개적으로 사마외도(邪魔外道)를 표방하고 나서서 물의를 일으켰던 신흥 방파였다. 그리고 철장방은 정사 중간의 위치에 있는 거대 방회였다. 이와 같이 서로 그 길을 달리하고 있는 삼 개 문파가 강량이라는 한 명의 적을 두고 잠시 힘을 함께하기로 하였다는 것은 두고두고 이야깃거리가 되었다. 그에 대한 원한이 그처럼 깊었던 것이다.

그것으로 미루어보아 강량 또한 정이니 사니 하는 것에 구애받음 없이 자신의 기분 내키는 대로 행하고 즐기는 무법자임이 분명했다.

어쨌든 육반산 아래의 백리평원에서 그는 오십여 명의 고수들과 단신으로 겨루었다. 일백 리를 서로 쫓고 쫓기며 사흘 밤낮을 가리지 않고 오직 서로를 죽이기 위해 싸우는 그 처절함을 구경하기 위해 무림인들이 구름처럼 모여들어 백리평원을 뒤덮었다.

그들 구경꾼들의 머리 속에 잊을 수 없는 강렬한 기억을 남기고 결국 평원의 억새밭을 걸어나온 자는 귀견사 강량 한 사람뿐이었다. 그는 피투성이가 되어 있는 그의 애견 쌍적아의 목덜미를 쓰다듬어 주며 그곳에 온 모두를 비웃었다.

"개도 제 배가 부르면 닭이 밥그릇 쪼는 것을 막지 않는다. 너희들은 개만도 못한 놈들이다."

그리고는 중상을 입은 두 마리의 개를 이끌고 비틀거리며 육반산을 바라보고 떠났다. 그것이 그의 마지막 모습이었다. 세상에서 다시는 귀견사 강량의 모습을 찾아볼 수 없었고, 점점 사람들은 그가 심어주었던 공포의 기억으로부터 자유로워져 갔다. 그렇게 십 년이 지났다.

그런데 오늘, 흑림채에 속한 소산채(小山寨)인 이곳 청목채에서 그의 개들이 졸고 있었던 것이다.

"채주를 뵈오!"

위추경이 그렇게 외치며 무릎을 꿇자 왕추정과 태원호가 뒤를 따랐다. 그들은 앞에 꿇어 엎드려 있는 벽력흑모(霹靂黑貌) 위추경(魏錘庚)의 뒷모습이 전혀 다른 사람인 것처럼 느껴졌다. 불 같고, 한번 폭발하면 화산같이 흉악했던 그의 기세를 찾아볼 수 없었던 것이다. 늘어진 어깨에서 그가 이제는 모든 것을 체념한 게 아닐까 하는 의구심마저 들었다.

"위추경이라고?"

굵고 부드러운 음성이 그런 위추경의 어깨에 내려앉았다. 위추경이 번쩍 고개를 들고 바라보았다.

태사의에 오만하게 앉아 있는 자가 바로 그 유명한 귀견사 강량인 것이다. 그는 사십 대 중반쯤 되어 보이는 호리호리한 사내였는데, 몇 줄기 붉은 검상(劍傷)이 얼굴을 종횡으로 가로지르고 있다는 것을 빼면 반듯하게 잘생긴 귀골의 중년인이었다. 입고 있는 남색의 금의(錦衣)와 어우러져 그의 도도하고 빼어난 기상이 더욱 돋보였다.

"옛!"

마치 연무장에서 제독태감의 점호(點呼)를 받기라도 하듯 씩씩하게 대답한 위추경이 다시 머리를 조아렸다.

"할 일이 많을 것이다. 어려운 일도 있겠지. 하지만 너는 이곳에 있는 자들 중 누구보다 강해 보인다. 충분히 노력한다면 곧 두령이 될 수도 있다. 본채(本寨)에 불려가 당주(堂主)나 호법(護法)이 되고, 장차는 장로가 될 수도 있겠지. 모든 것이 너 하기에 달려 있다."

그는 위추경이 마음에 드는 모양이었다. 위추경이 다시 씩씩하게 대답하고 머리를 조아렸다.

"여기서는 누구도 그 사람의 지난 과거를 들추어내지 않는다. 능력이 있는 자는 높임을 받고, 그렇지 못한 자는 밖으로 내몰릴 뿐이다.

네가 무슨 죄를 지었든지, 무슨 마음을 품고 있든지 똑같다. 그러나 한 가지, 배신과 하극상에는 용서가 없다. 대가는 오직 죽음뿐이다. 명심하도록."

"옛!"

위추경은 오직 그 말밖에 모르는 사람인 것처럼 씩씩하게 대답할 뿐이었다. 입가에 흐린 미소를 띠우고 잠시 바라보던 강량이 손을 저었다.

"앞으로 모든 일들은 총관의 지시에 따라 행하면 된다."

이곳에도 총관이 있는 모양이었다. 적룡전(赤龍殿)을 나오면서 위추경은 고개를 갸웃했다.

"좀 이상하지 않소?"

함께 소두령이 되어 산채 내 소두령들의 집단 거처인 풍운각(風雲閣)에 들게 된 왕추정이 조심스럽게 물어왔다. 태원호가 눈을 빛내며 당겨 앉았다.

"어째 산채라기보다 무슨 강호의 방파 같지 않소?"

그것은 위추경도 벌써부터 느끼고 있었다. 산채에 무슨 총관이 있으며 당주, 각주, 전주 등의 있고, 무슨 호법이라는 직책이 있단 말인가. 이것은 강호의 방파들에서 흔히 사용하고 있는 직급 체계였다.

이들은 이름만 채주라거나 두령이라고 부르고 있을 뿐, 그것을 빼면 그대로 전혀 새로운 하나의 방파로 바뀌기에 충분했다. 며칠 동안 머무르며 관찰한 바로도 이들의 엄정한 질서와 기세는 어중이떠중이가 모여 약탈이나 일삼는 산적의 무리라고 볼 수 없었다.

졸개들이 서로 모여 잡스런 얘기들을 하며 낄낄거리고 나태하게 늘어져 보이지만 그것은 표면적인 것일 뿐, 그 안을 들여다보면 전혀 다른 세계였다. 그것을 두고 위추경은 다시 한 번 자신의 성급했던 생각을 후회했다. 이렇게 틀이 잡히고 고수들이 숨어 있는 곳에 발을 들여놓은 이상 이제는 빼지도 못하게 되어버렸던 것이다.

"음······."

답답한 신세가 되어버린 위추경이 깊이 탄식했다. 배신자에게는 오직 죽음이 있을 뿐이라던 귀견사 강량의 음성이 귀에 웅웅 울려왔다. 다른 사람이 그렇게 말했다면 코웃음을 치고 말았을 것이나 강량의 입에서 나온 말인 이상 두려워하지 않을 수 없었다.

"제미랄, 갈 데 없이 산적질이나 하는 신세가 되고 말았군."

태원호가 원망하듯 위추경을 훔쳐보며 투덜댔다. 왕추정이 그런 태원호의 어깨를 치며 껄껄 웃었다.

"산적이면 어때? 맘 편하고 몸 편하면 그만이지. 바쁘게 천 리 길을 오갈 일도 없을 거고, 한가하게 산속만 어슬렁거리고 있으면 될 테니 훨씬 좋잖아? 안 그렇소, 위 두령?"

그가 은근히 자신과 위추경이 이제는 동급이라는 것을 의식시키듯 그렇게 말끝을 맺었다.

"이놈이!"

짐짓 눈을 부라려 주었지만 위추경은 사실 맥이 빠지는 것을 어쩔 수 없었다. 강량은 또 분명히 말했던 것이다. 위계 질서를 어지럽히는 자 또한 죽을 것이라고. 그 말대로라면 이제 두 수하와 자신이 동급이 되었으니 함부로 그들을 부리거나 윽박지를 수도 없게 된 거나 마찬가지였다.

그런저런 생각에 한숨만 쉬고 있는데 방문이 벌컥 열렸다.

"억!"

방 안에 둘러앉아 있던 위추경과 왕추정, 태원호가 동시에 비명을 지르며 탁자를 걷어차고 구석으로 쏜살같이 물러났다. 기괴한 얼굴 하나가 쑥 들이밀어져 방문을 메우다시피 가로막은 채 더운 숨결을 불어 냈던 것이다. 눈을 끔벅이며 한참을 바라보고 나서야 그들은 그것이 개라는 것을 알았다.

놈의 붉은 혀가 늘어져 침을 뚝뚝 떨어뜨리고 있었다. 시뻘건 입 안에 솟아 나와 있는 두 개의 송곳니가 비수처럼 날카로웠다. 붉은 털과 붉은 눈. 개이면서 그놈은 개가 아니었다. 가까이에서 보자 한입에 사람의 머리통을 삼켜 버릴 만큼 커다란 그 입이 더욱 끔찍했다.

온몸을 굳힌 채 구석에 몰려서 있는 세 사람을 바라보던 그것이 낮게 으르렁거렸다. 위추경은 자신도 모르게 칼을 꽉 움켜쥐었다. 왜 저놈이 이곳에 찾아와 대가리를 들이밀고 있는지 생각할 여유 따위는 가질 수가 없었다. 화등잔 같은 그놈의 눈에 붙들린 순간 머리 속을 가득 채운 것은 공포와 삶에 대한 본능적인 집착뿐이었다.

개는 이제 한 발을 문지방에 올려놓은 채 여전히 머리를 낮추고 으르렁거렸다. 금방이라도 문턱을 박차고 달려들 기세였다. 단번에 저놈의 머리통을 쪼개놓지 못한다면 저 끔찍한 입에 머리가 통째로 씹힐지도 모른다는 두려움이 위추경과 두 사내를 덜덜 떨게 했다.

"나와라!"

밖에서 낭랑한 목소리가 그렇게 외친 것 같았다.

"썩을 놈아!"

그 소리를 듣자마자 위추경이 냅다 소리쳤다. 갑자기 등을 맞으면 깜짝 놀라 저도 모르게 소리를 지르듯, 지나친 긴장이 터져 버리며 뒤어나온 즉각적이고 본능적인 반응이었다.

　반응은 그 소리를 들은 개에게서도 나타났다. 그놈이 슬며시 이빨을 감추더니 눈알을 뒤룩거렸던 것이다. 갑자기 기세가 꺾여 당황하는 모습이 역력했다.

　'뭘까?'

　의아해하는데 다시 밖에서 낭랑한 외침이 들려왔다.

　"좋아, 말을 듣지 않겠단 말이지? 네놈을 잡아서 가죽을 벗기고 토막 친 다음 기름 솥에 던져 튀겨 버리고 말 테다!"

　낑―!

　그 말을 알아들은 것인지, 괴물 같은 개가 대가리를 틀며 신음을 흘렸다. 위추경은 눈앞에서 벌어진 상황을 이해할 수 없었다. 목소리의 주인공은 귀견사(鬼犬師) 강량(姜亮)이 아닌 게 분명했다. 그렇다면 어느 누가 저 야수 같은 놈에게 호통을 칠 수 있고, 또 저놈이 그 한마디에 저렇게 겁을 먹고 꼬리를 사릴 수 있단 말인가.

　의아해하는데 개가 슬며시 밖으로 물러났다. 그것을 따라 위추경과 두 사내들이 우르르 달려가 문지방을 밟고 섰다. 그리고 그들은 믿을 수 없는 광경을 보고 놀라 벌어진 입을 다물지 못했다.

　깨끗하고 잘생긴 귀공자 한 명이 허리에 두 손을 척 얹고 서서 매섭게 노려보고 있었는데, 송아지만한 덩치의 개가 마치 강아지라도 된 듯 납작 엎드려 사내의 발등에 코를 박은 채 꼬리로 땅을 쓸고 있었다. 그 모습이 마치 성질 고약한 주인집 아들의 눈치를 보며 땅바닥에 배를 깔고 어쩔 줄 모르는 황구(黃狗) 같았다.

　사내가 주먹을 쥐고 개의 머리통을 세차게 내려쳤다. 떡메로 바위를 친 듯 꽝! 하는 소리가 터져 나왔다. 그러나 개는 감히 발작할 엄두도 내지 못하고 더욱 코를 처박은 채 낑낑거리며 괴로워할 뿐이었다.

"허—"

그것을 본 위추경의 입에서 절로 탄성이 흘러나왔다. 호랑이보다 사납다는 개를 저렇게 강아지 다루듯 하는 자가 강량이 아니라는 것을 믿을 수 없었던 것이다.

"한 번만 더 멋대로 군다면 그때는 정말 기름에 튀겨 먹고 말겠다."

사내가 으름장을 놓았다. 개는 영물답게 말귀를 알아듣는 것인지, 사내의 노여움이 가셨다는 것을 알고 다시 일어나 꼬리를 치며 손등을 핥았다. 서 있는 키가 사내의 가슴 어림에 닿을 만큼 커서 그 모습이 귀엽기는커녕 징그럽고 끔찍해 보였다.

"하하, 놀라게 할 생각은 없었소."

비로소 사내가 위추경을 바라보고 환하게 웃었다. 뜻밖의 광경을 보고 난 위추경은 아직도 얼떨떨하기만 했다. 그는 속으로 사내가 강량의 제자쯤 되는가 보다고 짐작했다. 그렇지 않고서야 저 사나운 개를 그렇게 함부로 다룰 수 없을 것이었다.

사내가 다가오자 그 뒤를 개가 어슬렁거리며 따랐다. 위추경은 재미없다고 중얼거렸다. 귀건사 강량의 제자라면 그가 가까이 오는 게 싫었고, 저 개는 더욱 그랬다.

"소두령 셋이 새로 들어왔다는 소리를 듣고 궁금했소."

사내가 고른 치아를 드러내고 웃었다.

"소문에 초 총관의 눈에 단번에 들었다기에 얼마나 대단한 사람들이기에 그럴 수 있었을까 하고 의아해했지."

말을 듣는 동안 위추경은 고개를 갸웃거리며 사내의 면면을 다시 한

번 세밀하게 훑어보았다. 흑림채의 총관인 수라도부(修羅屠夫) 초수추(楚搜騶)를 부르면서 조금의 두려움이나 공경도 없이 그저 초 총관이라고 해버리는 사내를 알 수 없었던 것이다. 자신의 짐작대로 그가 강량의 제자라면 초수추를 그런 식으로 부를 수가 없었다.

'이자는 강량의 제자가 아니로군.'

그게 또 알 수 없는 의문으로 그를 괴롭혔다. 그럼 사내의 뒤에 얌전하게 엉덩이를 붙이고 앉아서 눈치를 보는 저 무지막지한 개는 또 어떻게 된 일이란 말인가. 천하에 오직 강량만이 다룰 수 있다던 그 개 아닌가 말이다. 그런 생각들로 머리 속이 더욱 혼란스러운데 사내가 흰 이를 드러내고 다시 히죽 웃었다.

"그런데 직접 보니 과연 소두령으로 썩기에는 아까운 사람들이오."

"당신은 누구요?"

"아, 이런. 내 소개를 하지 않았군. 나는 산채의 밥이나 축내고 있는 보잘것없는 놈이니 크게 신경 쓸 거 없소. 그보다 내가 부탁 한 가지를 하고 싶은데 괜찮을지 모르겠소?"

"너는 누구냐!"

다짜고짜 찾아와 궁금증만 키워놓고 엉뚱한 소리만 해대는 사내에 대해서 왈칵 짜증이 났다. 위추경의 호통 소리를 들은 사내가 제 머리를 툭툭 쳤다.

"아, 이런. 내 소개를 한다고 해놓고서…… 나는 육지평이라고 하오."

"육지평?"

처음 듣는 이름이었다.

"이곳에서는 다들 그저 공자라고 부른다오. 그건 여기 사는 개 주인이나 본채의 그 늙어서 정신이 오락가락하는 초 총관도 마찬가지니 당신들도 편한 대로 그렇게 부르도록 하시오."

"허—!'

이제는 왕추정과 태원호까지 놀람의 탄성을 터뜨리고 고개를 내밀어 사내를 바라보았다. 그들은 감히 강량이나 초수추를 두고 그처럼 편하게 말하는 자가 있다는 것을 믿을 수 없었다.

사내를 마주 보고 있는 위추경의 얼굴이 시뻘겋게 달아올랐다. 육지평의 말투에서 그가 결코 강량이나 초수추를 두려워하지 않는다는 것을 안 탓이다. 그렇다면 눈앞의 귀공자가 그들 전대의 대마두들을 가볍게 여길 만큼 대단한 자라고밖에 달리 생각할 수 없었다.

'대체 이자의 정체가 뭐란 말인가?'

아무리 머리를 쥐어짜 생각해 보아도 강호에 이와 같은 자가 있다는 말을 들어본 적이 없었다. 그런 위추경의 괴로움을 아는지 모르는지, 육지평이 태평스런 얼굴로 하던 말을 마저 했다.

"내 부탁을 제대로 들어주기만 한다면 내가 당장 당신들을 본채로 불러 올려 당주(堂主) 자리에 앉게 해주겠소."

위추경의 눈이 찢어질 듯 부릅떠졌고, 왕추정과 태원호가 구미가 당긴다는 듯 어깨를 내밀고 한 걸음 나섰다.

"부탁이란 게 뭐요?"

성급한 왕추정의 말에 육지평이 그들을 가리키며 하하, 웃었다.

"아주 쉬운 일이오. 하지만 이곳에는 산도둑들만 득실거릴 뿐, 당신들 같은 사람이 없어서 곤란했거든. 누구를 찾아내든가 뒤를 캐내는 일에 동창의 창위들보다 더 전문가가 어디 있겠소?'

"억!'

그 말을 들은 세 사람이 동시에 비명을 지르고 주춤 물러섰다.

*　　　　*　　　　*

저무는 강가에 앉아서 하염없이 강물을 바라보는 여자가 있었다. 멀리서 보기에는 마음에 깊은 슬픔을 담고 있어서 그것을 견디지 못하고 낙심하여 있는 사람처럼 보였다. 곁에 보퉁이를 내려놓았는데, 상아를 박아 넣은 검자루가 비죽이 솟아 나와 있었다.

이 강을 건너가면 곧장 정강령으로 뻗어 있는 관도가 이어졌다. 소옥은 밤이 새기 전에 령을 넘을 작정을 하고 있었다. 그러면 형산까지는 서두르면 열흘 길이었다. 소옥은 풍향곡에 돌아가 사부에게 진경을 전해주고 나면 본격적으로 복수의 길에 나서겠노라고 다시 한 번 다짐했다.

자신의 처지를 이렇게 만든 자들. 내 가족을 비참하게 죽인 자들에 대한 증오는 그녀의 마음을 시간이 지날수록 조금씩 딱딱하고 거칠게 부수어가고 있었지만 소옥은 그것을 느끼지 못했다.

단목기를 떠올리자 동창이 기억되어졌고, 그 정점에서 그들을 하수인으로 부린 사례태감(司禮太監) 위충현(魏忠賢)이 느껴졌다. 아직 그를 만나보지도 못했으나, 그 이름만은 가슴속에 있는 원한의 비석 위에 깊이 새겨 넣었다.

"흥, 동창이라고? 내가 반드시 씨를 말려 버리고 말 테다!"

위충현의 목도 그 안에 포함시킨 말이었다. 주먹을 부르르 떨고 있는 소옥의 눈에 강 상류에서 한가롭게 떠내려오는 나룻배가 보였다. 어둠이 깔려가는 강물 위에 검은 그림자가 드리웠다. 배 위에서 사공

은 갓 넓은 죽립을 눌러쓰고 밤이슬을 생각한 듯 성급하게 도롱이를
걸치고 있었다. 그가 흥얼거리는 노랫소리가 점점 가까워졌다. 소옥은
자리를 털고 일어섰다.

"사공!"

소리쳐 부르자 사공이 소옥을 바라보고는 노를 저어 물결을 헤치며
느릿느릿 다가왔다.

"강을 건너시려오?"

"그래요."

굵고 쉰 듯한 음성이었다. 소옥은 노를 붙잡고 있는 그의 드러난 팔
뚝을 보았다. 검은 털이 무성하게 자라 있었는데, 동아줄 같은 근육과
힘줄들이 불끈불끈 솟아 있는 것이 험한 일에 이골이 난 그런 팔뚝이
었다.

"허, 마침 저녁을 먹으러 돌아가려던 참이니 잘되었소. 한푼이라도
더 갖다 주면 마누라가 좋아하겠지. 어서 타시오."

배에 오르자 사공이 그 굵은 팔뚝에 힘줄을 불끈 세우며 삿대를 질
러 넣었다. 배가 미끄러지듯 언덕을 떠나 강 복판으로 흘러나갔다. 삿
대를 놓고 노를 쥔 손의 힘이 억세어서 급한 물을 거슬러 올라가면서
도 잔잔한 호수 위를 나아가듯 고요하기만 했다.

죽립을 깊숙이 눌러쓴 사공은 땅거미가 짙어져 가는 강안(江岸)의
버드나무 숲을 멀리 보며 콧노래를 흥얼거렸고, 소옥은 뱃전에 앉아 말
없이 흐르는 물만 바라보고 있었다. 작아 보이는 어깨에 땅거미보다
더 짙은 수심이 가득 내려앉아 있는 듯했다.

배가 강 복판에 이르렀을 때쯤은 날이 어두워져 머리 위에 떠 있는

별들이 또렷해져 있었다. 빠르게 밀려들었던 땅거미는 어디로 사라졌는지 자취조차 남기지 않았다. 강물 위에 엷게 피어 오르고 있는 물안개가 아지랑이처럼 흔들리며 한사코 뱃전으로 기어올랐다.

비음(鼻音)이 많이 섞여 알아들을 수 없는 콧노래를 흥얼거리던 사공이 문득 노를 멈추고 소옥을 돌아보았다. 그때까지도 소옥은 그려놓은 사람인 듯 강물에 떨군 얼굴을 들지 못한 채 멎어 있었다. 깊이 잠들어 있는 사람 같기도 했다. 순간, 고요가 모든 것을 눌러 버리고 천지를 감쌌다. 뱃전을 두드리는 물소리가 적막을 더욱 무겁게 가라앉혔다.

그리고 사공이 움직였다.

촤악—!

물속에 잠겨 있던 무거운 노가 부지깽이처럼 휘둘려져 소옥의 정수리를 내려쳤다. 노에서 뿌려지는 물방울들이 별빛을 튕기며 은하수처럼 부서져 허공에 하얗게 걸렸다.

"끄으—"

답답하고 깊은 신음이 흘러나왔다. 그리고 잠시 밀려났던 고요가 어둠과 함께 다시 몰려들어 신음을 덮었다.

사공의 머리 위에서 두 쪽으로 갈라진 죽립이 천천히 벌어졌다. 그 사이로 이마에 한줄기 혈선이 나 있는 사공의 얼굴이 조금씩 드러났다. 삼십 대의 험상궂게 생긴 얼굴이었다. 아직도 그의 손에 들린 채 소옥의 머리 위에 멎어 있던 노가 쩍 벌어지더니, 끝 부분 한 자쯤이 꺾이며 배 밑바닥에 떨어져 무거운 소리를 냈다. 잘라진 단면이 대패로 밀어놓은 듯 매끄러웠다.

"어, 어떻게 알았…… 지?"

흰 창이 많아지는 눈을 애써 부릅뜨며 사공이 그렇게 물어왔다. 급격하게 기력이 떨어지고 있는 음성이었다.

"병신. 나는 이 배의 늙은 사공을 잘 알아. 그리고 그에게는 내자(內子)가 없어."

스무 날 전, 정강령에서 내려와 집에 가기 위해서 한밤중에 이 강을 건널 때 선잠이 깬 얼굴로 나와 노를 잡으며 투덜거리던 늙은 사공의 모습이 눈에 선했다.

"그, 그랬…… 군……."

억지로 볼의 근육을 움직이며 말을 하자 이마에 나 있던 혈선이 점점 더 짙어졌다.

파아―!

뜨거운 피가 뿜어져 나왔다. 그리고 잘 익은 석류가 저절로 벌어지듯, 사내의 얼굴이 턱 밑까지 쩍 벌어져 붉고 흰 속을 드러냈다. 소옥의 품에는 여전히 풍향검이 검집에 든 채 얌전히 안겨 있었다. 그녀는 검을 뽑아 친 적이 없는 것 같았다. 누구든 곁에서 보았다면 장한의 머리통이 스스로 두 쪽이 났다고 믿었을 것이다.

기우뚱거리던 장한의 몸이 옆으로 눕듯 쓰러져 강물 속으로 처박혔다. 짙은 어둠 속에 비린 피 냄새만 남아 떠돌았다. 배는 사공을 잃고 멋대로 맴돌며 흘러 내려가기 시작했다. 소옥은 배를 다룰 줄 몰랐다. 물에는 전혀 대책이 없는 그녀였던 것이다.

난감한 마음이 되어 뱃전을 딛고 서 있던 그녀의 얼굴에 다시 긴장이 스쳐 갔다.

팟―!

소옥이 뱃전을 차고 높이 뛰어오른 것과 배 밑바닥이 화탄(火彈)을 맞은 듯 터져 나간 것은 동시였다.

꽝—!

요란한 소리가 났고, 부서진 목편(木片)들이 그녀의 뒤꿈치를 때리기라도 할 듯 솟구쳐 올랐다. 배 밑바닥에 항아리 뚜껑만큼이나 큰 구멍이 뻥 뚫려 그리로 검은 강물이 콸콸거리며 쏟아져 들어왔다. 유월 초이레 밤의 교교한 달빛 아래 번쩍이는 아미자(峨嵋刺)가 보였다. 그리고 번들거리는 누런 이마가 있었다.

"괴악한 년! 어디 조양강의 물맛이 어떤지 실컷 먹여주마!"

수중 괴인이 뚫린 구멍 사이로 머리통을 내밀고 소옥을 올려다보며 히히 웃었다.

"죽일 놈!"

분노한 소옥이 옷자락을 펄럭이며 떨어져 내리는 기세를 싣고 왼 주먹을 힘껏 내뻗어 일권을 갈겼다.

펑—!

다시 요란한 폭음과 함께 나뭇조각들이 분분히 흩날렸다. 소옥의 권경(拳勁)은 헛되이 물을 때렸을 뿐, 괴인의 모습은 이미 깊은 강물 속으로 가라앉아 보이지도 않았다.

뱃전을 밟고 선 소옥의 몸이 심하게 흔들렸다. 물은 이미 그녀의 발목을 적실만큼 차 올라 배를 가라앉히고 있었다. 소옥의 얼굴에 당황한 기색이 가득했다. 이렇게 강물 한가운데서 맴도는 배를 의지하여 버티는 일도 곧 끝날 것이었다. 그녀의 눈에 어둠을 잔뜩 빨아들인 시커먼 강물이 더욱 무시무시해 보였다.

"잇!"

소옥이 한 발을 들어 딛고 있던 뱃전을 힘껏 걷어찼다. 뿌지직거리며 몇 장의 나무판자가 부러져 떨어졌다. 재빨리 한 개를 물에 던지고, 다시 한쪽에 한 개씩 두 개의 큼직한 나뭇조각을 겨드랑이에 낀 소옥이 배를 버리고 물에 떠 흐르는 판자 위에 내려섰다.

배는 소용돌이를 남기고 가라앉아 버렸고, 부서진 판자 조각들만 어지럽게 떠올라 물살에 쓸려 멀어져 갔다. 강안(江岸)까지는 십여 장이나 남아 있었다. 한 조각 널판에 의지하여 가까스로 낭패를 면한 소옥은 옆구리에 끼고 있는 두 장의 판자를 차례로 던지며 그것을 밟고 강을 건너뛸 작정이었다. 사문의 경공신법을 최대한 발휘한다면 두 번을 뛰어서 건널 수 있을 것도 같았다.

널판이 가지고 있는 작은 부력에 의지하여 다시 한 번 몸을 솟구치는 그녀의 모습이 절박한 처지와는 상관없이 아름답기만 했다. 마치 옷자락을 펄럭이며 허공에서 달빛을 밟고 춤을 추는 선녀와도 같았다.

일학충천(一鶴衝天)의 모습으로 신형을 뽑아 올린 소옥이 멀리 어둠에 묻혀 있는 강안을 바라보며 힘껏 한 장의 판자를 던졌다. 그리고 아랫배에 힘을 주고 상체를 한 번 퉁기는 것으로 탄력을 빌어 쏜살같이 몸을 날렸다. 마치 그것을 다시 낚아채려는 듯한 기세였다.

삼 장여를 날아간 판자가 강물 위에 철썩, 하고 떨어졌다. 그것을 바라보고 몸을 뒤집어 떨어져 내리던 소옥이 악! 하고 비명을 질렀다.

불쑥 물속에서 솟구쳐 나온 그 머리통이 재빨리 아미자를 휘둘러 두부를 조각내듯 판자를 산산이 부수어 버리고 있었던 것이다. 뜻밖에도 재빠르고 힘있는 그 손놀림에 소옥의 체중을 지탱해 주어야 할 그것은 수십 조각의 쓸모없는 나무토막으로 변해 흩어져 버리고 말았다. 괴한이 머리 위에 있는 소옥을 보며 누런 이를 드러내고 다시 히히 웃곤 물 속으로 곤두박질쳐 들어가 버렸다.

기껏 삼 장여를 더 건너왔을 뿐, 강안까지는 아직도 까마득한 거리였다. 소옥은 마지막 한 번의 도약을 위하여 아껴두고 있던 한 장의 판자를 발 아래 깔고 가까스로 물에 빠지는 걸 면할 수밖에 없었다. 이제는 중간에 발 받침을 해줄 아무것도 없었다. 한 번 몸을 솟구쳐 남은 예닐곱 장을 건너뛴다는 건 불가능했다.

어쩔 줄 모르고 당황하는 소옥의 발목을 그놈의 손이 불쑥 잡아왔다.

"악!"

기겁을 한 소옥이 급히 한 발을 들어 올리자 판자가 기울어졌다. 그대로 미끄러져 물에 빠질 처지가 된 소옥은 더 생각할 틈도 없이 힘껏 판자를 차고 다시 몸을 솟구쳐 올렸다. 그녀가 버린 판자가 다시 조각조각 부서져 흩어지고 있었다.

소옥은 내력을 있는 대로 끌어올려 허공에 떠 있는 그 잠깐의 시간을 최대한으로 늘이며 망설임없이 겉옷을 벗어 휘둘렀다. 풀무처럼 바람을 잔뜩 담고 부풀어 오른 그것을 물 위에 던지고 내려서서 한 번 차자 다시 삼 장여를 날아오를 수 있었다.

이제는 어둠을 가두어두고 있는 강안의 버드나무 숲이 눈앞에 보였다. 다시 한 번만 발을 의지할 것을 찾아 쉰다면 충분히 건너뛸 수 있을 것이었다. 그러나 그녀에게는 이제 아무것도 없었다. 바지까지 벗어야 할 것인가? 하고 아주 잠깐 동안 망설이고 있을 때였다.

우르르—!

어두운 밤하늘을 찢는 우레 소리를 들은 것 같았다.

'아차!'

암습자는 물속에만 있었던 게 아니었다. 잠시 물에만 신경을 쓰느라고 주변을 살피는 일에 소홀했던 자신을 책망했으나 이미 늦은 뒤였다. 그녀의 밝은 눈이 빛살처럼 다가오는 강전(鋼箭)을 보았을 때는 이미 그것이 가슴 앞에 이르러 있었다.

"헛!"

급하게 숨을 멈춘 소옥이 있는 힘껏 몸을 비틀었다. 그러나 두 발로 굳건히 대지를 딛고 있을 때와 이처럼 의지할 실오라기 하나 없이 허공에 떠 있을 때와는 하늘과 땅 만큼의 차이가 있었다. 경황 중에 그것을 또 깜박 잊은 것이 마지막 실수였다.

그녀의 발이 헛되이 허공을 찼고, 비튼 몸은 가까스로 가슴을 지킬 수 있었을 뿐, 어깨뼈를 부수며 깊이 틀어박혀 반 넘게 등을 보고 빠져나온 살을 제 눈으로 보는 수밖에 없었다.

멀리 어둠 속에서 빠르게 다가오고 있는 쾌선(快船) 한 척이 희미하게 보였다. 뱃머리를 한 발로 버팅기며 우뚝 서서 강궁(強弓)이 부러지도록 시위를 잡아당기고 있는 거한의 모습이 아주 잠깐 눈에 들어왔다. 요동 치며 흔들리는 배 위에서도 그의 두 발은 굳건했고, 활을 겨누고 있는 팔과 어깨가 나뭇가지에 붙들어 매놓은 듯 단단하게 고정되어 있었다. 이글거리는 그의 눈빛이 어둠을 뚫고 뚜렷이 와 닿았다.

콰아아—!

그리고 달빛 아래 살촉을 번쩍이며 한꺼번에 세 대의 강궁이 그녀의 온몸을 노리고 뇌전처럼 쏘아져들었다.

이를 악문 소옥이 검을 뽑아 후려쳤다.

땅—!

요란한 쇳소리와 함께 두 개의 강전이 퉁겨져 방향을 잃고 어둠 속으로 사라졌다. 불꽃이 번쩍였다.

'무쇠를 늘여 만든 살이라니…….'

은은히 저려오는 손아귀의 통증에 소옥은 자신의 처지를 잊고 감탄했다. 그런 화살이 있고, 또 그것을 이처럼 강하게 쏘아댈 수 있는 자가 있으리라고는 생각조차 해본 적이 없었던 것이다.

뒤늦게 다가온 살이 몸의 중심을 잃고 빠르게 떨어져 내리는 소옥의 허벅지를 길게 찢고 지나갔다. 선연한 피보라가 달빛을 가리며 허공에 걸렸다. 그 고통보다도 어깨에 와 닿는 차가운 물의 감촉이 소옥을 더욱 절망하게 했다. 이쪽을 바라보고 이무기처럼 맹렬하게 헤엄쳐 다가오고 있는 자의 번들거리는 두 눈이 똑똑히 보였다.

'끝인가?'

누가, 왜? 라는 생각보다 먼저 암담한 절망이 밀려들어 그녀의 몸에서 마지막 기력까지 남김없이 빼앗아가 버렸다.

어깨가 물에 닿았고, 곧 이어 등이 물에 젖으려 할 때였다.

멀리서부터 바람을 찢는 소리가 들려왔다. 소옥은 흐려지는 눈길을 애써 붙잡으며 필사적으로 고개를 돌렸다. 눈앞에 있는 버드나무 숲에서부터 굵은 삼줄 한 가닥이 그녀를 노리고 살처럼 빠르게 쏟아져 오고 있었다. 막 하체를 물에 빠뜨리고 있던 소옥은 그 삼줄 한 가닥에 마지막 희망을 걸고 팔을 휘저어 힘껏 붙잡았다.

"어림없는 짓!"

십여 장 앞까지 다가온 쾌선에서 사내의 호통이 터져 나왔다. 그리고 힘껏 활시위를 당긴 그가 다시 한 대의 강전을 날렸다.

귀청을 찢을 듯한 날카로운 바람 소리에 앞서서 시위를 떠난 강전이 이번에는 삼줄을 노리고 날아들었다. 그때 소옥의 손에 한 끝을 잡혀 있던 삼줄이 놀라운 움직임을 보여주었다. 파도가 치듯 버드나무 숲 속에서부터 상하로 크게 꿈틀거리더니 그 움직임이 순식간에 소옥의 손에까지 전해진 것이다. 그리고 그 출렁거림은 날아든 강전을 때려 간단하게 퉁겨냈다.

소옥이 삼줄 끝을 잡고 있는 자의 팔 힘에 크게 놀랄 때, 그녀의 몸이 거세게 잡아당겨졌다. 갑자기 손목을 타고 어깨에 전해지는 그 충격에 소옥은 비명을 지르고 말았다. 둥실 떠오른 그녀의 몸이 탄력을 받고 버드나무 숲을 향하여 무섭게 당겨져 갔다.

"고약하다!"

파도를 가르고 헤엄쳐 막 소옥이 있던 곳까지 쫓아온 자가 물속에서 상체를 우뚝 세운 채 아미자를 휘두르며 큰 소리로 외쳤다. 쾌선 위에 버티고 선 대한도 그의 활을 휘두르며 소옥을 끌어간 버드나무 숲을 향해 소리쳤다.

"어떤 놈이냐! 감히 나 뇌음신궁(雷音神弓)의 일에 훼방을 놓다니! 살기가 싫어진 모양이구나!"

내력을 실어 뇌성이 치듯 외친 그가 눈에 보이지도 않을 만큼 재빠른 솜씨로 시위에 강전을 먹여 거푸 다섯 대를 날렸다. 꼬리에 꼬리를 물고 날아간 화살들이 버드나무 숲 속으로 사라지고 나서야 우렛소리 같은 파공성이 뒤따라 강물을 요동 치게 했다.

삼줄 끝을 쥐고 날아든 소옥을 가볍게 받아 내리는 자는 흑의를 입고 있는 우람한 장한이었다. 소옥은 달빛조차 들지 않는 숲 속에서도 그자를 금방 알아볼 수 있었다.

"당신은!"

놀란 그녀가 외치려는 순간 곁의 어둠 속에서 불쑥 튀어나온 또 한 명의 장한이 재빨리 소옥의 마혈(麻穴)을 짚었다. 의식을 잃어가는 소옥의 망막에 송청림을 따라 함께 남창부의 뇌옥을 습격했던 흑의 장한 두 명의 얼굴이 뚜렷이 새겨졌다. 장강쌍룡(長江雙龍)이라고 불리던 그 장한들은 그때처럼 지금도 한마디의 말도 하지 않고 있었다.

벙어리처럼 말이 없는 두 장한 장강쌍룡은 이런 일에 매우 익숙한 듯 망설임없이 움직였다. 한 명이 팔뚝만한 몽둥이를 휘둘러 숲을 뚫고 거푸 날아드는 뇌음신궁(雷音神弓) 공손표(孔孫彪)의 강전(鋼箭)을 쳐내는 동안 다른 한 명은 의식을 잃은 채 늘어진 소옥을 안고 날듯이 더 깊은 숲 속으로 뛰어 들어갔다.

제4장

상첩영(商疊瑛)을 만나다

상첩영(商疊瑛)을 만나다

그들이 앞서거니 뒤서거니 하며 오 리 남짓을 달려가자 버드나무 숲이 끝나고 아직 반달이 되지 못한 흐린 달빛 아래 음침하게 내려앉아 있는 검은 산이 앞을 가로막았다. 그 산을 감돌아 끝을 감추고 있는 소로(小路)가 달빛을 받아 하얗게 반짝이고 있었다. 그들은 소로에 나서서 잠시 무엇을 기다리는 듯 두리번거렸다.

뜨거운 차 한 잔을 마셨을 만한 시간이 지났을 때, 멀리 사물을 감추고 있는 어둠 속에서 자갈을 밟고 구르는 마차의 바퀴 소리가 들려오기 시작했다. 서로 한번 마주 본 장강쌍룡이 빠른 걸음으로 그 소리를 향해 걸어갔다. 어둠 속에서 누런 포장이 펄럭이는 것이 보였다. 두 마리의 마른 말이 끄는 마차 한 대가 자갈길 위를 덜그럭거리며 빠르게 다가오고 있었다.

장강쌍룡이 그들 앞에 멈춘 마차를 향해 한번 고개를 숙여 예를 표했다.

"수고했소. 다행히 일을 그르치지 않았으니 큰 공을 세운 것이오. 낭자는 우리가 분명히 인수했으니 이제부터 두 분께서는 뒤를 봐주셔야겠소."

마차 안에서 젊고 낭랑한 음성이 대답해 왔다. 장강쌍룡은 반쯤 들추어진 휘장 속으로 소옥을 밀어 건네주고 나서 자신들이 할 일을 다 했다는 듯 다시 한 번 고개를 숙여 보이고는 홀가분하게 몸을 날려 마차가 달려온 뒤쪽의 검은 모퉁이를 바라보고 날듯이 사라져 갔다.

"상처가 심하군요. 서둘러야겠어요, 오라버니."

그들이 사라지자 마차 안에서 나지막하나 보석을 굴리듯 영롱하고 맑은 소녀의 음성이 들려왔다. 사내가 음, 하고 대답하고는 휘장 안에서 움켜쥐고 있던 말고삐를 한번 힘차게 흔들었다. 한가롭게 투레질을 하고 있던 말들이 깜짝 놀라 한 번 낮게 울고는 네 발을 놓아 달려가기 시작했다. 자갈 부서지는 소리와 삐그덕거리는 소리가 적막하던 어둠을 흔들며 빠르게 멀어져 갔다.

마차 안의 젊은 남녀는 매우 조심스럽고 신중하게 일을 처리했다. 밤새 인적 드문 산길을 달려 새벽녘에 호남성(湖南省)의 경계를 넘은 그들은 관도와 이어지는 갈림길에서 다시 마차를 바꾸어 탔다. 이번에 그들을 기다리고 있던 것은 네 필의 건장한 말이 끄는 호화로운 마차였다.

눈빛이 번쩍이는 늙은 마부가 작은 마차를 끌고 온다 간다는 말도 없이 서쪽 갈림길을 택해 사라지자 소옥을 태운 큰 마차는 한결 여유 있고 안정된 모습으로 시진(市鎭)을 향해 나아갔다.

다시 하루를 꼬박 바쁘게 달리는 동안 두 개의 현성(縣城)을 지났고,

또 한 번 마차를 바꾸어 탔다. 그리고 다음날 날이 저물어갈 무렵에 그들을 태운 마차는 상강(湘江)의 지류에 면해 있는 작은 마을에 들어섰다.

내양현(來陽縣) 밖에 있는 그 마을은 우씨(于氏)들이 모여 사는 집성촌으로써, 흔히 우가촌(于家村)이라고 불리는 전형적인 산골 마을이었다. 대략 사오십 호(戶)가 강을 뒤에 두고 길게 뻗어 있었는데, 앞에 너른 들과 산이 있고 뒤에 강이 있어서 농사와 사냥, 고기잡이가 두루 되었으므로 어디에도 궁핍(窮乏)한 기색이 없는 풍요로운 마을이었다.

마차는 그 우가촌 서쪽에 무성한 뽕나무 숲을 두르고 아늑하게 자리 잡고 있는 한 장원(莊園)으로 향했다.

*   *   *

소옥이 눈을 떴을 때는 밝은 햇빛이 창문을 가득 메우고 방 안으로 흰 비단 천을 펼쳐 놓은 듯 눈부시게 쏟아져 들어오고 있는 한낮이었다. 의식을 차리자 가장 먼저 그녀에게 찾아온 건 지독한 고통이었다. 거대한 사내의 강전에 왼쪽 어깻죽지를 꿰뚫렸고, 오른쪽 허벅지가 길게 찢겼다는 것을 기억해 냈다. 상처에 대한 기억은 고통을 더 크게 해 주었다.

이를 악물고 신음을 참으며 먼저 어깨부터 살펴보았다. 누가 화살대를 잘라낸 모양이었으나 아직도 한 뼘 남짓한 그것이 살 속에 박혀 있는 채였다. 유월의 더위에 벌써 살이 썩기 시작하는지 몸을 움직이자 고여 있던 고름이 피에 섞여 천천히 흘러내렸다. 지독한 악취가 났다. 이것이 자신의 몸에서 나는 냄새라는 것이 더욱 끔찍한 느낌을 가져다 주었다.

　허벅지의 상처에는 바지 위로 면포를 둘둘 감고 꽉 조인 것이 누군가가 서툰 대로 지혈을 하고 응급 처치를 한 모양이었다.

　'그들이었을까?'

　의식을 잃기 전, 버드나무 숲에서 언뜻 보았던 장강쌍룡을 떠올렸다.

　그들이 왜 이런 곳까지 자신을 옮겨 온 것인지, 어떻게 그 절체절명의 순간에 그곳에 나타나 자신을 구해낸 것인지 의문이었다. 이곳이 어디인지 알 수 없었지만 그들을 떠올리자 송청림의 사내다운 모습이 뒤이어 생각되어졌다. 어쩌면 그도 이곳에 있을지 몰랐다. 그러자 부끄러운 모습을 보였다는 생각이 그녀를 잠시 당황하게 했다.

　소옥은 애써 고개를 들고 자신이 누워 있는 방 안을 둘러보았다. 작지만 정갈한 방이었는데, 벽에 걸려 있는 한 폭의 산수화와 탁자 위에 놓여 있는 향로로 미루어보아 일반 농가는 아닌 모양이었다. 그녀는 밖에서 은은히 들려오는 풍경 소리에 귀를 기울였다. 이곳은 외떨어져 있는 별채인 것도 같았다.

　며칠이나 이렇게 누워 있었던 건지 모르지만, 소옥은 자신이 가고자 했던 방향과는 멀리 떨어져 있다는 것을 느꼈다. 강을 건너 정강령을 바라보고 가는 길에는 수수한 농가들만 있을 뿐, 이처럼 별채를 가질 정도의 저택은 없었던 것이다.

　잠시 그렇게 주변을 살피고 정황을 미루어 생각해 보며 고통을 잊을 수 있었으나 생각이 끝나자 다시 상처의 아픔이 더 지독하게 밀려들어 그녀의 온몸을 달구어놓았다. 소옥은 이를 사리물고 고통을 눌러 참았다. 그러나 이 사이로 흘러나오는 신음만은 그녀 자신도 어쩔 수 없었다.

몸을 뒤척일 수도 없도록 온몸을 눌러대는 무거운 고통에 끙끙 앓고 있는데 문이 열렸다. 땀과 열에 들떠 흐려진 그녀의 눈에 비단 화복을 곱게 차려입은 가냘픈 소녀의 윤곽이 잡혔다. 소옥의 괴로워하는 모습을 본 그녀가 당황한 듯한 걸음으로 서둘러 다가왔다.

"깨어나셨군요. 조금만 참으세요. 곧 의원이 올 거예요."

"아가씨가 나를 구했군요. 고마워요. 그런데 어떻게 된 건지 알 수 있을까요?"

몇 마디의 말을 하는 데도 턱이 덜덜 떨려 발음이 흐렸다. 소옥의 말을 알아들은 소녀가 웃으며 불덩이처럼 뜨거운 그녀의 손을 잡았다. 서늘한 기운이 잠시 소옥의 정신을 가라앉혀 주었다.

"언니는 여전히 성급하군요. 천천히 물으셔도 돼요. 시간은 많으니까요."

"아, 당신은, 당신은……."

흐려지는 눈을 부릅떠 소녀를 보며 소옥이 놀람의 소리를 질렀다.

"그렇군. 당신은 바로 첩영이었어!"

상가장에서 본 상경문의 여식이 분명했다.

첩영(疊瑛)이 배시시 웃으며 소옥의 손을 더욱 꼭 붙들었다.

"맞아요. 바로 저랍니다. 그날 소녀가 언니에게 곧 다시 만나게 될 거라고 했죠? 그때가 조금 빨리 왔지만 어때요? 제 말이 맞았죠?"

"그럼 장강쌍룡은……?"

"그분들은 소녀를 도와 알맞게 언니를 구해주었죠."

소옥은 첩영의 말속에서 그녀가 장강쌍룡을 시켜 자신을 구하게 했다는 것을 알았다. 그렇다면 이 작고 깜찍한 아가씨는 어떻게 자신이 위기를 당하게 될 것을 알았을까, 하는 의문이 떠올랐다. 소옥의 흔들리는 눈을 보고 그 마음을 벌써 읽었는지 첩영이 다시 깨끗하고 서늘해 보이는 웃음을 얼굴 가득 피워 올리고 다정하게 말했다.

"글쎄 언니는 너무 서두른다니까요. 곧 알게 될 테니 우선 몸부터 보살펴요. 사부님께서 사문의 요상약으로 급한 대로 상처를 손보았지만 생각보다 상태가 나빠서 아무래도 용한 의원의 손을 빌려야 할 것 같아요."

"사부라고? 그분께 신세를 졌구나. 그런데 어떤 분인지…… 뵙고 감사의 말이라도 드려야 할 텐데……."

이를 딱딱 부딪치며 억지로 말하고 몸을 일으키려 하자 첩영이 깜짝 놀라 소옥의 가슴을 밀었다.

"서두르지 말라고 그렇게 일렀는데도……."

눈을 흘긴 그녀가 품에서 수건을 꺼내 소옥의 이마에 배어 있는 땀을 닦아주었다. 은은한 사향 냄새가 잠시 고통을 잊고 정신을 맑아지게 해주었다.

"사부님께서는 의원을 모시러 급히 떠나셨어요. 닷새가 지났으니 돌아오실 때가 되었는데……."

"닷새라고?"

놀란 소옥이 소리쳤다. 닷새 동안이나 이처럼 의식을 잃고 혼미한 채 누워 있었던 것이다. 그동안 자신의 귀찮은 뒤치다꺼리를 눈앞의 소녀가 다 해준 것이 분명했다. 소옥은 차마 첩영의 얼굴을 똑바로 바라볼 수 없었다.

"동생에게…… 엉뚱한 고생을 시켰군. 반드시 보답하겠어."

"그게 진심이라면 곧 기회가 오겠지요. 대가를 바라고 한 건 아니지만 언니가 부담스럽다면 그렇게 하도록 하세요."

겸양을 떠는 말보다 솔직한 그 말이 소옥의 마음을 편하게 해주었다. 그녀의 말을 들으며 소옥은 첩영의 성품이 담백하고 꾸밈이 없다는 것을 알았다. 그녀의 모습만큼이나 깔끔하고 깨끗한 성격을 가지고 있는 게 분명했다.

상가장에서 처음 보았을 때도 그랬지만, 그녀를 다시 보자 소옥은 첩영이 마음에 들었다. 이처럼 어여쁘고 명랑한 아가씨를 동생으로 삼을 수 있다면 외롭기만 한 자신의 처지가 한결 나아질 것이라고 생각했다.

밖에서 낮게 두런거리는 사람들의 말소리가 들렸다. 첩영이 밝은 얼굴로 소옥의 손을 놓고 일어났다.

"어머, 호랑이도 제 말을 하면 온다더니, 사부님이 오셨어요."

그녀가 옷매무새를 가다듬고 서자 문이 벌컥 열리고 얼굴에 주름이 가득한 비구니와 세 가닥 염소수염을 늘어뜨리고 남색 옷을 입은 노인이 들어섰다. 첩영이 재빨리 한쪽 무릎을 꿇었다.

"사부님."

"일어나거라. 소 낭자는 그새 어떠냐?"

늙은 여승답지 않게 빠르고 활달한 걸음걸이로 다가온 비구니가 첩영을 일으키며 소옥을 보았다.

"많이 나빠졌어요. 소녀는 애가 타 죽는 줄 알았답니다."

응석을 부리듯, 원망을 하듯 곱게 눈마저 흘기며 사부를 바라보는 첩영의 모습이 교태스럽기까지 했다. 그녀의 사부가 주름진 얼굴에 환한 웃음을 띠고 첩영의 머리를 쓰다듬어 주었다.

"용 대부가 왔으니 이제 괜찮을 거다."

염소수염의 노인을 돌아본 비구니가 첩영을 대할 때와는 전혀 다른 사람인 듯 눈매를 날카롭게 하여 흘겨보며 코웃음을 치고 나서 소리쳤다.

"홍, 늙은이! 당신은 여기까지 와서도 시치미만 떼고 있을 건가? 설마 그 잘난 재주가 아까워서 그러는 건 아니겠지? 아니면 돈을 내야 하나?"

끙, 하고 탄식한 노인이 얼굴 가득 못마땅한 기색을 감추지 않은 채 비구니를 한번 바라보고는 말없이 소옥의 침상에 걸터앉아 그녀의 얼굴을 들여다보았다.

소옥은 그의 몸에서 나는 약 냄새를 맡았다. 그가 정말 나를 치료할 수 있을까? 하고 생각하는데 노인이 고개를 설레설레 저었다.

"못하겠소."

"뭐라고?"

비구니가 갈라진 음성으로 뾰족하게 소리치고 성큼 다가섰다. 노인을 째려보는 그녀의 눈에 서늘한 한기가 실려 있었다.

"여기까지 따라와 놓고서는 이제 와서 못하겠다고? 당신은 이제 죽을 때가 된 건가?"

길게 탄식한 노인이 소옥을 가리키며 머리를 설레설레 저었다.

"내가 당신 노망든 할망구라면 망설이지 않고 옷을 찢어 가슴이 드러나게 하고 바지를 벗겨 속살을 만지며 어떻게든 해보겠지만, 이 아가씨라니……."

허, 하고 천장을 바라보며 탄식한 노인이 몸을 일으켰다.

"당신은 처음부터 환자가 아가씨라는 것을 말해 주어야 했어. 그랬더라면 먼 길을 숨 가쁘게 달려오는 짓 따위는 하지 않아도 되었을 것 아닌가."

"그래서, 환자가 아가씨라 못하겠다는 거야? 환자는 환자일 뿐이지 무슨 놈의 가리는 게 그렇게 많아? 여자 환자는 모두 여자 의원에게만 데려가야 하는 건가?"

"가만, 두 분, 잠시만 진정하세요."

두 노인이 철없는 아이들처럼 다투는 걸 보던 첩영이 사이에 끼어들었다. 그녀가 맑은 눈으로 노인을 보며 말했다.

"용 대부께서는 신의(神醫)로 그 명성이 자자한 분이시죠."

"흥, 아가씨의 그 말은 감당치 못하겠소. 그냥 편하게 남들처럼 괴의(怪醫)라고 불러주시오."

"그럴 리가 있나요. 사람들은 돌아서서 그렇게 투덜거리지만 용 대부의 면전에서 그렇게 부를 만큼 담이 큰 사람은 드물죠."

첩영의 웃는 얼굴을 물끄러미 바라보던 노인이 끙, 하고 탄식했다. 그녀는 겸양의 말을 하는 듯했지만, 그 속뜻은 그가 괴팍한 성격의 늙은이라는 걸 드러내는 것이었다. 노인은 그녀의 당돌함이 의외인 모양이었다. 한동안 첩영의 고운 얼굴을 물끄러미 바라보던 노인이 빙긋 웃었다. 자신을 알면서도 조금도 두려워하거나 거리끼는 것 없이 당당한 그녀가 오히려 밉지 않았던 것이다.

"조그만 아가씨가 사부를 닮아 입담이 보통이 아니군. 내가 끝까지 하지 않겠다고 한다면?"

첩영이 손가락을 들어 문을 가리켰다.

"들어올 때 그랬듯이 아무런 거리낌 없이 저리로 나가시면 되겠죠. 하지만 문밖에서는 사람들이 또 다른 말로 대부를 부르며 수군거릴 거예요."

"……?"

"그들은 어쩌면 겁쟁이라고 할지도 모르죠."

말을 해놓고 고개를 갸웃하던 첩영이 덧붙였다.

"아니, 허풍장이라고 할지도 모르겠군요. 소문은 과장되기 마련이라더니 사실인 모양이라고."

"무엇!"

노인이 분노하여 소리쳤다.

"어떤 간덩이가 배 밖으로 튀어나온 놈이 감히 노부를 돌팔이라고 욕한단 말이냐!"

"그렇지 않겠어요? 대부께서는 마음에 환자를 치료하겠다는 생각이 있기 때문에 사부님을 따라 이곳까지 온 것이죠. 그런데 그녀의 얼굴을 보자마자 기겁을 하고 돌아서 버리면 아마도 자신이 없기 때문이라고 생각하지 않겠어요?"

"터무니없는 소리!"

노인이 첩영의 이마에 대고 큰 소리로 외치고 나서 눈을 부릅떴다.

"너, 이 조그만 계집애야! 네가 저 할망구를 믿고 함부로 까분다면 후회하게 될 거다!"

"흥!"

가만히 듣고 있던 노사태(老師太)가 차갑게 코웃음을 쳤다.

"흥!"

한번 그녀를 흘겨본 노인도 질세라 더욱 크게 코웃음을 날리고 나서 첩영을 가리키며 다시 언성을 높였다.

"나는 할망구가 조금도 두렵지 않고, 너 조그만 계집애의 입이 더 무섭다! 좋다. 저 아가씨에게 물어보자. 늙기는 했지만 아직도 힘이 넘치는 사내에게 과연 몸을 맡기고 치료를 받을 것인지. 아니면 시간이 조금 더 걸리더라도 용한 여자 의원을 찾아 그녀에게 치료를 받을 것인지 말이다."

세 사람의 눈이 일제히 소옥에게 향해졌다. 그들의 하는 양을 바라보기만 하던 소옥은 난감해지고 말았다. 상처 부위를 보이고 치료를 받자면 옷을 벗어야만 했다. 가슴 위 어깨 부분의 상처를 치료하기 위해서는 상의를 모두 벗어야 할 것이었고, 허벅지 깊숙한 곳에 나 있는 상처를 보이기 위해서는 바지 또한 벗지 않을 수 없었다. 어쩔 수 없는 일이라고 해도, 그리고 의원이 나이 든 노인이라고 해도 그것은 쉬운 일이 아니었다.

"어쩔 테냐!"

용 대부가 눈을 부라리며 대답을 재촉했다.

"언니, 목숨은 체면이나 부끄러움보다 훨씬 더 중요해요."

"네가 죽고 사는 건 나에게 별로 관계가 없다. 하지만 내 체면은 중요하지."

첩영과 노사태가 함께 말했다. 소옥은 첩영의 말에서 고마움을, 노사태의 말에는 서운함을 느끼고 풀이 죽었다. 비구니는 자신이 애써서 의원을 데려왔는데 헛걸음하게 한다면 스스로의 체면이 말이 아니게 된다고 여기는 모양이었다. 사람의 목숨보다도 자신의 체면과 위신을 더 중요하게 여기는 괴팍한 여승이 아닐 수 없었다.

'노인을 괴의라고 부른다면 이 노사태야말로 괴니(怪尼)라고 해야 하지 않을까?'

문득 그런 생각이 들어 다시 한 번 노사태를 바라보았다. 얼굴에 주름이 가득했지만 눈빛에는 위엄이 있었고, 이마에서 턱을 따라 흐르는 윤곽이 고왔다. 젊었을 때는 누구 못지 않은 미인이었을 것이 분명했다. 하지만 야무지게 닫고 있는 얇은 입술과 단단한 턱은 그녀가 자존심이 몹시 강하고 고집이 세다는 것을 알 수 있게 해주었다.

'대체 이 노사태는 누구일까?'

소옥은 다시 그런 의문에 사로잡혀 노인의 말에 대답해 주어야 한다는 생각마저 잊었다. 첩영이 범상치 않으니 그녀의 사부라는 노사태 또한 평범한 사람일 수 없을 것이었다. 강호의 기인이 분명할 테니 그 명호를 들으면 어쩌면 알 수 있을 것도 같았다.

"동생, 사부님의 명호가 어찌 되시는지 말해 줄 수 있겠어?"

"그것은……."

첩영이 사부의 눈치를 살피는데 곁에 있던 노인이 버럭 소리를 질렀다.

"그녀는 남들이 화운금검(火雲金劍)이라고 부르는 아미파의 정현 사태(精玄師太)다! 그게 너의 상처를 치료하는 일과 무슨 상관이 있단 말이냐? 어서 대답이나 해라! 치료를 받겠느냐, 말겠느냐!"

"아!"

소옥이 깜짝 놀라 탄성을 발했다. 송청림으로부터 들었던 십대고수들에 대한 이야기가 떠오른 것이다. 그는 운리성검(雲理聖劍) 제만엽(齊萬燁)과 함께 화운금검(火雲金劍) 정현 사태(精玄師太)가 이검(二劍)

으로 불리는 당금 강호의 절정고수라고 했다. 십대고수 중 네 번째로 꼽히는 여승이니 그녀가 오만하고 도도하다고 해서 그것을 탓할 사람은 아무도 없을 것이었다.

"그러면 노선배께서는……?"

"노부는 남들이 면전에서는 용 대부라고 부르고, 뒤에서는 괴의라고 욕하는 귀수박천(鬼手搏天) 용초자(龍草子)다!"

"아!"

소옥이 다시 탄성을 터뜨렸다. 그녀는 풍향곡에 있을 때 사부로부터 귀수박천이라는 명호를 들은 적이 있었다. 사부는 그에 대하여 말하기를, 〈그는 손대어 고치거나 살리지 못하는 것이 없는 신의이면서 겉으로 드러나지 않은 고수다. 그의 절기인 용호박천(龍虎搏天)은 천하에 으뜸으로 치기에 부족하지 않은 절정의 금나수(擒拿手)이자 추나(推拿)의 비법이기도 하다〉고 했다.

"원래 용 대부이셨군요. 제가 미처 알아뵙지 못해 큰 실례를 범했습니다."

소옥이 애써 두 손을 모아 포권해 보이자 용초자의 입가에 흐뭇한 웃음이 떠오른 반면 정현 사태의 눈매는 샐쭉해졌다. 소옥이 용초자에게는 예를 갖추면서 자신에게는 빠뜨린 것이 서운한 모양이었다.

"사부님, 원래 목숨이 경각지간에 달려 있는 환자에게는 부모보다도 의원이 더 반갑고 두려운 법 아니겠어요?"

재빨리 사부의 기색을 눈치 챈 첩영이 그렇게 소옥을 두둔하고 나섰다. 소옥은 그 말을 듣자 자신의 실수를 깨닫고 얼굴이 뜨거워졌다.

"노사태께서 소녀를 위해 애써주신 은혜 또한 결코 잊지 않겠습니다."

정현 사태가 쌀쌀맞게 코웃음을 치고 외면했다. 하지만 그녀의 얼굴은 그 한마디로 다 풀어져 어디에도 노여워하는 빛은 없었다. 소옥은 내심 이 노인들은 까다롭기 짝이 없지만 또한 단순하여 아이와도 같다고 생각했다.

"어쩔 테냐? 빨리 결정해라. 노부는 마음이 느긋한 사람이 아니다. 이렇게 오랫동안 참고 기다려 준 것만으로도 너는 노부에게 감사해야 할 것이다."

소옥은 비로소 다시 자신의 문제로 돌아와 심각하게 생각해야 했다. 목숨은 체면이나 부끄러움보다 훨씬 더 중요하다는 첩영의 말이 가슴에 새겨졌다.

'그렇다!'

소옥은 속으로 그렇게 외쳤다. 남자면 어떻고 아니면 어떠냐, 그가 젊은이면 어떻고 늙은이면 또 어떻단 말이냐. 그는 의원이고 나는 그의 손을 빌어 회생해야 하지 않는가. 살아야 복수를 할 수 있고 사부를 만날 수도 있다. 옷이란 껍질을 싼 천에 불과하고, 내 몸이란 그 안에 든 껍질에 지나지 않다. 남자의 몸과 여자의 몸이 대체 다르면 얼마나 다르기에 속살을 보이는 일에 주저하고 않고의 차이가 있어야 한단 말이냐.

그렇게 생각하자 한편으로는 마음이 편해졌지만, 또 다른 한편으로는 가슴 가득 서글픔이 밀려들었다. 스스로 여자이기를 포기하는 것 같은 절망감에 휩싸였던 것이다. 여자로서 지켜야 할 정조와 수치심, 그리고 부끄러움마저 다 내동댕이치고 이제는 남자들 속에서 그들과 당당하게 맞서며 살아가야 한다는 것은 왠지 무언가 소중한 보물을 흙

탕물에 던져 버리는 것 같은 생각이 들게 했다.

'하지만······.'

소옥은 입술을 악물었다. 어차피 강호에 나선 몸이고, 검을 휘둘러 사람을 상하고 죽게 한 자신이었다. 마찬가지로 자신 또한 어느 후미진 골짜기에서 그렇게 죽어갈 수도 있었다. 이건 살기 위해 서로를 물어뜯고 죽여야 하는 짐승의 세계와 크게 다르지 않다고 생각했다. 차이가 있다면 사람이기에 목숨을 걸고 추구하는 나름대로의 가치가 있다는 것이었다. 그것이 정도(正道)라도 좋았고, 사마외도(邪魔外道)일지라도 그 개인이 부여한 가치에 차이는 있을 수 없었다.

'옳다고 생각한 일을 하는 것뿐이다.'

그런 생각이 유일한 위안이 되어주었다. 그건 사회적인 관습과 도덕율을 떠나 개개인이 가지고 있는 신념의 문제였다. 그리고 어쩌면 그것이 규정된 관념보다 더 중요한 것일 수도 있었다. 절대 선만이 존재하는 세계라면 그것은 절대 악만이 존재하는 세계만큼이나 무의미하고 건조할 것이었다.

어차피 공존하는 것이 자연이고 강호라는 생각을 했다. 그 속에서 굳이 너는 남자이기 때문에 가능하고, 나는 여자라서 안 된다는 생각은 부질없었다. 선과 악의 갈림길에 외로이 서서 한 자루 칼에 목숨을 맡기고 삶과 죽음의 경계를 밥 먹듯 드나들어야 하는 것이 강호인의 삶이라면 그 앞에서 굳이 남자와 여자의 역할을 따지고 우열을 구분하는 것 자체가 무의미했다.

'나는 강호인이다.'

소옥은 자기 자신에게 그렇게 말해 주었다. 그러자 새로운 자각이 상처의 고통보다 더 크게 그녀의 마음과 정신을 아프게 하며 깊이 새겨졌다.

풍향곡에서 사부를 따라 꽃을 가꾸고 경서를 배우며 무공을 연마하던 평화롭던 삶으로 이제 다시는 돌아갈 수 없다는 절망감이 다시 한번 그녀를 온통 사로잡고 두려움으로 떨게 했다. 소옥은 문득 막막한 벌판에 홀로 내던져진 듯한 쓸쓸함과 비감함 때문에 눈물을 흘리고 말았다.

"쯧쯧…… 다 큰 아가씨가 그만한 일을 두려워해서 울기까지 하나? 에잇, 그만두자, 그만둬. 왕후장상도 저 하기 싫으면 못하는 거다. 나는 그만 갈 테다."

소옥의 눈물을 본 용초자가 혀를 차고 돌아섰다. 그는 소옥이 부끄러움을 견뎌야 한다는 것을 수치스럽게 생각하여 운다고 여긴 것이다.

"아니, 저는 그것 때문에 슬퍼진 게 아니랍니다. 저는 못 쓰게 된 이 팔 하나를 잘라 버려야 한다고 하더라도 조금도 원망하지 않겠습니다. 저는 용 대부님께 치료받기를 원합니다."

"응?"

돌아섰던 용초자가 뜻밖이라는 듯한 얼굴로 다시 돌아서서 소옥을 빤히 바라보았다. 그녀의 얼굴에 가득한 것은 이제 부끄러움도 서러움도 아닌 절박함이었다. 살아야겠다는 절박한 마음이 그녀로 하여금 스스로의 처지를 잊게 해주었다.

"부탁합니다. 제발 저를 치료해 주십시오."

간절함으로 두 손을 맞잡고 흔들었다. 그런 소옥을 빤히 바라보던 용초자가 빙그레 웃었다.

"좋아, 그렇다면 해볼 만하지. 아가씨는 조금도 걱정할 게 없다. 마음먹기가 어려웠지 그까짓 살덩이가 곪고 썩은 상처쯤은 아무것도 아니다."

　소옥은 거울 앞에 서 있었다. 잘 닦인 명경(明鏡)에 비친 것은 분명
자신이었으나 소옥은 그것이 자신이라고 믿지 않았다. 치렁하게 늘어
진 흑발이 어깨 위에서 출렁였고, 반듯한 이마와 붉은 볼, 매끄럽게 떨
어진 콧날이 보기 좋았다. 그러나 야무지게 닫힌 입술과 단단하게 굳
어진 턱은 감정을 담지 않고 있는 두 눈과 함께 그녀의 얼굴을 조상(彫
像)처럼 보이게 했다.

　흰 살빛은 부드럽게 목을 타고 흘러내려 어깨로 나뉘고, 그것이 각
기 봉긋하게 솟은 탐스런 젖가슴으로 모여 터질 듯 부풀어 있었다. 소
옥의 눈은 다시 기름진 아랫배와 그 아래의 깊은 골짜기에 멎었다. 거
울 속의 눈빛이 물결이 인 듯 출렁였다.

　소옥은 한동안 머물러 있던 눈길을 천천히 더듬어 내렸다. 살찐 허
벅지와 한 점 티 없이 뻗어 내린 종아리에서 발목까지를 눈 속에 새겨
넣은 그녀는 다시 내려왔던 순서를 거슬러 올라갔다. 이번에는 그 풍
요로운 허벅지 안쪽에 나 있는 흉한 상처를 보았다. 보름이 지났지만
아직도 손바닥만하게 남아 있는 퍼런 살빛이 흉했다.

　울혈(鬱血)의 자국이야 한 보름 남짓 더 지나면 저절로 없어질 것이
다. 하지만 그 한가운데 남의 살처럼 박혀 있는 긴 상처 자국은 그렇지
않을 것이었다. 손가락 굵기로 한 뼘 남짓이나 찢겨진 그 자국은 육신
이 죽어 살이 모두 썩어 없어질 때까지 지워지지 않고 남아 있을 흔적
이었다.

　한동안 침침해진 눈으로 그 흔적을 더듬어 기억해 둔 소옥이 다시
왼쪽 가슴 위를 보았다. 거기에도 지워지지 않을 흔적은 남아 있었다.

가슴이 부풀어 오르기 시작하는 곳의 부드러운 살을 찢고 박혀들었던 화살은 살을 썩게 하고 뼈를 조각냈다. 그 상처가 아물고 고통이 사라졌지만 흔적은 거기 그대로 머물고 있었다.

그것의 기억까지 두 눈 속 깊이 새겨 넣고 나자 거울 속에 생소한 모습으로 서 있는 사람의 눈빛은 더욱 깊고 우울해졌다.

"너는 소소옥이 아니야."

그 눈빛을 마주 보며 입술을 깨물고 그렇게 말해 주었다.

—틀렸어. 소소옥은 바로 나야. 너야말로 그동안 내 이름을 빌려 쓰고 있던 허수아비지.

거울 속의 낯선 얼굴이 냉소하며 그렇게 대꾸했다.

—너는 이제 잠을 자도록 해. 세상에 나가 살아야 할 사람은 네가 아니라 나야.

거울 속의 얼굴이 알몸을 부끄러워하지 않고 걸어나왔다. 그 어깨와 걸음걸이가 당당하여서 소옥은 절로 위축되고 말았다. 아무런 변명도, 반항도 하지 못한 채 소옥은 텅 빈 거울 속으로 머뭇거리고 주저하며 걸어 들어갔다. 이제 거울 속에는 소옥이 있었고, 거울 밖에는 낯선 얼굴이 서 있었다. 그 낯선 얼굴이 소옥을 보며 비웃었다.

—그래, 이제야 제대로 되었어. 너는 역시 그곳에 그렇게 서 있는 게 어울려. 왜 진작 그것을 깨닫지 못한 거지? 그건 네가 바보 같은 계집애였기 때문

이야. 하지만 나는 그렇지 않아. 네 스스로 그곳에서 걸어나올 수 있다면 그래도 좋아. 하지만 너는 그럴 수 없을걸? 그렇다면 언제까지나 거기 그렇게 박제된 채 서 있도록 해. 나는 이제 너에게는 조금의 관심도 두지 않을 거니까. 그럼 잘 있어.

낯선 얼굴이 천천히 자신이 벗어놓은 옷들을 하나씩 찾아 입는 것을 보며 소옥은 깊은 절망과 연민을 가지고 거울 속에 우두커니 서 있었다. 손가락 하나 꼼짝할 수 없는 무력감이 그녀의 숨마저 빼앗아 가버렸다. 그리고 그녀는 점점 작아져서 더 이상 거울 속에조차 남겨지지 못했다.

*   *   *

"한결 좋아 보이는군요."

목욕을 마치고 나오자 차를 마시며 기다리고 있던 첩영이 웃으며 그녀를 맞았다. 소옥의 무심한 눈길이 한동안 그녀의 손에 들려 있는 모란(牡丹)꽃을 보았다. 붉고 큰 잎을 활짝 벌린 그것의 아름다운 자태가 첩영의 깨끗한 모습과 어울려 한껏 그녀를 돋보이게 해주었다.

"언니한테 주려고 오는 길에 한 송이 꺾어왔어요."

첩영이 얼굴을 살짝 붉히며 꽃을 내밀었다.

"아니, 그것은 동생에게 훨씬 잘 어울려."

무안함으로 고개를 떨구는 첩영을 마주 보고 앉아서 빈 찻잔에 차를 따라 단번에 마셔 버리며 이제는 떠나야 할 때가 되었다고 생각했다. 곧 죽을 것 같았던 상처도 귀수박천(鬼手搏天) 용초자(龍草子)의 손에

맡겨지자 열흘 만에 아물었고, 다시 닷새를 정양하고 난 지금은 운신하기에 전혀 지장이 없을 만큼 깨끗해져 있었다.

"어디로 가실 건가요?"

소옥의 무심한 눈이 다시 첩영의 맑은 눈을 뚫어지게 바라보았다. 첩영이 더욱 얼굴을 붉힌 채 외면했다.

"동생은 언제나 나의 생각을 앞서 읽는군."

떠나려 한다는 것을 말하지 않았어도 그녀는 이미 알아낸 것이다. 도대체 그런 재주는 어떻게 배운 건지 궁금했다. 어쩌면 그것은 배워서 되는 게 아니라 천부적으로 타고난 것인지도 몰랐다.

"불쾌하셨다면 미안해요. 하지만 언니가 걱정이 되어서……."

"왜 그렇게 생각하지?"

"언니가 가려는 곳을 사람들이 이미 알고 있기 때문이죠."

"사람들?"

소옥은 이해할 수 없었다. 누가 자신이 가려는 곳을 알고 있으며 그게 어쨌다는 건지, 대체 지난 보름 동안 세상에 무슨 일이 있었던 건지 궁금하기 짝이 없었다.

"휴— 앓고 나더니 언니는 이제 고집스러워지기까지 했군요."

첩영이 가볍게 탄식했다.

'그렇게 된 건가?'

소옥은 중얼거리고 나서 스스로를 돌아보았다. 눈앞의 소녀는 자신에게 언니는 너무 서두른다고 나무란 적이 있었다. 그 말처럼 언제나 침착하지 못했는데 이제는 고집스러워지기까지 한 것이라면 그건 스스로도 놀라야 할 일이었다.

'나는 정말 다른 사람이 된 건가?'

스스로에 대한 회의감으로 고개를 숙이는데, 첩영이 조심스럽게 그녀의 눈치를 보며 입을 열었다.

"정 형산으로 가시려거든 익숙한 길을 버리고 멀더라도 돌아서 가도록 하세요."

"대체 내가 왜 그래야 하지?"

"그건 많은 사람들이 언니를 괴롭힐 것이기 때문이죠."

"왜? 무엇 때문에?"

"그건, 그건……."

차마 말하기 어려운 듯 한참을 망설이던 첩영이 다시 휴, 하고 한숨을 쉬었다.

"제 입으로 말하기는 정말 힘들군요. 저도 그런 사람들 중의 하나일지 모르니까요."

"……?"

첩영이 굳게 입을 닫았고, 소옥도 더 이상 말하지 못했다. 물어보기가 두려워졌던 것이다.

그들의 침묵이 점점 무거워질 때 내실로 노사태가 들어섰다. 첩영이 반갑게 일어나 그녀를 맞이했다.

"사부님."

음, 하고 건성으로 대답한 정현 사태(精玄師太)가 첩영 대신 소옥을 마주하고 앉았다.

"가려고?"

소옥의 행장을 눈여겨본 사태가 대뜸 그렇게 물어왔다. 소옥이 일어나 공손히 읍했다.

"사태로부터 입은 은혜는 잊지 않겠습니다."

"그 말은 용가 늙은이한테 해야지."

"용 대부께서는……?"

"갔다."

그는 자신을 치료해 주는 대가를 요구했을 것이다. 그리고 눈앞의 노사태가 그것을 주었을 것이 분명했다. 그랬기에 그는 자신에게 아무 말도 하지 않고 떠난 것이다. 대체 그는 무엇을 요구했을까? 하는 것이 또 하나의 의문으로 남았다.

"네 사부는 잘 있겠지?"

문득 엉뚱한 질문을 해오는 노사태를 놀란 눈으로 보며 소옥은 어떻게 대답해야 할지 망설이지 않을 수 없었다.

"제 사부님을 알고 계십니까?"

"흐흐…… 곤륜여협(崑崙女俠) 상관혜(上關慧)를 모른다면 강호인이 아니지."

"아!"

소옥이 어깨를 움찔 떨며 탄성을 발했다. 정현 사태의 의미심장한 눈길이 그런 그녀의 얼굴에서 떠나지 않고 머물렀다.

"그 검을 보고 알았다."

소옥은 자신의 검을 가리키는 정현 사태의 손가락을 보았다. 마음의 격동을 드러내듯 노사태의 손가락 끝이 미미하게 떨리고 있었다.

'내력이 있다.'

눈앞의 노사태가 이 풍향검과 깊은 인연을 맺고 있다는 것을 짐작하기는 어렵지 않았다. 그리고 그것은 곧 그녀와 사부 사이의 관계이기도 할 것이었다.

뚫어질 듯 풍향검을 노려보던 사태가 휴, 하고 한숨을 쉬고 나서 머리를 저었다.

"다 부질없다, 부질없어. 이 나이가 되어서도 아직 마음에 호승심이 남아 있으니 성불(成佛)을 보기가 이처럼 어렵구나."

갑자기 늙고 초라해진 사부의 손을 꼭 잡아준 첩영이 애틋한 눈으로 소옥을 바라보았다.

"제가 언니에게 한 가지 부탁드리고 싶은 게 있어요."

"동생의 부탁이라면 들어주지 않을 수 없지."

"고마워요."

그렇게 먼저 감사하면서도 첩영의 얼굴은 밝지 못했다. 소옥은 과연 그녀가 무엇을 요구하려는 것인지 궁금하기 짝이 없었다.

"나는 언니가 지니고 있는 물건을 한 사흘쯤 빌렸으면 해요."

"물건이라고?"

소옥이 고개를 갸웃했다. 자신이 지니고 있는 물건을 필요로 한다면 빌려주지 못할 것도 없었다. 하지만 자신에게 과연 첩영이 필요로 할 만큼 소중한 것이 있을까 의아했다. 자기가 가지고 있는 것들 중 귀한 것이라면 사부로부터 물려받은 한 자루의 검밖에 달리 없었던 것이다.

"이 검이 필요한 건가?"

풍향검을 내밀자 첩영이 머리를 가로저었다.

"그것이 비록 보기 드문 보검이긴 하지만 저에게 필요한 것은 아니랍니다."

"그렇다면 알 수 없군. 내가 지닌 것들 중 그래도 쓸 만한 건 이것뿐인데……."

한동안 머뭇거리며 소옥의 눈치를 살피던 첩영이 흩어진 머리카락을 쓸어 올리며 한숨을 쉬고 나서 천천히 말했다.

"저는 언니가 품에 지니고 있는 진경을 빌렸으면 해요."

"억!"

소옥이 놀라 외마디 비명을 터뜨렸다.

"너, 동생이 그것을 어떻게……?"

자신이 용화진경(龍華眞經)을 지니고 있다는 것을 아는 사람은 아무도 없어야 했다. 그날 밤, 폐허가 된 집 뜰의 오동나무 아래에서 그것을 꺼냈을 때 주위에는 아무도 없었고, 소옥은 몇 번이나 그것을 확인했다. 그리고 아직까지 아무에게도 그러한 것을 말한 적도 없었다. 그런데 첩영이 그것을 알고 있다는 것은 아무리 생각해도 이해할 수 없는 일이었다.

'설마 요 깜찍한 계집애는 그날 내가 한 일을 낱낱이 보고 있었단 말인가?'

문득 그런 의심이 들었다. 그렇지 않고서야 알 수가 없는 일인 것이다.

"동생은 그것을 어떻게 알았지?"

얼굴 가득 의심하는 기색을 감추지 못하고 매섭게 물었다. 첩영이 슬그머니 소옥의 시선을 피하며 고개를 숙였다.

"세상에는 그래서 비밀이 없다고 말하는 거죠. 언니가 그것을 품에 넣었다는 것은 이제 비밀이 아니랍니다."

"그럴 수가……."

첩영 말고도 아는 사람들이 더 있다는 말이었다. 소옥은 기가 막혔다. 어디에서부터 말이 흘러 나갔는지 도대체 짐작할 수도 없었다. 어쩌면 자신이 의식을 잃고 있는 동안 헛소리를 했는지도 모른다는 생각이 들었다.

"내가…… 그런 말을 했던가?"

"아니, 언니는 한마디도 하지 않았어요."

소옥의 마음을 안다는 듯 첩영이 안쓰러운 눈길로 바라보며 도리질을 했다.

"아무리 비밀을 간직한다고 해도 그것을 내가 알고 하늘이 알고 땅이 안다면 철저한 일이라고 할 수 없지요. 가죽 부대에 가득 담아놓은 물이 마개를 뽑지 않아도 오래 지나면 저절로 스며 나오듯이 비밀이라는 것도 그렇답니다. 자신은 철저히 지켰다고 믿지만 자신도 모르는 사이에 어느 곳에선가 흘러나오기 마련이지요. 그리고 사람들은 그런 일에 더욱 눈과 귀가 밝답니다."

소옥이 다시 하, 하고 한숨을 쉬었다. 그렇게 몇 번씩이나 아무도 없음을 확인했건만, 분명 누군가가 숨어서 자신의 행동을 엿보았고, 그 입을 통해 조금씩 퍼져 나가게 된 것이라고 짐작할 수밖에 없었다.

"그렇다면 동생이 나를 구한 것은 그것 때문이었군?"

"더 감출 것 없겠지요."

첩영의 솔직함이 소옥의 마음을 차분하게 가라앉혀 주었다. 그녀는 다시 지난 일들을 냉정하게 돌이켜 보았다. 비로소 송림 안에서 자신을 공격했던 흑마 남궁적이라는 자의 속셈이 짐작되어졌고, 그날 밤 강상(江上)에서 자신을 습격해 왔던 자들의 의도가 짐작되어졌다.

"그렇군. 그들은 모두 그것을 알고 있는 자들이었군."

"맞아요. 그들은 청홍방(青洪幇)과 초양문(硝陽門)의 사람들이랍니다. 사공으로 위장하고 있던 자와 물속에 숨어 있던 자는 청홍방의 수

류쌍살(水陸雙殺)이라는 자들이었고, 언니의 몸에 화살을 박은 지는 초양문의 문주(門主)인 뇌음신궁(雷音神弓) 공손표(孔孫彪)라는 자예요. 그들은 모두 소녀와 마찬가지의 이유로 언니를 핍박했던 거죠.”

소옥은 뇌음신궁이라는 말을 입속으로 몇 번이나 되뇌었다. 자신의 몸에 지울 수 없는 흔적을 남긴 자라는 것을 생각하자 그에 대한 원한과 분노가 새롭게 살아나 그녀의 눈빛을 가라앉혔다.

“그래서 그들은 나를 핍박했고, 동생은 반대로 나를 구해준 거로군.”

자신의 목숨을 구해준 동기가 순수하지 못했음을 꾸짖는 말이었다. 재빨리 그 말귀를 알아들은 첩영이 한숨을 쉬었다.

“저는 다만 그것을 사흘쯤 빌려달라는 것일 뿐, 결코 언니에게서 빼앗고 싶은 마음은 없어요.”

“동생이 그것을 꼭 필요로 하는 이유를 물어도 될까?”

“그것은…….”

첩영이 망설이며 사부인 정현 사태(精玄師太)를 바라보았다. 그때까지 입정에 든 듯 두 눈을 지그시 감은 채 침묵하고 있던 정현 사태가 신광이 번쩍이는 눈으로 소옥을 바라보았다.

“사문의 일이다.”

매정하게 그 한마디만 했을 뿐, 사태는 다시 두 눈을 지그시 감아버렸다. 모든 것을 첩영과 소옥에게 맡겨 버린다는 뜻이기도 했다. 사태의 매정한 말을 들은 첩영이 더욱 수심에 잠겨 다시 한숨을 쉬었다.

“사부님께서는 단지 사문의 일이라고 말하셨지만 그것은 또한 강호의 혈풍(血風)에 관계된 일이기도 하지요. 언니도 이미 알고 있듯이 그것은 대단히 중요한 물건이랍니다.”

어째서 그러냐는 것을 차마 물어볼 수 없었다. 첩영의 생각과는 달리 사문의 물건을 가지고 있으면서도 소옥은 그것에 대한 내력을 조금도 알지 못했다. 진경을 몸에 지닌 이래 벌써 십여 번을 읽어 그 내용을 외우다시피 기억하고 있었지만 그것이 어째서 아미파에 관계된 일이고, 어째서 강호의 혈풍에 관계된 일인지는 알지 못했다. 사문의 물건을 두고 그 내력을 타인에게 되물어본다는 것은 수치스런 일이었다.

소옥은 자신이 미처 알아내지 못한 게 있었나 싶어 진경의 내용들을 하나하나 떠올려 기억해 보았다. 그러나 어디에도 강호를 뒤흔들 만한 대단한 무엇은 없었다. 그것은 자신이 알지 못했던 사문의 심법(心法) 한 가지를 기록해 둔 것이었고, 그 외에 사문의 검법에 대해 논(論)한 듯 보이는 알쏭달쏭한 문구들 몇 가지가 있을 뿐이었다. 그동안 소옥은 그 심법이 사부로부터 전해 받은 유룡심법(游龍心法)과 비슷하다는 것과 진경 안에서 논하고 있는 검리(劍理)가 역시 유룡검법(游龍劍法)에 통하는 바가 있다는 것을 어렴풋이 짐작하고 있었다.

단지 그것이었을 뿐, 그 안에는 결코 무림을 경동시킬 만한 신공절학(神功絶學)도 없었고, 대단한 비밀도 없었다. 유룡검법이 사문이 자랑하는 천하제일의 검법이라면 차라리 그것을 기록한 유룡검보(游龍劍譜)가 더 강호인들의 구미에 맞을 것이었다. 용화진경을 가지고는 유룡검법의 형체도 살펴볼 수 없었으려니와 백번 양보하여 그것에 대해 알아낸다고 해도 사부의 가르침이 없다면 열에 한둘을 얻기 힘든 일이었다. 그런데 어째서 그것을 탐내는 무리가 생겨났고, 어째서 그것이 장차 강호의 혈풍을 불러온다는 건지 더욱 이해할 수가 없었다.

소옥의 침묵을 지켜보던 첩영이 간곡하게 말했다.

"그것을 제게 빌려주신다면 사흘 후에는 반드시 언니에게 되돌려주겠어요. 그리고 무엇이 되었든 언니의 부탁 한 가지를 들어드리도록 하지요. 이 일은 장차 언니에게 크게 도움이 될 것이에요."

눈앞의 일을 알 수 없는데 장차의 일은 더구나 짐작할 수 없었다. 자신이 첩영에게 어떤 부탁을 하게 될지는 알 수 없었지만, 이 영리한 아가씨는 그것이 반드시 자신에게 큰 도움이 될 것이라고 장담했으니 어쩌면 그럴지도 몰랐다.

소옥은 어느새 첩영의 말 한마디 한마디를 새겨듣게 되었다. 이 작고 귀여운 아가씨의 어디에 그처럼 깊은 지혜가 숨겨져 있는 건지, 그녀의 말들은 아직 한마디도 허튼 게 없었다.

"거듭 말하지만 이것은 사문의 물건이다. 그러니 사부님께 전해드린 다음에 간곡히 부탁드려서 그분의 허락을 받도록 해보겠다."

"아, 그때까지 기다릴 수가 없답니다. 소녀에게는 시간이 별로 많지 않으니까요."

"그렇다면 할 수 없는 일이지. 나는 내 마음대로 이것을 외인에게 내줄 수 없다."

첩영의 얼굴에 실망이 가득했다.

"언니가 혼수상태에 빠져 있을 때 저는 그것을 몰래 꺼내볼 수도 있었고, 감쪽같이 빼돌린 다음에 시치미를 뗄 수도 있었어요. 하지만 그렇게 하지 않은 것은 반드시 언니가 제 부탁을 들어줄 것이라고 여겼기 때문이죠."

소옥은 내심 그 말이 맞다고 생각했다. 그러자 그처럼 깊은 관심을 가지고 자신을 돌보아준 첩영에게 너무 매정한 게 아닌가 하는 생각이 들어 망설여졌다.

"좋아요. 언니가 정 그렇다면 하루만 빌려주세요. 그것마저도 거절한다면 저는, 저는⋯⋯."

첩영은 이제 곧 울 듯한 얼굴이 되어 있었다. 간절한 그녀의 눈길을 차마 외면할 수가 없었다. 목숨을 빚진 것에 비하면 사문의 진경을 한 번 보여준다는 것이 그리 대단한 일도 아니라는 생각도 했다. 사부가 안다고 해도 크게 꾸중할 것 같지 않았다. 소옥은 그렇게 생각하며 열심히 스스로를 설득했다.

"하지만 이것은 내 마음대로 누구에게 빌려주거나 물려줄 수 있는 물건이 아니다. 이러면 어떨까? 하루라고 했으니 동생은 그 말대로 하루 동안 진경을 봐도 좋다. 그러나 반드시 이 방 안에서 보아야 하며, 나와 동생 이외의 사람이 있어서는 안 된다. 그것을 약속한다면 나는 감히 사부님께 죄를 짓고 진경을 동생에게 보여주도록 하겠다."

첩영이 난감한 얼굴로 다시 정현 사태를 바라보았다. 눈을 감고 있지만 귀마저 닫고 있는 것은 아니어서 그 말들을 모두 들은 사태가 홍, 하고 코웃음을 쳤다.

"자고로 자식은 부모를 닮고 제자는 사부를 닮기 마련이라더니 꽉 막히고 고집스런 것까지 제 사부와 똑같구나."

한번 소옥을 흘겨본 사태가 소매를 털고 일어나 쌀쌀맞은 얼굴로 횡하니 방을 나가 버렸다. 첩영이 소옥보다 더 무안해진 얼굴로 엉거주춤 일어나 사태를 배웅했다. 그녀의 얼굴 가득 사부에 대한 민망함과 송구함이 가득했다.

＊   ＊   ＊

소옥은 침상 위에 턱을 괴고 앉아 첩영의 모습을 뚫어질 듯 바라보고 있었다. 벌써 두 시진이 넘도록 그녀는 용화진경에 몰입해 있었다. 십여 장에 불과한 얄팍한 책자였으므로 수십 번을 읽고 또 읽었을 만한 시간이었지만, 한번 몰입해 든 첩영에게는 그것이 문제가 되지 않는 모양이었다.

어느새 창밖이 어두워지더니 멀리서 개 짖는 소리만 간간이 들려올 뿐, 낮 동안의 소란이 죽은 듯 잠들어 버렸다. 세상은 밤이슬과 함께 내린 적막으로 두텁게 덮여 영영 깨어나지 않을 것 같았다. 그 고요 속에서 첩영은 끊임없이 무어라 알아듣기 어려운 말로 낮게 중얼거리며 진경을 보고 또 보는 일에만 집중하고 있었다.

'대체 저 아가씨는 진경 속에서 무엇을 찾으려는 걸까?'

그런 첩영의 모습을 보며 소옥은 그것이 궁금해 못 견딜 지경이었다.

그렇게 하룻밤이 꼬박 지나갔고, 새벽닭이 울더니 오래 지나지 않아 어지럽게 지저귀는 새소리와 함께 동창이 붉게 물들어오기 시작했다. 그리고도 얼마가 더 지나서야 처음의 자세 그대로 꼼짝도 하지 않고 앉아 진경을 탐독하던 첩영이 문득 고개를 들었다. 붉은 빛이 가시고 눈을 찌르는 새 날의 아침 햇빛이 방 안을 밝게 채워오고 있을 때였다.

"다행이 언니와의 약속을 지킬 수 있게 되었군요."

그녀의 얼굴 가득 피곤하고 지친 기색이 역력했다. 소옥은 그런 그녀가 안쓰러웠다.

"얻은 게 있나?"

"이것은 앞뒤가 서로 맞지 않고 처음과 끝이 어디인지 알 수 없으며, 운기(運氣)를 논(論)한 것이 정법(正法)을 따르고 있다가도 어느 때는 그것에서 벗어나는가 하면, 검리(劍理)가 역행(逆行)하는 것도 같아 소녀로서는 이 안의 정묘함을 정말 이해하기 어렵군요."

"너는 정말 영리하구나!"

첩영의 말을 귀담아듣던 소옥이 그렇게 놀라 외쳤다. 유룡검법과 심법을 알 리 없는 그녀가 하룻밤 용화진경을 살펴본 것으로 얻은 심득은 거의 그것의 정수에 다가서 있었던 것이다.

용화진경은 확실히 유룡검법과 깊은 관계를 갖고 있는 것이었다. 소옥은 그것을 되풀이하여 읽을 때마다 그 오묘한 상충과 조화를 느끼고 신기하게 여겼다. 유룡검법이 순(順)이라면 진경에서 논하고 있는 검리는 역(逆)이었고, 유룡심법이 정(正)이라면 진경의 운기론(運氣論)은 반(反)을 설파하고 있었다.

그 자체로 본다면 용화진경은 강호의 이단에 가까운 파격을 담은 기록에 지나지 않았다. 하지만 그것은 분명 부족함을 메워주고, 불완전함을 완전하게 해주는 쐐기 같은 것이었다. 물론 유룡검법과 함께 덧붙여 보았을 때의 일이다. 유룡검법이 상(上)이라면 용화진경은 하(下)였던 것이다. 그것을 알지 못하고 있는 첩영이 진경만을 가지고 그 안의 오묘함을 눈치 챘다는 것은 그래서 충분히 놀랄 만한 일이었다.

소옥은 그녀의 영리함에 다시 한 번 감탄하고 새로운 눈으로 첩영을 바라보았다. 첩영의 얼굴에는 피곤함과 함께 짙은 그늘이 드리워져 있었다. 그건 수심(愁心)이었고, 상심(傷心)의 기색이었다.

"무엇이 동생을 그처럼 슬프게 한 거지?"

소옥이 근심스런 얼굴로 묻자 첩영이 밤새 거칠어진 볼을 쓸고 나서 처연하게 웃어 보였다.

"소녀가 자질이 부족하여 사부님의 원을 풀어드리지 못하게 되었으니 비록 진경을 머리 속에 담아두었어도 기쁘지가 않답니다."

"그렇지 않다."

냉랭한 음성과 함께 정현 사태가 들어왔다. 그녀 또한 밤새도록 문 밖에 서서 기다리고 있었던 게 분명했다.

"어찌 한 사문이 그들의 비전절학을 쉽게 얻도록 했겠느냐? 아무래도 소 낭자에게 직접 묻는 것이 훨씬 나을 것이다."

사태가 숙연한 낯빛을 하고 소옥을 똑바로 바라보았다.

"나는 부처님 앞에 제자 되기를 맹세하였으나 아직 오욕칠정을 끊지 못해 마음에 부족함이 있으면 참고 견디지 못한다. 너에게 묻겠다. 너는 거짓없이 대답해 줄 수 있겠느냐?"

"후배가 대답할 수 있는 것이라면 그렇게 하겠습니다."

"좋다."

잠시 탁자 위에 펼쳐져 있는 진경을 물끄러미 바라보던 사태가 무거운 얼굴이 되더니 고개를 저었다.

"너는 네 사부 곤륜여협 상관혜의 절학을 대성했겠지?"

"감히 열에 아홉은 물려받았다고 말씀드릴 수 있습니다."

"매우 좋다. 그렇다면 석년(昔年)에 그녀가 세상을 오시(傲視)하던 그 검법 또한 네 손에 있겠구나?"

유룡검법을 두고 말하는 것이 분명했다. 소옥은 망설임없이 고개를 끄덕였다.

"그렇습니다."

"너는 지금 그것을 펼쳐 나와 겨루어볼 수 있겠느냐?"

"그것은……."

이런 일은 처음 당해보는 소옥이었다. 어떻게 해야 하는 건지 당황했다. 대체로 비무(比武)를 청하는 것은 후배가 선배에게, 하수가 고수에게 하는 것이다. 한 수 배우고 가르침을 받으려는 자세가 없다면 비무를 청할 수 없었다. 그것은 비무가 목숨을 걸고 겨루는 싸움과는 근본부터 다르기 때문이다. 그런데 사부보다도 오히려 한 배분이 높은 노사태가 비무를 청해온 것이다.

"그것은, 그것은…… 제가 감히 감당할 수 없습니다."

소옥의 당황함을 물끄러미 바라보던 노사태가 잠시 생각하더니 다시 고쳐 말했다.

"그럼 너는 저 아이를 상대로 할 수 있겠느냐?"

이번에는 소옥과 첩영의 얼굴에 동시에 난감해하는 기색이 떠올랐다.

"어째서 노사태께서는 꼭 본 문의 유룡검법만을 보려 하시는 건지 모르겠습니다?"

정현 사태의 얼굴이 더욱 어두워졌다. 한참을 망설이던 그녀가 결심을 했는지 먼 날을 회상하는 노인의 아득한 표정이 되어 천천히 말했다.

"과거 나는 그녀와 겨루어본 적이 있다. 당시 나는 이미 검을 대성하여 강호에 화운금검(火雲金劍)이라는 아름다운 이름을 날리고 있을 때였다. 하지만 그녀는 이제 막 강호에 발을 들여놓은 신출내기에 불과했지."

소옥이 부쩍 흥미가 당기는 얼굴로 사태를 향하여 당겨 앉았다. 그녀는 지금 사부와의 대결에 대하여 말하고 있는 것이 분명했다.

"그녀가 곤륜의 진전을 받았다는 것을 알고 사소한 호승심 때문에 일으킨 분란이었지만 그 결과는 나에게 평생 씻을 수 없는 한을 안겨 주었다. 나는 그녀의 신묘한 검술 앞에 불과 삼십여 초를 견디지 못하고 검을 꺾어버리고 말았던 것이다."

"아!"

소옥과 첩영이 동시에 탄성을 발했다. 첩영으로서도 그 이야기는 처음 듣는 모양이었다. 아미성검(峨嵋聖劍)으로 추앙받는 노사태에게 패배의 전력이 있다는 것은 의외의 사실이었다.

"그녀는 그것을 유룡검법이라고 했다. 나는 그 몇 초식의 기이함을 기억 속에 깊이 새겨둔 채 본산으로 돌아가 다시는 강호에 발을 딛지 않았다. 이미 검으로는 더 이상 오를 데가 없다고 여기던 자만심이 불러온 화였다. 그리고 지난 이십 년 동안 그녀의 검초를 떠올리며 나의 부족함을 채우는 데 매진했다. 하지만 여전히 마음에 의혹이 남았다. 과연 지금 다시 그 검초를 당한다면 받아낼 수 있을 것인가 하는 것이다."

소옥은 가슴이 뿌듯해져 왔다. 역시 사부의 말대로 사문의 유룡검법이 천하제일이라는 것을 노사태의 입을 통해 다시 한 번 확인할 수 있었기 때문이다.

"나는 그 해답을 네가 지니고 있는 용화진경에서 찾아보려고 했다. 그것이 곤륜이 비장하고 있는 최고의 논검비서(論劍秘書)라는 것을 알았기 때문이다."

"그것을 어떻게?"

소옥이 놀라 외쳤다. 용화진경의 존재야 그렇다고 쳐도 그것이 곤륜의 논검서라는 것까지 이미 세상에 알려졌다는 것을 믿을 수 없었다. 이건 누군가 곤륜의 사정을 잘 아는 사람이 아니고는 퍼뜨릴 수 없는 일이었다.

"이미 천하인이 다 아는 사실이다. 굳이 어디에서 흘러나왔는지를 묻는다는 것이 어리석다."

사태가 눈을 흘기며 냉랭하게 말했다. 말이란 하루가 지나면 이미 천 리 밖에까지 퍼져 있는 것이고, 처음은 한 사람의 입에서 시작되겠지만 그때쯤이면 천만 인이 말하는 것이다. 누구로부터 시작되었는지를 따지고 찾는다는 것 자체가 불가능했고, 무의미했다.

"그러나 이제 그 책에서는 아무것도 얻을 수 없다는 것을 알았다. 그렇다면 너에게서 찾는 수밖에 없다."

소옥을 바라보는 사태의 눈에 엄숙함이 가득했다. 소옥은 뿌리치기 힘들다는 것을 알았다. 사태가 첩영의 손에 그녀가 지니고 있던 검을 뽑아 쥐어주었다.

"너는 한번 시험해 보도록 해라."

할 수 없이 검을 받아 들고 일어선 첩영이 소옥에게 고개를 숙여 보였다.

"언니, 실례하겠어요."

고개를 들며 한 발을 내딛자 가벼운 검파(劍波)가 일어 조용히 가슴으로 밀려들었다. 느리고 완만한 것이 부끄러워하는 듯, 망설이는 듯했다.

소옥은 그것이 아미금검(峨眉金劍)이라는 것을 알았다. 사부로부터 천하 각 문(各門)의 검법에 대해 강론받을 때, 사부는 아미파의 검법을 가리켜 가볍고 정교하며 우아하기가 제일이라고 평했었다. 그중 비홍검(飛鴻劍)은 처음은 조용하나 갈수록 날카롭고 사나워지는 바가 있어 조심해야 할 것이라고 일러주던 말이 떠올랐다.

소옥은 첩영의 손에서 펼쳐지고 있는 것이 바로 그 검법임을 알아보았다. 일부러 그러는 것인지, 아니면 검법의 시작이 그런 것인지, 첩영의 검은 매우 느리고 우아한 격식을 갖춘 채 마치 먼 산을 가리키며 밀어내듯 그렇게 조금씩 찔러들 뿐이었다.

소옥의 머리 속에 번개같이 유룡검 칠십이식의 검초들이 스쳐 지나갔다. 마찬가지로 가볍게 응수해 주어야 할지, 아니면 번개같이 검을 날려 단번에 제압해 버릴 것인지를 두고 망설이는 동안 첩영의 검봉은 이미 가슴 앞에서 한 뼘쯤 떨어진 곳까지 밀려 들어와 있었다.

그녀가 그처럼 진경을 보고 싶어하던 이유를 안 소옥은 첩영의 사부 생각하는 마음이 기특하고 사랑스럽기만 했다. 그러면서도 끝내 한 번의 패배를 잊지 못해 이십여 년 동안 이를 갈아온 정현 사태의 집념이 놀라웠고, 곤륜의 검을 누르기 위해 곤륜의 비서(秘書)를 이용하겠다는 야비하기까지 한 발상에는 혐오의 감정도 들었다. 소림, 무당과 함께 강호의 정기를 영도해 가는 아미파(峨眉派)에서 검모(劍母)로 숭앙(崇仰)받으며 무림의 십대고수 중 일 인으로 존경받는 그녀가 취할 행위가 아니었던 것이다.

좋게 보자면 검에 대한 불굴의 집념이 배울 만한 점이었다. 그러나 그것보다는 끝까지 한을 잊지 못하고 기어이 설욕하고 말겠다는 노사태의 끈질긴 집착은 무섭다 못해 가증스럽게까지 여겨졌다. 그런 사부의 한을 풀어드리기 위해 애쓰는 첩영이 더욱 안타까웠지만 사부의 편협함을 방치하면서 그 뜻에 따르는 그녀의 행위 또한 옳다고 할 수는 없었다.

소옥은 노사태의 무서운 집념보다도 첩영에 대한 안쓰러움으로 망설였다. 그녀가 사부의 한을 풀어드리도록 해주기 위해서는 짐짓 못당하는 척해야 할 것이었다. 그러나 이 한 번의 비무는 정현 사태의 말대로라면 사문의 자존심이 걸려 있는 일이기도 했으므로 쉽게 생각할 것도 아니었다.

그런 생각으로 마음이 산란한 그 찰나의 순간에 검봉은 이미 옷깃을 건드리고 있었다.

"이얍!"

문득 상념들을 털어버린 소옥이 매섭게 외치고 검을 뽑아 한 번 후려쳤다.

쨍—!

맑은 검명(劍鳴)이 방 안 가득 울려 퍼졌다.

"아!"

소옥의 검에 실린 무서운 힘에 놀란 듯 첩영이 외쳤다. 동시에 정현 사태가 눈썹을 곤두세우며 앞으로 한 걸음 나섰다.

"그만!"

그녀의 매서운 일갈이 아니더라도 두 사람은 이미 검을 멈춘 채 훌쩍 물러서고 있었다.

"너의 심득을 보자는 게 아니다. 나는 검법을 비교해 보고 싶은 거다!"

사태가 눈을 부릅뜨며 질타했다. 어느새 손을 뻗어 첩영의 손에서 검을 빼앗아 든 노사태가 벼락같이 다가서며 검기를 뿌려댔다.

씨이잉—!

매서운 기운이 검이 가리키는 곳마다 번개처럼 뻗어 살과 뼈를 아리게 했다. 그대로 서 있다가는 그 날카롭고 사나운 검기에 온몸이 조각조각 베어지고 말 것이었다.

"사태!"

놀란 소옥이 크게 부르짖으며 바삐 걸음을 옮겨 딛고 몸을 흔들었다. 곤륜이 자랑하는 신묘한 보법인 연환분심보(連環分心步)가 펼쳐지자 일곱 걸음을 떼어놓기도 전에 소옥의 신형이 흐려지고 형상이 허깨비처럼 허공에 걸려 흔들렸다.

노사태의 창백한 검기가 그물처럼 사방을 가두고 어지럽게 뻗고 휘어지고 내리꽂히는 것이 우박이 떨어지는 듯했다. 그 속에서 소옥의 검 또한 푸른 검기를 갈래갈래 내뻗어 사태의 백색 검광을 하나씩 끊어가고 있었다. 두 사람은 이제 서로의 형체가 보이지 않을 만큼 빠르게 움직였다. 놀란 첩영이 새파랗게 질린 얼굴로 외쳤다.

"사부! 언니!"

그녀의 눈에 보이는 두 사람의 모습은 위태롭기 짝이 없었다. 곧 한 사람이 붉은 피를 쏟으며 처참한 주검이 되어 떨어질 것만 같았다. 첩영은 그것이 소옥이 되기를 원치 않았고, 더구나 자신의 사부가 될 것이라고는 상상도 하기 싫었다.

노사태는 이 한 번의 검격에 그녀가 지난 이십여 년 동안 심혈을 기울여 연구한 검초를 모두 쏟아내는 듯했고, 소옥 또한 사문의 명예를 위해 목숨을 건 듯했다. 기선은 노사태가 제압해 왔으나 기세에서는 소옥이 조금도 밀리지 않아 보였다.

눈이 어지러울 만큼 희고 푸른 검기가 서로 얽혔고, 검봉이 한순간에도 수십 번씩 엇갈렸다. 그러나 단 한 번도 서로 검을 부딪치는 법이 없었다. 두 사람의 움직임은 첩영이 기절할 듯 놀란 그 잠깐 동안에도 더욱 빨라져 이제는 누가 누구인지 분간할 수가 없게 되었다. 나가고 들어오며, 쫓고 쫓기는 것이 강풍을 맞은 바람개비가 도는 듯했다.

"아!"

첩영이 파랗게 질린 입술을 떨며 두려움 중에도 감탄의 외침을 터뜨렸다. 사부의 본신절기를 처음 본 탓이었고, 소옥의 조예가 상상 이상으로 뛰어난 것에 대한 놀람이었다. 사부의 손에서 눈부시게 쏟아져 나오고 있는 것이 비홍검 중의 마지막 절초인 삼십육격(三十六擊) 은하구구변(銀河九九變)이라는 것을 알아볼 수 있었다. 그렇다면 소옥이 아미의 홍은천변(鴻殷千變)에 맞서 떨쳐 내고 있는 저것이 바로 유룡검법일 것이었다.

첩영은 그것을 보기 위해 눈을 부릅떴다. 그러나 두 사람의 검격은 사람의 눈으로 볼 수 있는 쾌속의 한계를 이미 넘어서 있었다. 단지 눈앞에 어른거리는 검기와 이마와 가슴을 서늘하게 하는 검파(劍波)의 충격만으로도 그녀는 더 견디지 못하고 비틀거리며 물러서야만 했다.

"요악하다!"

눈부신 검망(劍鋩) 속에서 정현 사태의 외침이 터져 나왔다.

"차합!"

그것에 대답하듯, 소옥의 낭랑한 외침도 동시에 터져 나왔다. 그리고 최초로 맑고 날카로운 검명(劍鳴)이 유성처럼 쏟아졌다.

쟁쟁쟁쟁—!

새파란 불똥이 어지럽게 날렸다. 두 사람의 기운이 한껏 실린 그 날카로운 소리에 첩영은 견딜 수가 없었다. 그 소리들이 쇠못이 되어 머리 속에 박혀드는 듯한 고통이 그녀를 내동댕이쳤다.

"악!"

뾰족한 비명을 터뜨리며 쓰러지는 그녀의 눈에 우뚝 멈추어 서 있는 두 사람의 모습이 아스라이 멀게 보였다.

허공을 격하고 한 치의 양보도 없이 얽혀 있는 시선에서 번갯불이 이는 듯했다. 노사태의 얼굴이 시뻘겋게 달아올라 있고, 두 볼이 푸들푸들 떨리는 것이 마음속의 격동을 참기 위해 자신과 치열한 싸움을 하고 있는 것이 분명했다. 그녀를 노려보는 소옥의 얼굴은 창백하다 못해 푸르기까지 했다. 검을 굳게 움켜쥐고 있는 손이 파르르 떨리는 것을 첩영은 어지러운 의식 속에서 똑똑히 보았다.

소옥은 가슴을 헐떡이며 치솟는 분노를 가까스로 억제하고 있었다. 거칠게 몸 안을 치닫고 있는 기혈을 억누르기가 쉽지 않았다. 숨 한 번 바꾸어 쉴 사이에 내쏟고 받아들인 기운의 맹렬함이 그녀의 내력으로 감당하기 힘들 만큼 격렬했던 탓이었다. 거친 숨을 몰아쉬며 말없이 노려보는 두 사람 사이로 한 움큼의 머리카락이 먼지처럼 잘게 조각나 떨어져 내렸다.

"그것은 용화진경의 비결을 담은 것이냐?"

한참 만에야 정현 사태가 갈라진 목소리로 먼저 입을 열었다. 그러나 소옥은 여전히 난마처럼 치닫는 기혈을 다스리지 못해 감히 입을 열 수가 없었다. 한참이 지나도 그녀가 대답을 하지 않자 정현 사태의 얼굴에 노기가 점점 짙어져 갔다.

"너 조그만 계집애가 감히 나를 무시한단 말이냐?"

그러나 소옥은 여전히 입을 열어 대답할 수 없었다.

이제는 기문(氣門)마저 답답해져 왔다. 한번 사납게 뒤엉켜 버린 기혈을 풀지 못한다면 자칫 폐혈(廢穴)의 중상을 입고 말 것이었다. 소옥은 필사적으로 유룡심법의 구결에 따라 운기하기 위해 애쓰고 있었다. 두 번째로 나타나는 중상이었다.

첫 번째는 지나친 살기 때문에 평정심을 잃어 스스로의 기혈을 다스리지 못했기 때문이라고 생각했다. 그렇다면 이번에는 과도한 진력의 소모가 원인일 것이다. 그렇게 스스로 진단을 해보지만 역시 마음에 의혹이 남았다. 살기를 내뿜을 수 없는 검초라면 그것이 아무리 뛰어난 것이라고 해도 생사를 다투는 싸움에서 과연 믿을 수 있을 것인가 하는 것과 내력의 부족이 검초를 펼치지 못하게 한다면 사부가 그것에 대한 주의의 말 한마디도 없이 굳이 전수해 주었을 리가 없다는 생각이 들었던 것이다.

들끓는 기혈을 가까스로 억누르며 어디가 잘못되었던 것일까 생각하는데 문득 맹렬하게 검을 떨쳐 뿌리치고 물러서며 요악하다고 외치던 노사태의 말이 떠올랐다. 소옥의 머리 속에 문득 번갯불처럼 스쳐 지나가는 한 가지 깨우침이 있었다. 그런 소옥의 고충을 알지 못하는 노사태의 얼굴빛이 이제는 터질 듯한 노기로 새파랗게 질려갔다.

"괘씸한 것!"

외친 그녀가 참지 못하고 검을 찔렀다. 가까스로 정신을 차리고 몸을 일으키던 첩영이 그 모습을 보고 놀라 소리쳤다.

"사부, 안 돼요!"

첩영의 뾰족한 부르짖음이 소옥으로 하여금 주위에 정신을 돌릴 수 있게 해주었다. 아, 하고 당황한 외침을 터뜨리려 하자 가슴에 뭉쳐 있던 울혈이 왈칵 솟구쳐 올라와 사태를 향해 뻗어 나갔다.

"엇?"

비로소 상황을 짐작한 사태가 급히 검에 실었던 기운을 흩치며 검봉을 틀었으나 늦은 감이 있었다. 사악, 하는 소리와 함께 소옥의 옷이 길게 베어지며 벌어지자 그녀의 옆구리를 타고 희게 그어진 선이 드러났다. 그것이 곧 쩍 벌어지더니 붉은 속살이 언뜻 보였다. 그리고 이내 더욱 붉고 선연한 선혈이 뿜어져 나왔다.

"아!"

몇 걸음 달려오던 첩영이 놀라 그 자리에 굳은 듯 서버렸고, 사태 또한 자신이 한 일을 깨닫고 당황하여 검을 떨어뜨린 채 멍하니 서 있었다. 입을 벌리고 다시 몇 덩어리의 검붉은 선혈을 토해낸 소옥이 검에 의지하여 가까스로 서 있던 신형을 무너뜨리고 기어이 무릎을 꿇었다.

*　　　*　　　*

"너의 그 검은 석년의 네 사부가 펼쳤던 것과 같은 듯하면서도 다르다. 대체 어찌 된 일이냐?"

소옥의 상처에 금창약(金瘡藥)을 발라주며 정현 사태가 누그러진 음성으로 물었다. 옆구리의 상처는 피부를 가르고 살을 베었지만 외상에 불과했다. 시간이 지나면 아물 것이다. 비록 또 하나의 흉한 상처 자국이 몸에 남게 되겠지만, 그런 것에 마음을 쓰지 않겠다고 이미 각오한 바 있는 소옥이었다. 풍향곡에서의 소옥은 거울 속에 가두어두고, 전혀 다른 내가 되어 세상에 다시 나온 것이라고 여기고 있었던 것이다.

그러나 과연 거울 속에 처박아둔 것이 진정한 자신인지, 아니면 지금 이렇게 부상을 입고 누워 있는 험한 몰골의 자기가 진정한 소옥인지 그것은 단정하여 말할 수 없었다.

소옥의 상처는 내상이 더 심각했다. 피를 토하면서 막혔던 울혈이 어느 정도 풀렸다고는 해도 아직도 기문을 꽉 막은 채 응결되어 가고 있는 기혈을 풀지 못해 온몸에 기력이 남아 있지 않았다. 소옥이 힘없는 음성으로 사태의 말에 대답했다.

"모르겠습니다. 사태의 검을 뿌리치기 위해 본능적으로 몸에 익은 검초를 펼쳐 냈을 뿐, 그것을 생각할 겨를이 없었습니다."

"내가 본 바로는 유룡검은 살검이 결코 아니었다."

그것은 사부로부터 누누이 들어왔던 말이었다. 노사태 또한 사부와의 겨룸을 통해 그것을 깨닫고 있었던 것이다.

"그러나 너의 검초는 유(柔)한 듯하다가도 어느 한순간 지독한 살기를 내뻗었고, 한 가닥 생로(生路)를 남겨두었다가도 사문(死門)으로 그것을 가려 버렸다. 네 사부의 검초에서는 결코 보지 못했던 흉악함이었다. 그래서 내가 요악(妖惡)하다고 소리쳤던 것이다."

말을 멈춘 정현 사태가 소옥의 배에 흰 천을 감아주며 그녀의 안색을 살폈다. 소옥이 무엇인가 숨기고 있는 것이 없는지 살피려는 듯했다. 그러나 소옥의 눈빛은 몽롱하여 여전히 알 수 없었다. 곁에서 가만히 지켜보고 있기만 하던 첩영이 주저하며 나섰다.

"용화진경의 영향 때문이 아니었을까요?"

"진경?"

정현 사태가 첩영을 돌아보며 의아한 얼굴을 했고, 소옥 또한 뜻밖이라는 듯 눈을 동그랗게 뜬 채 그녀를 보았다.

"제가 살펴본 바로 진경에 들어 있는 강론(講論)은 정(正)인 듯했지만 사(邪)를 말함이 있었고, 광명(光明)을 고양(高揚)하면서 마기(魔氣)를 이용함이 있는 듯했습니다. 어쩌면 그것은……."

잠시 생각하던 첩영이 단정하듯 말했다.

"이미 정과 사의 경계를 뛰어넘은 오묘한 선각(先覺)의 기록일 수도 있겠고, 쓴맛을 달콤한 껍질로 감춘 당의정(糖衣錠)처럼, 사마(邪魔)를 현기(玄機)로 가려 위장한 혹서(惑書)일 수도 있습니다."

"혹서(惑書)라니? 곤륜은 실체가 없이 신비로운 문파이지만 그 걸어온 길이 언제나 정도에서 벗어남이 없었다. 그랬기에 구대문파(九大門派) 중 한자리를 당당히 차지하고 수백 년 동안 강호인의 흠모를 받았던 것이다. 그런 곤륜에 사마를 부추겨 대정지기(大正之氣)를 미혹하게 하는 책이 있다니 당치 않다."

정현 사태가 근엄한 얼굴로 꾸짖듯 말하자 첩영은 낯을 붉힐 뿐 감히 머리를 들지 못했다. 사태가 다시 소옥에게 시선을 고정시켰다.

"어디 네가 말해 보아라. 그 책이 정말 그러하냐?"

"그것은……."

소옥은 차마 뭐라고 대꾸할 말을 찾지 못했다. 첩영의 해설을 듣고 보니 그 말이 맞다는 생각이 들었던 것이다. 자신도 용화진경을 보며 그러한 의문을 느끼고 있었다. 다만 그것이 사조나 태사조의 손으로 직접 기록된 보전이라는 것 때문에 애써 의심하려 하지 않았을 뿐이었다.

망설이는 소옥을 바라보던 사태가 휴, 하고 길게 한숨을 쉬었다.

"다 부질없다. 이십 년 전에는 네 사부의 검을 당하지 못했고, 오늘 다시 너의 검을 어쩌지 못했으니 나의 그동안 노력이 모두 헛것이었다. 나는 검법에 있어서 천하제일의 초식이란 인정하지 않았다. 수련의 정도에 따라서, 그리고 깨우침과 실행의 정도에 따라서 하류의 검초도 오히려 상승의 검학보다 나을 수 있다고 믿은 것이다. 그러나 오늘 너의 유룡검을 다시 보고 나니 그런 생각 또한 부질없었다는 것을 알겠다."

"소녀 또한 노사부의 말씀을 따르고 있습니다. 검을 들고 싸우는 데 있어서 승패란 그 사람의 수련과 깨우침에 좌우되는 것이지 어찌 틀에 박힌 초식의 정교함으로 고하를 나눌 수 있겠습니까?"

소옥이 위로하려는 듯 그렇게 말하자 정현 사태의 노안이 더욱 처연해졌다.

"수련이라면 노니가 너보다 서너 배는 더 많이 했을 것이고, 깨우침에 있어서도 너보다 나으면 나았지 못하지 않을 것이다. 대성지경(大成之境)에 든 거야 노니(老尼)의 아미검이나 너의 유룡검이나 마찬가지라고 치자. 그런데 어째서 노니는 너의 검법을 파훼(破毀)하지 못했을까?"

"그것은⋯⋯."

소옥은 언뜻 대답하지 못했다. 노사태의 말속에도 또한 부정할 수 없는 어떤 이치가 담겨 있었던 것이다.

"그것은 바로 원래 그렇도록 되어 있는 검초의 미세한 차이 때문일 것이다. 물이 바다에 섞여서는 어느 것이 개울물인지 강물인지 분간할 수 없지. 그러나 습기가 하늘에 올라 해룡(海龍)의 조화로 구름이 되어 비를 뿌리면 비로소 개울과 강물로 다시 나뉘게 되는 것처럼 검법도 그러한가 보다. 처음에는 초식의 수련에 열중하지만,

그 단계를 넘어서면 자질과 깨우침을 더 중요하게 여긴다. 그때쯤은 몸에 익힌 검초를 스스로 자유롭게 응용하고 변화를 흐르는 물처럼 자연스럽게 만들어낸다. 그러면 검의 궁극에 이르렀다고 여겨 자칫 몸에 지닌 사문의 검학을 잊고 교만해지기도 한다. 그러나 그 또한 우물 안 개구리의 꼴을 면치 못한 것이니…… 스스로의 한계에 부딪치고 나서야 비로소 처음 사부로부터 배워 익힌 검초가 자신의 근원임을 자각하고 다시 그것으로 돌아가 더욱 갈고닦는 일에 힘쓰게 된다. 바다에 섞여 있던 물이 다시 개울과 강으로 돌아가는 것이지. 그것이 바로 수많은 가지가 하늘로 뻗어 있지만 그것이 시작된 줄기는 하나라는 이치일 것이다. 결국 가지가 줄기를 떠날 수 없듯, 검도란 처음 배운 틀에서 벗어날 수 없는 것인가 보다. 여기에 초심자가 상승의 무학을 선망하고 훌륭한 스승을 갈구하는 이치가 있을 것이다."

말을 하는 동안 사태의 얼굴은 점점 근엄해지더니 끝에 가서는 처연한 모습이 되어 거푸 한숨을 내쉬었다. 소옥은 정현 사태의 검론(劍論)을 마음으로 새겨들으며 깨우친 바가 적지 않았다. 그것은 첩영 또한 마찬가지였던 듯, 그녀도 낯빛을 진중하게 하여 잡생각을 떨치고 사부의 말에 귀를 기울이고 있었다.

"나는 그동안 바다에서 유유히 노닐었으나 오늘 비로소 그것의 허망함을 보았다. 이제는 본산으로 돌아가 처음 배우는 아이처럼 다시 아미검의 기초와 초식에 매달려 그것의 이치를 달리 깨우치는 일에 매진할 생각이다. 처음에 초식을 배웠고 나중에 그것을 잊었지만, 이제 다시 그것으로 돌아가야 하니 스스로 생각해도 한심하다. 사람이

젊어서는 부모를 업신여기고 그 품을 떠나기를 즐겨하지만, 나이 들어서 비로소 부모의 고마움과 소중함을 알고 다시 찾는 것처럼 그와 같은 허망함을 지금에서야 깨달았구나. 그러나 늦었다고 여기지는 않겠다. 오히려 지금이라도 그것을 깨닫게 해준 너에게 감사해야겠지."

"사부……."

첩영이 처연한 얼굴이 되어 한층 늙어 보이는 노사태의 소매를 붙들었다. 그녀의 머리를 쓸어주던 사태가 간곡한 말로 일렀다.

"너는 결코 자만하지 말고 언제나 근본을 잊지 않아서 이 사부의 어리석은 전철을 되풀이하지 말아라. 너는 심성이 착하고 심지가 굳으며 영리하니 교만에 빠지지만 않는다면 훗날 반드시 크게 이루어 아미검의 뛰어남으로 곤륜검을 이길 날이 있을 것이다."

다시 속세를 등지고 산으로 돌아가면서도 마음의 한을 잊지 않고 자신의 제자에게 물려주는 사태의 집요함에 소옥은 질리고 말았다. 그녀는 초식을 잊었으나 이제 다시 그것을 새롭게 깨우치려 하고 있었다. 그리고 또 한 번 그 깨우침마저 잊는 경지에 든다면 그때 정현 사태는 아미검종(峨眉劍宗)이라는 칭호를 듣기에 부족하지 않을 것이었다.

나는 언제 그런 경지를 엿보고 새로운 깨우침의 세계에 발을 들여보나 하는 부러움이 소옥의 마음을 설레게 했다. 그녀는 자신이 이제 막 초식을 잊고 변화를 자유롭게 하는 지경에 들었다는 것을 알고 있었다. 그것을 느꼈을 때 소옥은 새로운 세계를 바라본 자와 같은 심경으로 뛸 듯이 기뻐하며 자기 자신의 천부적인 자질에 스스로 감탄했었다. 그러나 이제 정현 사태의 강론을 듣고 나니 자신은 아직도 우물 안 개구리의 신세에서 벗어나지 못했다는 것을 느끼고 의기소침해졌다.

그런 소옥의 마음을 안다는 듯 정현 사태가 이번에는 깡마른 손을 뻗어 소옥의 어수선한 머리카락을 쓸어주었다.

"내 검이 너의 탐스런 머리카락을 이렇게 흉하게 만들었고, 네 몸에 지울 수 없는 상처 자국을 남겼구나. 그러나 너 또한 첩영과 똑같이 나의 가르침을 받았으니 그것쯤은 마음에 담아두지 않을 수 있을 게다."

"저는 이미 잊었습니다."

소옥이 진심으로 말하고 있다는 것을 안 사태가 빙긋 웃었다.

"착하다. 너의 심성도 네 사부를 닮아 원래 고우니 반드시 온 곳으로 다시 돌아갈 수 있을 것이다. 지금은 마음의 상처가 크고 원한이 깊어 스스로를 모질게 하고 있으나 항상 근본을 잊지 않는다면 머지않아 바른길로 들어서리라."

"감사합니다. 노사부의 가르침을 잊지 않겠습니다."

"한 가지 더 명심할 것은, 너의 검을 조심하라는 것이다. 내가 보니 너의 유룡검법은 네 사부의 그것과 크게 다르다. 사악하고 험한 기세가 있으니 조심하지 않으면 그것 때문에 너를 해치는 일이 있을지도 모른다. 꼭 필요할 때가 아니라면 그것을 감추고 드러내지 않는 게 제일 좋다."

사태의 말은 사부가 신신당부하던 말과 일맥상통하는 바가 있었다. 소옥은 머리를 조아려 감사했다.

"명심하겠습니다."

빙긋 웃던 사태가 갑자기 소옥의 가슴을 두 손으로 눌렀다. 아, 하고 놀라는데 기문을 통해 사태의 무지막지한 내력이 봇물이 터지듯 흘러 들어왔다. 크게 놀란 소옥이 뿌리치려 하자 사태가 엄중한 낯빛으로 꾸짖었다.

"지금 기문을 뚫지 않는다면 크게 후회할 것이다!"

노사태가 자신의 핍박으로 인해 입은 내상을 치료해 주려는 것임을 안 소옥은 더 거부하지 않았다. 기해(氣海)를 활짝 열고 노사태의 무궁한 내력을 끌어들이며 유룡심법의 운기 비결에 따라 전신으로 인도해 갔다. 그러자 난마처럼 얽혀 고여 있던 기운이 깜짝 놀라 다시 날뛰며 맹렬하게 저항하기 시작했다. 그 고통이 참을 수 없을 만큼 컸지만 여기서 그만둔다면 영영 회복할 수 없을 것이었다. 소옥은 입술을 깨물고 필사적으로 사태의 내력을 이끌어 하나씩 폐혈(閉穴)된 혈맥(穴脈)을 뚫어갔다.

그러던 어느 순간, 가슴 앞 옥당(玉堂)과 자궁(紫宮), 화개(華蓋)혈에서 일제히 폭죽이 터지는 듯한 폭발이 느껴졌다. 그 뜨거운 고통이 마치 비수에 깊이 찔린 듯하여 소옥은 저도 모르게 악! 하고 비명을 터뜨리고 말았다. 그와 동시에 가슴에서 손을 뗀 노사태가 우렁찬 기합성을 터뜨리며 두 손바닥을 포개 소옥의 정수리를 힘껏 내리눌렀다.

불수레처럼 거대한 힘이 되어 백회혈(百會穴)로 치달아 오르던 기운이 노사태의 힘에 눌려 더 이상 난동을 부리지 못하고 잠잠해졌다. 흉악하게 날뛰던 그것이 서서히 흩어져 눈이 녹듯 사지백해(四肢百骸) 속으로 스며들어 흔적이 없어지자 곧 고통이 사라지고 편안한 상태가 찾아왔다. 소옥은 온몸을 물먹은 솜처럼 가라앉히는 그 기분 좋은 나른

함에 취해 한 가닥 남아 있던 의식의 끈을 놓고 고요 속으로 깊이 침잠해 들어갔다.

＊　　　＊　　　＊

'내 검은 확실히 사부님으로부터 전해 받았던 요체에서 크게 벗어나 있었다.'

조용한 시간을 내어 가만히 더듬어 생각해 보자 과연 사태의 지적이 옳았다는 것을 깊이 느꼈다.

'역시 용화진경 때문이었다.'

그 원인은 달리 생각할 필요도 없었다. 진경 속의 비결들을 외우고 또 외우는 사이에 자신도 모르게 그것이 유룡검의 검의(劍意) 속으로 녹아들었던 것이다. 그리하여 노사태의 무서운 아미(峨眉) 검격(劍擊)에 위협을 받자 스스로 반응하듯이 펼쳐졌던 것이었다. 뜻이 일기 전에 마음이 먼저 보았고, 눈이 가 닿기 전에 검이 스스로 반응했으니 소옥의 검경(劍境)은 그녀 자신도 모르는 사이에 의검(意劍)의 기묘한 경지에 선뜻 올라서 있었다. 모든 것이 진경 상의 구결들에서 얻은 오묘한 조화였다.

'아! 첩영은 얼마나 영리한가!'

자신의 변화를 깨닫고 소옥은 문득 속으로 그렇게 외쳤다. 자신은 원래 곤륜의 검리(劍理)를 배워 터득하고 있었고, 사부로부터 유룡검법을 전수받아 그 오의(奧義)를 깨달아 지니고 있었다. 그러므로 용화진경에 있는 그 난삽하고 난해한 구절들을 별 어려움 없이 받아들이고 그 안의 원리에 대하여 스스로 알아졌던 것이다. 확실히 용화진경은 유룡검법의 부족한 부분을 채워 완전하게 해주기 위해 존재하는 진서(眞書)라는 생각이 들었다.

그런데 첩영은 곤륜의 검학에 대하여 일초 반식도 배운 바가 없었음에도 하룻밤 진경을 탐독하고는 그 안의 오묘한 원리에 눈을 떴다. 그것이 정반(正反)의 이치를 담고 있는 기서라는 것을 설파한 것이 그 중거였다. 세세한 부분의 해법과 응용에 대해서는 역시 이해하지 못할 것이므로 그녀가 본 것은 그저 대강의 틀에 불과할 것이었다. 그것을 가지고 추리하여 진경이 말하고 있는 궁극의 이치를 눈치 챘다는 것은 놀라운 일이 아닐 수 없었다.

'무서운 아이다.'

문득 그녀가 두려워졌다. 하나를 가르침 받으면 곧이곧대로 하나를 알 뿐인 자기에 비해 첩영은 하나를 가지고 열을 미루어 아는 능력을 지니고 있는 게 분명했다. 그건 무서운 일이었다. 친구라면 끊임없이 그녀에게서 배워야 할 것이고, 적이라면 한시도 긴장을 늦추지 않고 경계해야 할 사람인 것이다.

그런 생각들로 심난해져 있는데 첩영이 찻잔을 받쳐 들고 들어왔다.

"언니, 이제 좋아졌군요?"

그녀의 안색을 먼저 살핀 첩영이 다정하게 웃으며 곁에 앉았다. 정현 사태의 도움으로 내상을 치료하고 꼬박 이틀 동안 운기조식(運氣調息)을 한 뒤였다.

"사태께서는?"

"벌써 떠나셨어요."

첩영의 얼굴에 언뜻 쓸쓸한 기색이 떠올랐다. 소옥이 그녀의 부드러운 손을 가만히 쥐어주었다. 생각해 보면 노사태가 다시 산으로 돌아간 것은 자기 때문이기도 했다. 어쩌면 그녀는 이제 영영 산에서 나오지 않을지도 몰랐다.

"나 때문에 일이 이렇게 된 것 같아 미안해."

"그게 사부님의 길이라고 생각해야지요. 사람마다 제 앞에 놓여져 있는 길이 있답니다. 누구는 그것을 빨리 알고 또 누구는 그것을 보지 못해 오랜 세월 동안 방황하기도 하지요. 사부님께서는 이제야 당신의 길을 본 것이랍니다. 그러니 언니에게 오히려 고마워하며 산으로 돌아가실 수 있었던 거예요."

첩영의 담담한 말을 들으며 소옥은 그녀가 오히려 언니인 것 같은 생각이 들었다. 아직 약관을 넘기지 못한 소녀의 어디에 이와 같은 의젓함이 깃들어 있는 건지 의아해져 바라보자 첩영이 낯을 붉히고 곱게 눈을 흘겼다.

"그럼 내 길은 어디에 있을까?"

"그걸 제가 어떻게 알겠어요? 언니가 옳다고 여긴 것이라면 그것이 가야 할 길이겠죠."

"그렇겠지……."

문득 소옥의 얼굴이 흐려졌다. '옳은 길.' 하고 속으로 가만히 중얼거려 보았다. 그러자 제일 먼저 복수라는 말이 떠올랐다. 아직도 품에는 아버지의 손가락을 소중히 간직하고 있었다. 이제는 피와 물기가 다 빠져서 박제된 것처럼 딱딱하게 말라 있었지만 유일하게 남아 있는 아버지의 진신(眞身)이기도 했다.

멍하니 허공을 보던 소옥이 첩영의 손을 놓고 일어섰다. 그녀의 어깨 너머로 다시 단단하게 일어서는 한기(寒氣)를 느낀 첩영이 가늘게 몸을 떨었다.

"가시나요?"

"너무 지체했다."

"부디 보중하세요."

서운한 기색을 감추지 못하고 바라보는 첩영을 대하자 가슴 깊은 곳에서 따뜻한 기운이 일어 마음이 노곤해졌다. 소옥은 팔을 뻗어 첩영의 작은 어깨를 품에 꼭 안았다. 오랫동안 잊고 있었던 듯한 감정이 부드럽게 가슴을 채워왔다. 미묘한 설레임이었다.

어깨 위에 얼굴을 묻고 따뜻한 체온을 전해오던 첩영이 살짝 소옥의 가슴을 밀었다.

"항상 암계를 조심하세요. 보이는 칼보다 보이지 않는 바늘이 더 지독한 법이지요. 원하는 것을 위해서라면 비열한 짓도 아랑곳하지 않는 자들이 많답니다."

"너는 마치 세상을 오래 산 할멈처럼 말하는구나."

첩영이 가볍게 웃었다. 눈에 어려 있는 서운함과 쓸쓸함을 지우지 못하고 그녀가 다시 주의를 주었다.

"언니의 몸에 보물이 있으니 하는 걱정이지요."

"진경 말이냐?"

문득 그녀가 그것이 장차 있을 강호의 혈풍에 관계되어 있다고 했던 말이 떠올랐다. 그렇다면 단순히 정현 사태로 하여금 곤륜의 검을 누르게 하기 위해 필요했던 것만은 아닐 것이다.

"어째서 이것이 강호의 혈풍과 관계가 있다고 했지? 이 안에 내가 알지 못하고 있던 비밀이라도 들어 있는 거야?"

"장차의 일이니 전들 어찌 다 알겠어요? 하지만 그것은 여태까지 전해져 오던 검서들과는 크게 다른 오묘한 검리(劍理)를 논하고 있으니 누구든 그것을 얻어 깊이 연구한다면 그것의 도리를 자신의 공부에 응용할 수 있을 거예요. 그렇게 된다면 그자는 눈에 띄게 성취를 이룰 수 있을 것이니 보물이지요. 강호인들이 눈에 불을 켜고 찾는 것이 바로 그와 같은 비급(秘笈) 기서(奇書)랍니다. 그러니 언니는 늘 조심하도록 하세요. 자칫 그것이 옳지 못한 데 쓰인다면 그거야말로 강호의 혈겁을 일으키는 마물(魔物)이 될 수 있으니까요."

소옥은 그 말을 듣고 생각해 보았다. 곤륜의 무학을 배우지 않은 자라고 할지라도 오성이 뛰어나고 자질이 있는 자라면 충분히 그럴 수 있었다. 무학의 도리라는 것은 두루뭉실해서 어느 문파의 것이든 서로 통하는 바가 있었다. 편협하고 배타적인 무공은 있을 수 있어도 그런 무학은 없는 것이다.

용화진경이 담고 있는 것이 곤륜의 비전절기가 아니라 곤륜 무학의 도리를 강론한 것이므로 첩영의 말은 옳았다. 그렇다면 첩영 또한 이미 그 안에서 얻은 바를 자신의 아미 절학에 접목시킬 수 있을 것이었다. 머지않아 그녀의 손에서 아미의 절학들이 새롭게 다듬어져 한층 높아질 것이라고 생각하자 더욱 눈앞의 작은 소녀가 예사롭게 보이지 않았다.

잠시 말을 멈추고 생각하던 첩영이 탄식하고 중얼거렸다.

"그것이 세상에 모습을 드러냈다는 것이 혈겁의 시작을 알리는 징조인지도 모르겠군요."

"무슨 뜻인지 좀 더 자세히 말해 줘."

"아직 드러난 것이 없는데 제가 어떻게 알 수 있겠어요? 다만 머지 않아 언니에게 닥치게 될 위험이 보이는 듯하여 불안할 뿐이에요."

　고개를 저은 첩영이 더는 할 말이 없다는 듯 굳게 입을 다물었다. 잠시 그녀를 바라보던 소옥은 한번 고개를 끄덕여 주고 돌아섰다. 첩영이 그녀를 배웅해 주려는 듯 따라나섰다.

제5장

난마(亂麻)

난마(亂麻)

방을 나서자 한낮의 밝은 햇살이 눈을 찔렀다. 벌써 매미가 울 때가 되었는지 귀에 따갑도록 무리 지어 울어대는 그것들의 왁자한 소리가 어지럼증으로 다가왔다. 벌써 보름 가까이나 문을 굳게 닫아건 채 방 안에만 틀어박혀 있은 탓이었다.

정원에는 한여름의 하얗게 부서지는 햇빛이 가득 차 있었다. 그 백색의 공간 속에서 푸르게 잎을 벌리고 있는 나무들의 그늘이 섬처럼 둥둥 떠 보였다. 낯선 땅, 낯선 공간 속에 불쑥 들어와 있는 듯한 착각이 들었다. 어색한 그 느낌이 소옥을 당황하게 했다. 한 그루 잎이 넓은 후박나무 그늘 아래 서성이고 있는 한 사람의 모습도 그래서 현실이 아닌 것처럼 아득해 보였으리라.

꿈을 꾸고 있는 사람처럼, 이승을 떠나 갑자기 상제(上帝)의 화원에 든 영혼이거나, 아니면 저승에서 떨어져 홀연히 이승의 꽃밭에 든 혼령인 것처럼, 소옥은 비현실적인 그 소란스런 소리들과 햇빛과 풍경 앞에서 자신을 잊은 채 멍하니 서 있었다.

꽃을 찾아 날아다니던 꿀벌 한 마리가 잉잉거리며 그녀의 눈앞을 떠다녔다. 그것의 분주한 날갯짓 소리에 문득 정신이 돌아왔다. 눈을 비비고 바라보니 사내가 후박나무 그늘을 벗어나 하얀 햇빛 속으로 걸어 나오며 밝게 웃고 있었다.

소옥은 그의 얼굴을 기억해 냈다. 그러자 그의 이름이 비로소 제자리를 찾아가는 사물들과 함께 머리 속에 새겨졌다. 남면옥호(南面玉豪)로 불린다던 그 상필지(商弼知)였다.

"오라버니, 정성도 지극하구려?"

그를 본 첩영이 웃으며 앞으로 나섰다. 상필지가 어? 하고는 멋쩍게 뒤통수를 긁었다.

"이 뜨거운 날 그래, 내내 거기 서서 기다리고 있었단 말이에요?"

"뜨겁기는…… 그늘은 시원해."

역시 어색한 변명이었다. 스스로도 그걸 느꼈는지 그가 소옥을 보고 다시 한 번 멋쩍게 웃어 보였다.

"낭자, 상처가 깊어 걱정했는데 다 나았다니 다행이구려. 축하하오."

무표정한 소옥의 얼굴이 상필지에게 똑바로 향해졌다. 그가 무안한 듯 얼굴을 붉혔다. 소옥은 그의 화산검술이 이미 상승의 경지에 들어 있다는 것을 잘 알고 있었다. 상가장에 월장해 들어갔을 때 그와 세 번을 기약하고 전력을 다해 겨루어본 적이 있었던 것이다. 그때를 떠올려 보았다. 그는 아비인 호안노경(虎眼老勍) 상경문(商京門)과는 달리 제법 떳떳하고 담대한 기상이 있었다. 화산이라는 명문대파(名門大派)

에서 명사를 스승으로 모시고 가르침을 받은 자로서 손색이 없었던 것이다.

"나는 네가 일러준 대로……."

"쳇, 언제부터 그렇게 내 말을 잘 듣는 착한 오라비였다고……."

첩영이 샐쭉하게 눈을 흘기며 핀잔을 주었다. 그러나 실은 그가 더 말할 것을 두려워하여 입을 막은 것이다. 소옥 앞에서 거듭하여 누이에게 무안을 당하자 이제는 화가 나는 모양이었다. 상필지가 눈을 부라리며 손을 들어 첩영을 가리키고 소리쳤다.

"너, 조그만 계집애가 점점 더 버릇이 없어지는구나!"

"핏!"

장난스럽게 혀를 내밀어 보인 첩영이 소옥을 돌아보고 웃었다.

"언니, 그는 언니와 함께 가고 싶어해요. 보세요. 저렇게 머리 위에 해를 이고 있으면서도 뜨거운 줄도 모르고 언니만 바라보고 있잖아요."

그러나 첩영의 장난스러운 말에도 소옥의 얼굴은 더욱 싸늘해져 갔다. 이마에서 땀을 흘리고 있는 상필지만 더 무안해질 뿐이었다.

"나는 혼자 간다."

"그건 잘못 생각한 거예요."

첩영이 장난기를 버리고 정색을 했다.

"세상의 사내들은 우리들 여자를 우습게 여기기 일쑤지요. 언니 혼자서 여행을 한다면 그들 때문에 자주 불쾌한 일을 겪게 될 것이에요. 여자 혼자서 강호를 활보한다는 것이 얼마나 힘든 일인지는 언니가 더 잘 알겠지요."

간곡히 말하는 첩영을 물끄러미 바라보면서 소옥은 자기 혼자 형산을 떠나 집으로 향하던 여정을 돌이켜 생각해 보았다. 어디를 가든 사내들의 짓궂고 음흉한 시선 때문에 속상하던 일이 많았다.

"더구나 언니는 몸에 보물을 지니고 있으니 더욱 귀찮아질 수 있죠. 하지만 오라버니가 동행한다면 형산에 가는 동안 그런 일들은 많이 줄어들 것이에요. 언니를 걱정해서 제가 오라버니에게 특별히 부탁했답니다. 그러니 제 얼굴을 보아서라도 뿌리치지 말아주세요."

상필지는 강서 무림에서는 후기지수(後期之秀) 중에서도 독보적인 청년 고수로 불리며 이미 명성이 널리 알려진 자였다. 게다가 그는 화산파라는 막강한 배경을 가지고 있으므로 웬만한 자들은 모두 그에게 두어 걸음 양보할 것이었다. 그리고 그는 명성에 걸맞게 지닌 바 검술 조예 또한 만만치 않으니 도움이 될 것이 분명했다.

소옥은 그가 단지 형산까지만 자신과 동행하는 것이라면 굳이 마다할 필요가 없다고 생각했다. 자신을 위해 그처럼 세심하게 신경을 써주는 첩영에 대하여 고마운 마음이 들기도 했다.

"형산까지만 동행할 것과 내 일에 함부로 끼어들지 않는다는 약속을 해준다면 허락하겠어."

"잘 생각하셨어요."

첩영이 얼굴을 활짝 펴고 웃으며 상필지를 향해 손을 흔들었다.

"뭐 하고 있어요? 그토록 원하던 일이 성사되었으니 어서 언니에게 약속하고 저에게도 감사하다고 인사를 해야지요."

"너, 너, 요 조그만 것이 자꾸……."

상필지가 첩영에게 주먹을 흔들어 보이면서도 얼굴 가득 번지는 웃음을 감추지 못했다. 그런 오라버니에게 다시 한 번 혀를 낼름 내밀어 보인 첩영이 돌아서서 소옥의 손을 꼭 쥐었다. 그녀의 얼굴 가득 쓸쓸하고 서운해하는 기색이 어렸다.

*   *   *

"대체 어디로 꺼졌단 말이냐?"

양소문(楊召雯)의 얼굴에 짜증이 서렸다. 그 앞에 머리를 조아리고
있는 두 사내의 어깨가 움찔 떨렸다. 뚫린 지붕 사이로 서늘한 여름 밤
하늘의 별들이 내다보이는 폐사찰(廢寺刹) 안이었다. 십여 명의 사람들
이 늘어서 있었는데 제각각인 복장으로 보아 한 방파의 인물들은 아닌
것 같았다.

양소문은 누대에 걸쳐 창법으로 이름 높은 산동(山東) 양가(楊家)의
젊은 가주(家主)였는데, 마치 전장에 나온 장수처럼 언제나 번쩍이는
황동의 호신갑(護身鉀) 위에 붉은 전포(戰袍)를 두르고 있는 것이 강호
인 모두가 익히 아는 그의 특징이었다.

우람한 체구에 위엄이 깃든 얼굴을 하고 있는 그는 이제 마흔을 갓
넘긴 장년이었다. 아직 젊다면 젊은 나이였으나 가전의 비법을 고스란
히 이은 그의 창법은 이미 무림의 일절(一絶)로 꼽히고 있었다. 산동(山
東)의 신창(神槍) 양소문(楊召雯) 하면 강호인 모두가 서슴없이 엄지손
가락을 꼽아주는 절정의 고수였던 것이다. 사람들은 그를 무림의 십대
고수에 넣어야 한다고 말하기도 했다.

십대고수라고 하지만 현재 강호에 남아 있는 사람들은 모두 여덟 명
에 불과했다. 일승(一僧) 일도(一道) 이검(二劍) 사기(四奇)가 그들이었
다. 나머지 두 명, 곤륜용봉(崑崙龍鳳)으로 불리며 십대고수 중 가장 뛰
어날지도 모른다고 했던 그들 두 사람의 곤륜문하는 종적을 감추어 버

린 지 벌써 이십여 년이나 되었다. 그래서 사람들은 그들의 자리에 양소문을 넣어야 한다고 주장하기도 했던 것이다.

그 양소문이 오늘은 산동을 떠나 멀리 강서 땅에 와 있었다. 짜증과 노기 때문에 그의 검붉은 얼굴이 더욱 붉어졌다.

"조양강(鳥楊江)에서 사라진 지 벌써 열흘이 다 되어간다. 그동안 어디에서도 발견할 수 없었으니 숱하게 풀어놓은 그놈들은 모두 어디서 술에 절어 자빠졌기라도 했단 말이냐!"

"그녀는 두 대의 강전(鋼箭)을 맞았다고 했습니다. 어쩌면 은밀한 곳에 숨어 상처를 치료하고 있을지도 모릅니다."

머리를 숙이고 공손히 서서 양소문의 짜증을 고스란히 받고 있던 두 명의 사내 중 우측에 있던 자가 조심스럽게 말했다. 그러자 양소문의 눈썹이 꿈틀 솟구쳐 올라갔다.

"그렇다면 더욱 찾기 쉬웠어야지! 근방의 의원들만 족치면 될 일 아니냐!"

"벌써 인근 삼십 리 사방에 있는 마을의 의원들은 모두 찾아보았고, 혹시나 하여 의원뿐만 아니라 의술에 대해 조금이라도 아는 자가 있다면 가리지 않고 찾아가 물어보았습니다. 하지만 그 누구도 그와 같은 환자는 받은 적이 없다고 합니다."

"그럼 그 공손표(孔孫彪)라는 놈의 화살에 맞아 어느 골짜기에서 죽어 짐승의 밥이라도 되었다고 믿어야 하는 거냐!"

양소문이 더 참지 못하고 주먹으로 의자의 팔걸이를 내려치며 벌떡 일어섰다.

"청홍방(靑洪幫)과 초양문(硝陽門) 잡것들에게 선수를 빼앗긴 것만으로도 수치스런 일이다. 그런데 이제는 종적마저도 놓치고 말다니… 대체 사람들이 나 양소문을 두고 얼마나 웃어야 너희들은 흡족하겠느냐!"

우람한 체격의 그가 제단 위에 우뚝 서자 정수리가 들보에 닿을 듯했다. 그 앞에서 고개를 숙이고 서 있는 두 명의 사내들이 더욱 작아 보였다. 그들이 양소문의 노여움을 감당하지 못하고 어깨를 부르르 떨었다.

"양 대협(大俠), 수하들을 너무 나무라지 마오. 그 여아가 아직 살아만 있다면 조만간 찾아낼 수 있을 거외다."

구석에 서 있던 사람들 중 갈의(葛衣)에 갈건(葛巾)을 쓰고 거무튀튀한 죽장(竹杖)을 짚고 있던 노인이 음침한 음성으로 말했다. 중얼거리듯 낮게 던진 말이었으나 그것은 마치 커다란 전고(戰鼓)를 두드린 것처럼 무겁게 울려 퍼져 사람들의 가슴을 울렁거리게 했다. 보잘것없어 보이는 노인의 내력이 얼마나 깊고 두터운지는 그 한 소리만으로도 알기에 충분했다.

양소문이 소리가 들려온 곳을 바라보았다.

"음, 악 노인이 그렇게 말씀하시니 따르지 않을 수 없군."

"노부의 체면을 봐주시니 감사하외다."

노인이 죽장으로 바닥을 한번 구르고 나서 그렇게 말하고 물러섰다.

그는 강호에 오랫동안 출몰하면서 괴이한 행적으로 많은 일화를 만들어낸 바 있는 노기인(老奇人)이었다. 사람들은 계절에 상관없이 한결같은 그의 차림새와 죽장 때문에 그를 갈의죽장(葛衣竹杖) 악노귀(岳老鬼)라고 불렀다. 그것이 그의 이름보다도 오히려 더 널리 알려지더니 이제는 그의 성이 악(岳)가라는 것 외에 본래의 이름을 아는 사람조차 없어지고 말았다.

양소문이 다시 한 번 폐찰 안에 모여 있는 사람들을 하나씩 둘러보았다. 낯선 얼굴들이 대부분이었지만 그중에는 익히 그 이름과 얼굴을 알고 있던 자들도 더러 있었다. 갈의죽장 악노귀가 그중 한 사람이었는데, 그들은 모두 내로라하는 고수 아닌 자가 없었다.

'좋은 일보다는 나쁜 일이 더 많겠군.'

그들의 이름과 강호에서의 명성을 하나씩 떠올려 보던 양소문이 이맛살을 찌푸렸다. 잘 쓰면 큰 도움이 되겠지만, 그렇지 못할 염려가 더 컸던 것이다. 그들은 훼방꾼이나 아니면 어부지리를 노리는 교활한 자들이 대부분이었다.

"예나 지금이나 곤륜의 명성은 과연 대단하군. 소문을 듣자마자 천리 길을 마다하지 않고 이처럼 달려온 사람들이 구름 같으니 말이오."

그들 중에서는 멀리 하남(河南)과 귀주(貴州)는 물론 광동(廣東)에서 활동하던 자들도 있었다. 무려 삼천 리 길을 쉬지 않고 말을 달려 열흘 만에 온 자도 있었던 것이다. 모두가 곤륜의 진경이 나타났다는 말 한마디 때문이었다.

"그렇게 말하는 양 대협께서도 저 멀리 산동에서부터 왔으니 피차 마찬가지겠구려."

"무엇!'

양소문이 노기를 띠고 소리난 곳을 바라보았다. 구석의 어둠 속에서 삼십 대의 청수한 서생이 웃으며 나섰다. 양소문은 한눈에 그의 정체를 알아보았다. 깨끗하게 손질된 남삼(藍衫)을 입고 유생건을 쓴 것이 영락없이 시문(詩文)깨나 읊조릴 선비로 보였다. 그러나 여유로운 모습과는 달리 그의 두 눈만은 형형한 안광을 발해 어둠 속에서도 번쩍이고 있었다.

그의 자색 허리띠에 꽂혀 있는 두 자루의 판관필(判官筆)을 본 양소문이 흥! 하고 코웃음을 쳤다.

"누군가 했더니 화양선생(華陽先生) 주문룡(朱文龍)이었군."

그는 두 자루의 판관필과 면장(綿掌)으로 하남 무림에서 쟁쟁한 명성을 날리고 있는 고수였다. 그가 양소문에게 가볍게 읍을 하고 나서 하하 웃었다.

"이런 기회에 멀리 떨어져 있던 오랜 친구들을 만나볼 수 있고, 게다가 신룡과 같이 보기 힘든 양 대협 같은 분도 뵈올 수 있으니 어찌 먼 길을 마다할 수 있겠소이까? 저기 갈의죽장(葛衣竹杖) 악노사(岳老師)만 하더라도 어디 소생 같은 말학 후배야 평생 그 풍모(風貌)를 직접 볼 기회가 있겠습니까."

악노괴가 흥! 하고 코웃음을 치며 죽장으로 바닥을 한번 찍고는 눈을 감았다. 그것을 모르는 척하며 주문룡이 다시 한곳을 가리켰다.

"저기 계신 분은 중원 무림에 검법으로 단연 독보적인 청성(靑城)의 마현 도장(摩玄道長)이시고, 또 저분은 한 자루 채찍으로 용마를 부린다는 신기구편(神技九鞭) 갈평(葛坪), 갈 선배이시니…… 과연 강서 땅의 이 이름없는 산에 이처럼 보기 힘든 고수들이 모두 모여 있다는 건 대단한 일이오. 소생은 이런 좋은 구경을 할 수 있다는 것만으로도 보람을 느끼는 바외다."

"너는 어째서 나를 모르는 척하는 것이냐? 설마 무시한 건 아니겠지?"

주문룡의 말이 끝나자 다시 음침한 음성이 들려왔다. 그곳을 바라본 주문룡이 깜짝 놀라며 한 걸음 물러섰다.

"아니, 이런! 설마 당신까지……."

그의 당황한 모습을 본 사람들이 일제히 주문룡의 시선을 따라 대전 구석의 어둠 속을 바라보았다. 그곳에 마치 어둠인 듯 조용히 서 있던 사람이 기대고 있던 기둥을 밀고 천천히 유등의 불빛 아래로 걸어나왔다.

"억! 금적비마(金狄飛魔)!"

누군가가 그렇게 외치며 당황하여 소란을 떨었다. 그 말을 들은 사람들의 머리 속에 거친 사슴 가죽을 두르고 헝클어진 장발을 날리며 새파란 만도(彎刀)를 휘두르는 한 괴인의 모습이 일제히 떠올랐다. 그리고 그들의 눈에 바로 그 모습이 고스란히 드러났다.

한눈에 야인(野人)의 거친 기질을 느낄 수 있는 거구의 사내였다. 새집처럼 어지럽게 엉켜 늘어진 머리카락과 거칠게 자라 뒤덮인 수염 때문에 그 얼굴은 물론 나이마저 짐작하기 어려웠다.

막 석 달 열흘에 걸친 사냥을 끝내고 돌아온 자와 같은 용모의 사내가 허리에 차고 있는 만도를 두드렸다. 이글거리는 그의 눈이 장내의 사람들을 천천히 훑어갔다. 그의 시선에 닿은 사람들은 마치 징그러운 벌레가 이마에 닿기라도 한 듯 놀라며 진저리를 쳤다.

사내의 시선이 마지막으로 양소문에게 멎었다. 그가 흰 이를 드러내고 히죽 웃으며 양소문의 번쩍이는 황동 갑옷을 가리켰다.

"설마 그 꼴을 하고 네 조부처럼 다시 병사를 몰아 장성을 넘으려는 건 아니겠지?"

"음, 모용탈, 너도 와 있었다니 뜻밖이다."

양소문이 어두워진 얼굴로 침음성을 흘렸다. 그는 장성 밖, 대마천

령(大摩天嶺)이 끝나는 곳에 펼쳐진 대평원에서 온 낯선 이방의 사내였다. 사람들은 그를 만주에서 온 짐승이라고 부르며 꺼려하고 경멸했다. 그러나 그들의 마음에 가득한 혐오의 정체는 다름 아닌 두려움이었다. 자신을 서슴없이 요동의 악마라고 칭하는 모용탈(慕容奪)은 단신으로 장성을 넘어 강호에 발을 들인 이래 한 자루 황금 빛으로 번쩍이는 만도를 휘둘러 아직까지 패해본 적이 없는 무적을 자랑하고 있었다.

사람들이 두려워하는 건 그의 기괴하고 악랄한 도법이기도 했지만, 인성(人性)을 찾아볼 수 없는 잔혹무도함에 대한 것이 더 컸다. 한번 만도를 뽑아 들면 그는 상대를 가리지 않았다. 여자든, 늙고 병든 노인이나 어린아이라고 할지라도 적이라고 생각하면 예외없이 다지듯 온몸을 토막 내버리고 말았던 것이다. 그의 그런 무지막지한 도법은 패도(覇刀)의 지경을 넘어서 가히 마도(魔刀)라고 불릴 만했다.

모용탈의 비웃음을 받은 양소문이 거친 숨을 내뿜으며 씩씩거렸다. 그의 붉은 얼굴이 이제는 자줏빛으로 달아올라 있었다. 조부인 양관사(楊寬思)를 조롱한 말을 들은 때문이다.

산동 양가는 대대로 황실로부터 관작(官爵)을 부여받아 금군(禁軍)을 가르쳐 왔다. 무림에서는 창법으로 이름 높았고, 민간에서는 고관(高官)의 가문으로 영화를 누리며 삼 대에 걸쳐 번창했던 것이다. 그러던 양가가 몰락의 길에 들어선 건 모용탈이 말한 양소문의 조부 양관사 때에 이르러서였다.

당시 조정에서는 국경을 어지럽히는 여진족들을 토벌하기로 하고 토벌대를 만들었다. 명 조정은 장성 밖의 여진인들이 강성해지는 것을 막는 한편, 그들에게 명조의 무서움을 심어주어 복종케 하려는 의도에서 삼 년이나 오 년에 한 번씩 크고 작은 토벌을 해오고 있었다.

부족 국가적인 성격에서 벗어나지 못하고 있던 여진은 양관사가 금군의 좌장군(左將軍)이라는 직위에 있던 그 무렵 누르하치라는 걸출한 인물의 등장으로 인해 통일되어 국가의 체제를 갖추어가고 있었다. 당시 요동의 군권을 쥐고 있던 이성량(李成梁)은 조정으로부터 여진을 토벌하라는 명을 받고 있었으나 차일피일 미루며 눈치만 보고 있었다. 그는 이미 오래전부터 누르하치와 두터운 친분을 맺고 있었던 것이다.

조정에서 직접 중앙군을 내보내려 하자 양관사는 싸움에 나가 공을 세워 가문을 더욱 빛내고 싶은 마음을 억누르지 못했다. 그는 황제에게 스스로를 천거하여 거기장군(擧旗將軍)의 직함을 받고 일만의 기병을 이끌고 요동으로 향했다. 그를 맞은 이성량은 은밀히 누르하치에게 그 사실을 알려주었다. 그 때문에 첫 싸움에서 대패한 양관사는 일만의 군마를 모두 잃은 채 불과 십여 기만을 데리고 요동성으로 도망쳐 오고 말았다.

이성량의 홀대와 질책을 받은 그는 패장(敗將)으로 압송되어 돌아가 황제의 엄한 문책을 받고 목이 잘려 죽었다. 그리고 곧 삼 대에 걸쳐 북경성에서 세력가로 기반을 다져 온 산동 양가의 몰락이 시작되었다. 가산을 몰수당하고 쫓겨난 양씨 일족은 산동의 본가로 돌아갔으나 그곳에서도 뿔뿔이 흩어져 버린 가신과 가솔들을 다시 불러 모을 수는 없었다.

조부를 이어 가문을 물려받은 양소문의 부친 양처운(楊處雲)은 가슴에 응어리진 그 한을 풀지 못한 채 울화가 병이 되어 십여 년 만에 세상을 떴다. 그 뒤 양가는 더욱 위축되고 이제는 그 존립의 뿌리마저 흔들릴 정도가 되었다.

부친의 뒤를 이어 가문을 계승한 양소문은 자신의 대에서 잃어버린 영광을 되찾고 가문의 명예를 되살려야 한다는 절박한 사명감을 떠안을 수밖에 없었다. 그는 우선 무림세가로서의 위명(威名)을 되찾기 위해 창을 들고 강호로 나섰다. 그리고 십이성 연마한 가문의 창법으로 오래지 않아 신창(神槍)으로 불리며 절정고수의 반열에 오를 수 있었다.

그러나 그의 마음속에는 선부(先父)와 마찬가지로 조부 대의 수치가 한으로 응어리져 있었다. 그가 늘 호신갑(護身鉀)에 붉은 전포(戰袍)를 두르고 있는 것도 다시 장군의 직함을 받아 병사를 이끌고 만주를 정벌하여 그때의 치욕을 갚겠다는 결의의 표현이었던 것이다.

모용탈이 그때를 들먹이며 비웃자 양소문이 아픈 상처를 채인 짐승처럼 이빨을 드러내고 으르렁거리며 곁에 세워두었던 창을 집어 들었다.

"하찮은 변황의 오랑캐 따위가 감히 나를 비웃다니!"

버럭 부르짖으며 창대를 뻗어 곧장 모용탈을 겨누고 서자 그 넘쳐나는 힘과 기백을 감당하지 못한 듯 창대가 부르르 떨며 웅웅거리는 울림을 토해냈다. 그것을 본 사람들이 모두 분분히 구석으로 물러서서 눈을 크게 떴다.

"싸우자고?"

아무 두려움도 없이 모용탈이 흰 이를 드러내고 히죽 웃으며 나섰다. 그의 한 손은 여전히 허리에 차고 있는 만도를 두드리고 있는 채였다.

두 사람 사이의 공기가 터질 듯한 긴장으로 무섭게 떨렸다. 사방으로 밀려 나가는 기파(氣波)에 유등(油燈)의 불꽃이 폭풍을 만난 듯 심하게 흔들리며 누웠다. 그러자 대전 가득 두 사람의 그림자가 춤을 추듯 어지럽게 일렁거렸다. 사람에 앞서 그것들이 먼저 치열하게 얽혀 싸우는 것 같았다.

모용탈의 야만적인 얼굴에 새겨져 있는 웃음을 보며 양소문은 창을 쥔 손을 부르르 떨었다. 단번에 가슴을 꿰뚫어 버리고 싶은 마음은 굴뚝같았지만, 아직 무패를 자랑하는 그의 만도(灣刀)가 마음에 걸렸다. 모용탈은 만만히 볼 수 없는 상대라는 것을 인정할 수밖에 없었다. 흔들림없이, 아무 두려움 없이 마주 노려보고 있는 그의 번쩍이는 눈이 그것을 잘 말해 주고 있었던 것이다.

전력을 다해 싸운다면 이기지 못할 리가 없다고 생각했다. 하지만 지금은 그런 일에 힘을 쏟고 있을 때가 아니었다. 어떻게 할까 하고 망설이는데, 품에 한 자루 송문고검(松紋古劍)을 안은 채 내내 눈을 지그시 감고 있던 청성(靑城)의 마현 도장(摩玄道長)이 두 눈을 번쩍 뜨고 가볍게 몸을 움직여 두 사람 사이에 끼어들었다.

옷자락 하나 펄럭이지 않은 채, 아무 기척도 없이 미끄러지듯 다가와 선 도장의 운신이 사람들을 놀라게 했다.

"두 분은 잠시 노기를 가라앉히시오. 우리가 이곳에 온 것은 이처럼 상쟁(相爭)하는 것을 보고자 함이 아니지 않소이까? 먼저 각자 가슴에 품고 있는 뜻을 이룬 다음에 사소한 은원을 해결하는 것이 순서일 것이오."

노도장의 잔잔한 음성이 대전 안에 낮게 울려 퍼졌다.

"그 말이 맞다. 말코도사가 옳은 소리를 할 때도 있구나."

갈의죽장(葛衣竹杖) 악노귀(岳老鬼)가 여전히 음침하게 말하며 걸어

나와 마현도장 곁에 섰다. 이제는 잠잠해진 유등의 불빛 아래 그의 손에 들린 오죽장(烏竹杖)이 검은 빛을 뿌리며 번들거렸다.

양소문이 마지못한 듯 먼저 창을 거두고 다시 의자에 주저앉았다.

"음, 두 분 선배의 말이 한결같으니 따르지 않을 수 없군."

모용탈도 붉은 입속이 보일 정도로 크게 입을 벌린 채 소리없이 웃어 보이고 나서 다시 원래 서 있던 어둠 속으로 돌아가 기둥을 기대고 섰다. 그가 팔짱을 낀 채 눈을 감아버리자 그때까지 바짝 긴장하여 숨을 죽이고 있던 사람들이 가볍게 한숨을 내쉬었다.

"각자 달려온 길은 다르나 오늘 이곳에 모인 군협들의 뜻은 모두 한결같을 것이오."

화양선생(華陽先生) 주문룡(朱文龍)이 긴장이 사라진 걸 기뻐하는 듯 만면에 부드러운 웃음을 띤 채 나서서 다시 그의 청산유수 같은 언변으로 사람들의 눈길을 사로잡았다.

"그러나 물건은 하나뿐이라 모두가 그것을 차지할 수 없으니…… 그렇다고 인연이 있는 자에게 돌아가라고 맡겨둔 채 구경만 하기에는 허전하고…… 허, 이것 참……."

난감한 일이라는 듯 고개를 흔들며 탄식하는 그의 말이 사람들의 가슴속에 서늘한 느낌을 심어주었다. 그들은 비로소 이곳에 모인 사람들 모두가 동지는 없고 경쟁자요 적일 뿐이라는 것을 깨달은 듯했다.

"누구 좋은 의견이 있으신 분은 소생에게 가르쳐 주시지 않겠소?"

"이거야말로 개떡 같은 일이다."

한구석에서 조롱하는 소리가 들려왔다. 그러나 그렇게 비아냥거려 온 자가 모용탈이라는 것을 알자 사람들은 누구도 그 말에 시비를 걸지 못한 채 잠자코 있었다.

"우리 만주에서는 말이야……."

모용탈이 어둠 속에서 지겹다는 듯 기지개를 켜며 다시 말했다.

"열 명의 사냥꾼이 모여 있어도 호랑이를 향해 선창(先槍)을 던질 수 있는 자는 제일 먼저 그놈을 본 한 사람일 뿐이지. 굶주린 개새끼들처럼 먹이를 놓고 서로 먼저 차지하려고 싸우지 않는단 말이다."

"모용 형의 말씀은 잘 알아들었소. 그런데 그 한 사람이 실패하면 그때는 어찌하오?"

누군가가 불편한 심사를 고스란히 드러내며 빈정거리듯 물었다. 모용탈이 흰 이를 드러내고 씩 웃었다.

"첫 창이 빗나가면 그때 비로소 각자가 수단껏 그놈을 잡을 뿐이지."

모용탈을 바라보는 양소문의 눈에 언뜻 감격해하는 빛이 스쳐 지나갔다.

"그러니 나는 만주의 법을 따라서 저 양가에게 첫 번째 자리를 양보하고 지켜볼 테다. 양가가 실패한다면 그때는 눈치 볼 것 없지."

이곳에 가장 먼저 와 있던 것은 양소문과 그의 수하들이었고, 모여 있는 사람들 중 곤륜의 진경을 가장 먼저 찾기 시작한 사람도 역시 양소문이었다. 모용탈은 그러므로 그에게 우선권을 주어야 한다는 뜻을 분명히 한 것이다.

사람들이 가까이 있는 자들끼리 모여 이마를 맞대고 수군거리기 시작했다. 역시 일에는 질서가 있어야 한다는 의견에 대체로 동감하는 분위기였다. 이 많은 군웅들이 저마다 뛰어들어 날뛴다면 일이 더 어려워질 뿐만 아니라 강호에서의 자신들의 체면에도 맞지 않을 것이었다.

"좋소. 모용 형은 역시 시원한 사나이요. 이 주(朱) 모(某)는 모용 형의 말에 전적으로 동감하오."

재빨리 분위기를 읽은 주문룡이 먼저 손을 털고 물러섰다.

"나도 양 대협에게 선수를 양보하겠소. 하지만 양 대협이 실패한다면 그때는 누구에게도 양보하지 않을 것이오."

누군가가 그렇게 말했다. 그 말이 곧 사람들 모두에게 번져 갔다. 군웅들이 저마다 그러한 뜻을 분분히 밝히고 모두 대전 구석으로 물러서서 다시는 나서지 않았다.

"동도 여러분의 호의에 진심으로 감사드리오."

양소문이 의자에서 일어나 두 손을 맞잡고 절레절레 흔들며 인사를 차렸다.

"이 양 모는 비록 재주없으나 많은 수하들을 풀어 사방 이백 리에 걸쳐 천라지망(天羅地網)을 쳐놓았으니 조만간 그 여아(女兒)를 찾아낼 수 있을 것이외다. 비록 양 모가 보물을 손에 넣는다고 해도 그때 가서 여러분을 모르는 척하지는 않을 것이외다."

"보물을 모두에게 공평히 나누어주겠다는 말씀이시오?"

주문룡이 웃으며 말꼬리를 붙들어오자 양소문의 얼굴에 당황하는 빛이 어렸다.

"그것은, 그것은……."

"하하, 괜찮소이다. 소생이 그저 한번 농을 한 것이니 양 대협께서는 마음에 담아두지 마십시오."

주문룡의 말은 얼핏 들으면 농담을 한 것 같았으나 실은 교묘하게 군웅들의 마음을 충동하는 것이었다. 군웅들은 그의 말을 듣자 과연 보물이 양소문의 손에 들어간 다음에는 어쩔 수 없다는 것을 생각하고 동요하지 않을 수 없었다.

양소문이 그런 분위기를 읽고 주문룡을 향해 눈을 흘기며 속으로 투덜댔다.

'제기랄. 이 쥐새끼 같은 놈은 교활하기 짝이 없으니 가장 조심해야 할 놈이구나.'

"그때는 다시 양 대협을 상대로 하여 무례를 범하는 일이 있더라도 이해하시겠지요."

주문룡의 말에 고양된 듯 누군가가 그렇게 못을 박았다. 누구든 보물을 손에 넣은 자는 공동의 표적이 되어 공격당할 수 있다는 걸 분명히 한 것이다. 양소문은 쓴 입맛을 다셨다.

"여러 형제들이 그렇게 생각한다면 어쩔 수 없지."

그러나 그는 속으로 과연 어느 놈이 내 품에서 물건을 빼앗아갈 수 있겠느냐고 중얼거렸다. 일단 손에만 넣으면 그 누구로부터도 지켜낼 자신이 있었다. 그렇게 생각하는 중에도 싸늘하게 가라앉은 그의 눈은 흡족한 표정으로 물러서는 주문룡에게서 떠나지 않고 있었다.

"빈도는 그것 외에 한 가지 궁금한 게 있소이다. 양 대협께 물어도 실례가 되지 않을지……."

양소문이 또 무슨 일인가 싶어 얼른 시선을 거두어 소리가 난 곳을 바라보았다. 청성의 마현 도장이었다. 그는 청성파의 명숙(名宿)으로서 결코 무시할 수 없는 사람이었다. 양소문이 포권하여 보이고 물었다.

"도장께서는 또 무슨 가르침을 내리시려오?"

"빈도는 과문한 탓인지 아직 산동의 신창 양 대협이 강호에서 새롭게 문호를 열었다는 소식을 듣지 못했소이다. 한데 오늘 보니 하나같이 출중해 보이는 수하들을 거느리고 있는 데다가 대협의 위풍마저 당당하여 과연 일파의 종사다운 면모가 보이는 데에는 감탄하지 않을 수 없었소. 대체 언제 문파를 연 것이오? 또 그 이름은 무엇이오?"

사람들의 호기심으로 반짝이는 눈이 일제히 양소문에게 모여졌다. 그들 모두는 산동의 양가가 명성만 남았을 뿐 예전 같지 않다는 것을 잘 알고 있었다. 그런데 양소문이 거느리고 있는 수하들은 과연 예사롭지 않았다. 행동에 절도가 있었으며, 기개가 씩씩한 것이 어중이떠중이들을 모아놓은 것 같지는 않았던 것이다.

"음, 내 그것을 궁금해하실 줄 알았소."

먼저 침음성을 발한 양소문이 군웅들을 둘러보며 천천히 입을 열었다.

"나는 다만 명을 받들어 수하들을 독려하고 있을 뿐, 이것은 내 개인의 세력이 아니외다. 나는 그저 한 방회에 속한 자로서 맡은 바 소임을 다하고 있을 뿐이라오."

"억!"

"그럴 수가!"

대전 이곳저곳에서 놀람의 외침들이 터져 나왔다. 처음 의문을 던졌던 마현 도장도 크게 놀란 듯 어깨를 움찔 떨었다.

사람들이 입을 모아 십대고수의 서열에 올려야 한다고 할 만큼 출중한 무공을 지니고 있고, 명망이 높은 산동의 신창 양소문이 일개 방회에 속한 자에 불과하다는 것은 믿을 수 없는 일이었다. 대체 누가 있어서 양소문 같은 자를 수하로 부릴 수가 있단 말인가. 그런 의문과 불신으로 사람들은 벌어진 입을 다물지 못했다.

　　　　*　　　　*　　　　*

　"확실한 거지? 만약 또 엉뚱한 계집을 보고 와서 귀찮게 하는 거라
면 그때는 정말 네놈의 그 쓸모없는 눈깔을 아예 파내 버리고 말 테
다."

　골패짝을 주무르고 있던 사내가 잿빛 눈을 들어 저두아(猪頭兒)를 바
라보며 중얼거리듯 말했다. 흰 창이 많은 그 눈을 보자 저두아는 다시
뒷골이 당겼다. 저놈의 눈깔은 꼭 썩은 생선의 그것 같다고 투덜거리
는데, 사내가 들고 있던 골패짝을 내려놓고 일어섰다.

　"이 판은 포기하는 거요?"

　맞은편에 앉아 이마에 주름을 만들고 있던 자가 반색을 하며 사내를
보았다. 이번 판도 망칠 조짐이 짙어져서 똥줄이 타던 참이었던 것이
다. 잠시 그를 내려다보던 사내가 곁에 있던 자에게서 앵속(罌粟)을 쟁
인 곰방대를 빼앗아 두어 모금 빨았다. 그의 눈빛이 안개에 젖은 듯 더
욱 몽롱해져 갔다.

　"히히, 아무래도 오늘은 도신(賭神)께서 이 몸을 호신(護身)하는 모
양이다. 자, 자, 어서 패를 섞으라구!"

　연초 연기 자욱한 도박장을 건들거리며 나가는 사내와 저두아의 뒤
통수를 보던 자가 그렇게 외치며 벌어진 입을 다물지 못했다. 저 귀신
같은 놈이 없으니 이제 판은 자기 것이라는 자신감에 들떠 있는 모습
이었다.

　"이번에는 확실한 거지?"

　"두말하면 잔소리요. 내가 이 두 눈으로 똑똑히 보고 곧장 달려왔수."

상덕현(象德縣)의 뒷골목에서 자칭 대두령이라고 칭하는 저두아는 타고난 뚝심과 함께 독한 심보와 배짱을 밑천으로 저잣거리의 상인들을 등쳐 먹고 살아가는 망나니였다. 사람들은 그의 이름만 들어도 머리를 설레설레 저으며 인간 말종이라고 욕했다.

눈에 보이는 사람이 없고, 두려운 게 없는 듯 설쳐 대던 그 저두아가 눈빛이 몽롱한 사내 앞에서는 뒤 마려운 강아지처럼 꽁무니를 뺀 채 끙끙거리고 있었다. 생전 처음 보는 자에게 호되게 당하고 나서 기가 있는 대로 꺾여 버린 탓이었다.

저두아가 사내를 인도해 간 곳은 저잣거리 끝에 있는 이층의 주루 앞이었다.

"여기야?"

턱으로 승현루(乘賢樓)라는 현판을 가리키며 묻는 사내 곁에서 저두아가 연신 고개를 끄덕이며 손을 비볐다.

"아직 있을 거요. 주루 안에 편복(蝙蝠)이를 붙여놓았으니 어디로 샐 염려는 없소이다."

박쥐라고 불리는 그놈은 고만고만한 골목 안 건달 놈들 중에서는 그래도 눈치가 빠르고 영악한 놈이라 평소 저두아의 총애를 받는 자였다. 자신있게 말하는 저두아를 물끄러미 바라보던 사내가 주루의 문을 밀고 들어섰다. 왁자한 소음과 음식 냄새에 섞여 주향(酒香)이 코를 찔렀다.

승현루는 상덕현에서도 가장 규모가 크고 장사가 잘되는 곳답게 음식이 정갈했고, 특히 직접 담가 내놓는 소홍주(小紅酒)가 이름나 있었다.

술 냄새에 코를 벌름거리며 군침을 삼키던 저두아가 회계대(會計臺)

에 눈길을 주었다. 주루의 왕 집사와 시시덕거리며 수작을 떨고 있는 말상의 청년이 눈에 띄었다. 하관이 빠진 긴 얼굴에 깡마르고 왜소한 그가 박쥐로 불리는 장소삼이었다.

저두아를 한번 본 장소삼이 눈짓으로 이층을 가리키고는 이내 못 본 척 외면하고 다시 집사 곁에 붙어 서서 무언가 열심히 떠들어대기 시작했다. 장소삼의 수다에 정신이 혼란해진 왕 집사는 저두아가 수상한 사내와 함께 이층으로 올라가는 것을 미처 보지 못했다.

이층에도 많은 사람들이 빈자리없이 앉아 와자하게 떠들며 먹고 마시는 일에 여념이 없었다. 두리번거리는 사내의 옆구리를 한번 쿡 찌른 저두아가 눈짓으로 구석 창가에 있는 탁자를 가리켰다. 그곳에는 한 쌍의 남녀가 마주 앉아 오압육(熬鴨肉) 한 접시와 몇 가지 채소로 된 요리를 조금씩 먹고 있었다.

남자는 남색 경장을 입고 영웅건으로 머리를 동였는데, 훤한 이마와 반듯한 콧날이 잘 어울려서 소박한 중에 의연한 기품을 지니고 있는 청년이었다. 그를 본 사내가 눈살을 찌푸렸다.

"어째서 상가의 자식놈이 이 일에 끼어들어 있는 거지?"

저두아는 입 안에서 웅얼거리는 사내의 말을 알아듣지 못했다. 그의 정신이 온통 청년과 마주 앉아 있는 여자에게 팔려 있는 탓이었다. 흑의 경장을 입고 머리에 사내처럼 흑건을 두르고 있는 것이 여염집 처자의 모습과는 판이했다. 흑색 복장 때문에 흰 그녀의 살결이 더욱 하얗게 보였다. 팔을 뻗어 소채를 집어가는 흰 손목과 긴 손가락을 보며 저두아는 꿀꺽, 침을 삼켰다. 저런 이상한 분위기의 여자는 처음 본 것이다.

'대체 저년의 속살은 얼마나 흴까?'

그런 생각으로 연신 마른침을 삼켜대는데 뒤통수에 사내의 손바닥이 철썩 달라붙었다. 깜짝 놀란 저두아가 비로소 정신을 번쩍 차리고 눈알을 뒤룩거렸다.

"왜 일행이 있다는 말은 하지 않았지?"

사내가 눈으로 청년을 가리키며 낮게 으르렁댔다.

"여자만 찾으면 된다고…… 그러지 않으셨수?"

"멍청한 놈……."

어눌한 저두아의 대답에 쯧쯧 혀를 찬 사내가 불쑥 손을 내밀었다.

"이리 줘봐."

저두아가 베옷 잠방이 속에 쑤셔 넣고 있던 종이 한 장을 꺼내 사내의 손에 올려놓았다. 지독한 땀 냄새에 절어 후줄근해져 있는 종이를 쥔 사내가 한번 눈살을 찌푸리고 말없이 그것을 펼쳤다. 종이에는 한 여자의 모습이 정교하게 그려져 있었다. 눈매가 서늘하고 야무지게 닫혀 있는 입술이 도톰했으며 이마 위로 머리카락 몇 올이 흘러내려 있는 모습들이 살아 있는 듯 생생했다. 다시 한 번 여자를 눈여겨보며 마지막으로 그림 속의 갸름한 턱과 비교해 보고 난 사내가 희미하게 웃었다.

"됐다. 가자."

사내가 계단을 올라올 때처럼 소리를 내지 않으려고 조심하며 다시 내려갔다. 힐끔 여자를 돌아보는 저두아의 얼굴에 아쉬움이 남았다.

"남면옥호(南面玉豪) 상필지(商弼知)가 왜?"

강서 무림에서 상가장(商家莊)의 소장주인 그 이름을 모르는 무림인은 없었다. 상가장의 위세도 제법 든든한 것이었지만 그것보다 오히려 남면옥호라는 명호가 더 유명한 바가 있었다. 그것은 그가 꼭 화산이라는 명문대파(名門大派)의 제자라서가 아니었다. 그는 상대하기 까다로운 청년 고수로 이미 확고한 명성을 지니고 있었던 것이다.

사내 앞에서 주걱턱의 노인이 듬성듬성 난 몇 가닥 수염을 쓰다듬으며 곤혹스런 얼굴을 했다.

"계집은 분명히 그 계집입니다."

사내가 얼굴과는 달리 주름살 하나 없이 반들거리는 노인의 대머리를 다시 한 번 힐끗 바라보고 나서 자신있는 어조로 말했다.

"흠…… 상가 애송이 놈이 무슨 냄새라도 맡은 건가?"

아무래도 노인의 관심사는 상필지라는 존재에 있는 모양이었다. 잠시 고개를 갸웃거리며 무엇인가를 생각하던 노인이 짜증스럽다는 듯 턱을 벅벅 문질러 댔다.

"어쨌든 우리가 제일 먼저 찾아냈으니 공을 세운 것이다."

이번 일이 잘 처리되면 위로부터 상을 받을 게 틀림없었다. 그리고 양 총관(總管)의 눈에도 들게 될 것이었다. 그렇게 된다면 회(會)의 중앙으로 불려 올라갈 수도 있었다. 그 생각이 독수노(禿首老)로 불리는 노인의 가슴을 뿌듯하게 해주었다.

"그래? 지금 승현루에 있단 말이지?"

"아무렴입쇼. 젓가락 놀리는 꼴을 보아하니 한나절은 깨작거리며 처먹고 있을 겁니다."

그 시간에 저두아는 다시 한 사내 앞에서 삶은 돼지 머리를 닮은 기괴한 얼굴 가득 어색한 웃음을 띤 채 손을 비벼대고 있었다. 사내가 머리를 끄덕이고 품속에서 주먹만한 비단 주머니 하나를 꺼내 저두아에게 던졌다. 그것을 받아 든 저두아는 그 묵직함에 절로 입이 벌어졌다. 열어보지 않아도 은괴(銀塊)가 들어 있을 것이었다. 이만한 무게의 은괴라면 적어도 백 냥쯤은 실히 나갈 것이었다. 그 생각이 저두아로 하여금 다시 헤픈 웃음을 지으며 머리를 조아리게 했다.

"또 시키실 일이 있으면 하명만 합쇼."

"됐어. 꺼져서 다시는 눈앞에 나타나지 마라. 네 상통만 보면 그날은 종일 입맛이 없다."

사내가 손을 내저으며 눈살을 있는 대로 찌푸렸다. 다른 사람으로부터 그런 말을 들었더라면 입에 거품을 물고 대가리를 들이밀었을 저두아였다. 그러나 그는 당연한 말을 들었다는 듯 아무 소리도 하지 못한 채 최대한의 겸손한 표정을 짓고 사내 앞에서 물러섰다.

사내는 바로 이 지역을 장악하고 있는 무림의 방회(幇會)에서 나온 인물이었다. 그나마 상덕현(象德縣)의 뒷골목에서라도 어깨를 펴고 살아가자면 청홍방(靑洪幇)의 비위를 거슬러서는 안 되었다. 그것을 저두아는 누구보다 잘 아는 자였다.

저두아가 사라지자 사내가 대여섯 걸음 떨어진 곳에서 기다리고 있는 네 명의 수하들을 향해 버럭 소리를 질렀다.

"우선 한 명은 가까운 제운분타(齊芸分舵)로 파발마를 놓아라! 또 한 명은 흩어져 있는 자들을 불러 모아라! 나머지 둘은 지금 나를 따라간다!"

바쁘게 서두르는 사내를 따라 수하들도 덩달아 손발이 분주해졌다.

"어째서 계집이 가까운 정강령(鼎岡嶺)을 마다하고 이 먼 곳으로 돌아온 거지?"

사내가 문득 걸음을 멈추고 고개를 갸웃했다.

상현(商縣)의 조양강(鳥楊江)에서 소옥을 놓친 후 그들은 그녀가 가까운 정강령을 넘을 것이라고 예상하고 그쪽으로 향하는 길목에 많은 인원을 풀어놓고 있었다. 상대적으로 그곳과 정반대의 방향에 있는 이곳은 인력과 경계, 모든 면에서 허술하기 짝이 없었다.

상부로부터 이곳을 지키라는 명을 받았을 때 사내는 그래서 벌컥 화를 냈었다. 자신을 따돌리고 엉뚱한 놈에게 공이 돌아가게 하기 위한 짓이라고 여겼던 것이다. 그러나 결과적으로 그것이 오히려 행운을 가져다 준 셈이었다.

"흐흐…… 전가 놈이 알면 배가 아파 뒈지려고 하겠구나. 일이 이렇게 되면 분타주 자리가 누구에게 떨어질지는 보나마나지."

강상(江上)에서 수륙쌍살(水陸雙殺) 중 육지흑살(陸地黑殺)이 제대로 저항도 해보지 못하고 재수없게 죽은 것은 위로 오를 기회가 꽉 막혀 있던 자들에게는 반가운 일이었다. 그로 인해 분타주 자리 하나가 비게 되었기 때문이다. 전육(田六)과 그 자리를 두고 암중에서 다투고 있던 사내, 홍지걸(洪知杰)은 최대의 경쟁자인 전육을 앞지를 수 있는 기회가 왔다는 것이 무엇보다 기뻤다. 계집이 품에 지니고 있다는 용화진경이 뭐 하는 물건인지 따위에는 전혀 관심도 없는 그였다.

날아갈 듯 기세가 오른 홍지걸이 승현루의 문을 박차고 들어선 것은 그로부터 불과 일각이 채 못되었을 때였다. 그는 보는 눈들을 아랑곳하지 않고 살기등등한 기세로 복잡한 저잣거리를 가로질러 단숨에 달려온 것이다.

홍지걸은 이층으로 오르기 전에 뒤따라온 수하들을 한번 돌아보았다. 아칠(兒七)은 두 자루의 도끼를 제법 휘두를 줄 알았고, 노문량(魯

門糧)은 검을 다루는 솜씨가 좋았다. 그들이 제 몫을 제대로만 해준다면 계집이 아무리 곤륜검에 뛰어났다고 해도 셋이서 거뜬히 해치울 수 있을 거라고 생각했다. 제까짓 게 아무리 날고 기어봐야 심약한 계집일 뿐이라고 여긴 것이다. 목에 칼을 들이대고 눈을 한번 부라리면 알아서 설설 길 것이 분명했다.

홍지걸이 흐뭇한 웃음을 띠고 쿵쾅거리며 서슴없이 이층의 계단을 뛰어 올라갔다. 사람들의 이목 따위에 일일이 신경 쓸 만큼 한가롭지 못했다.

"왔다!"

전서구(傳書鳩)의 발목에서 떼어낸 서찰을 한눈에 훑어본 신창(神槍) 양소문(楊召雯)의 입에서 반가운 외침이 터져 나왔다. 벽에 기대앉거나 누워서 밤새 계속된 지루함을 억지로 참고 있던 군웅들이 일제히 양소문을 바라보았다.

"계집이 상덕현(象德縣)에 나타났다고 하오!"

군웅들에게 한마디를 던진 양소문이 밤새 꼼짝하지 않고 앉아 있던 의자를 박차고 일어섰다.

"말을 대령해라!"

그의 호령을 들은 수하들의 발 빠른 움직임으로 대전 밖이 한동안 소란스러워졌다.

"상덕현이라면…… 상강(湘江)에서 오십여 리 밖에 있는 호남(湖南) 땅 아니오? 아니, 정강령(鼎岡嶺)으로 온다더니 언제 거기로 가 있었지?"

그들이 지키고 있는 길목에서 무려 삼백여 리나 떨어져 있는 먼 곳이었다. 화양선생(華陽先生) 주문룡(朱文龍)의 중얼거림을 들은 양소문이 눈을 부릅떴다.

"먼 길을 가기 싫으면 그대는 이곳에 있어도 된다."

전포를 휘날리며 밖으로 나가는 양소문의 우람한 뒷모습을 바라보던 군웅들이 약속이나 한 듯 일제히 자리를 박차고 일어섰다.

검붉은 털에 윤기가 흐르는 오추마(烏騅馬)에 올라앉아 장창을 빗겨 들고 있는 양소문의 모습은 천군만마를 호령하는 대장군의 기상보다 오히려 장중한 위엄이 있었다. 사람들은 그의 위풍당당한 모습에 다시 한 번 감탄하며 눈이 부신 듯 바라보았다.

"가자!"

그가 고삐를 채자 말이 한번 울부짖고는 네 굽을 놓아 쏜살같이 달려나갔다. 붉은 전포를 펄럭이며 장창을 끼고 거침없이 말을 몰아 달려가는 사내는 신장(神將)과 같았고, 햇빛 아래 선명히 드러난 근육을 꿈틀거리며 땅을 박차고 있는 말은 천마(天馬)인 듯했다.

자욱한 흙먼지가 구름처럼 피어 올랐다. 그것을 바라보며 이십 여 명의 사내들이 일제히 말고삐를 채고 달려나갔다. 스무 필이 넘는 준마들이 질주해 나가자 그 광경이 자못 웅장하여 보는 이들의 가슴을 뛰게 했다.

그들이 어느새 숲을 벗어나 보이지 않게 되자 주문룡이 탄식했다.

"빌어먹을. 네 발로 달리는 짐승을 두 발 가진 사람이 어찌 따라간단 말이냐."

강호인은 자신의 두 발에 의지할 뿐, 말을 타고 다니는 일이 드물었다. 이곳에 모여 있는 십여 명의 군웅들도 모두 마찬가지였다. 더러는 산 아래 말을 매어두고 걸어 올라온 자들도 있었는데, 그들은 바삐 몸을 날려 날듯이 산을 달려 내려갔다. 그렇게 네 명의 군웅들이 사라졌고, 남은 자들은 서로를 바라보며 난감한 표정을 감추지 못했다.

"말도 지칠 때가 있겠지. 쉬엄쉬엄 가다 보면 결국 뒤꽁무니를 붙잡게 되는 법이다."

금적비마(金狄飛魔) 모용탈(慕容奪)이 그렇게 중얼거리더니 신발 끈을 질끈 동이고 나서 휘적휘적 산을 내려가기 시작했다. 아무리 사납고 날랜 호랑이도 그 흔적을 따라 끈질기게 뒤쫓다 보면 결국 어느 산골짜기에선가 만나게 되기 마련이었다. 하물며 양소문 일행이 간 곳을 아는데 서두를 필요가 없었다.

모용탈의 말을 들은 사람들이 모두 고개를 끄덕이고 천천히 그의 뒤를 따르기 시작했다. 그것을 본 주문룡이 고개를 설레설레 저었다.

"생긴 건 영락없는 산짐승인데 하는 짓은 나이 든 현자(賢者)와도 같다. 사람이란 정말 그 가슴에 품고 있는 것과 용모와는 전혀 상관이 없는 것인가?"

"네 모습이 청수하다고 해서 나는 네 마음도 그렇다고 여기지 않는다. 그러니 네 말이 맞는 말이지."

내내 침묵하고 있던 신기구편(神技九鞭) 갈평(葛坪)이 그렇게 이죽거리고 마지막으로 떠났다. 그의 등을 노려보고 서 있는 주문룡의 얼굴에 싸늘한 살기가 감돌았다.

제6장

선자불래(善者不來)

선자불래(善者不來)

바람이 불면 짙은 송진 냄새가 묻어났다. 누군가가 벌목을 해간 자리인 모양이었다. 여기저기 굵은 소나무들이 밑동이 잘려 허연 속을 드러내고 있었는데, 그곳으로 송진이 피처럼 배어 나오고 있었다.

잘려져 나간 소나무의 잔해들 위로 하늘이 내다보이고 있어서 그리로 한낮의 쨍쨍한 햇빛이 고스란히 쏟아져 들어왔다.

온통 아름드리 소나무들로 빽빽이 둘려 있는 깊은 송림 속이었다.

이마를 벗겨낼 듯 쏟아지는 햇빛 아래 한 사내가 땀을 뻘뻘 흘리며 서 있었다. 낡은 베잠방이를 걸치고 짧은 바지를 입고 있는 것이 언뜻 보면 수레를 끌고 나무를 하러 들어온 사람 같기도 했고, 약초를 캐러 왔다가 길을 잃어 넋을 잃고 있는 사람인 듯도 했다.

가만히 서 있기가 무료한 듯 그가 서너 번 몸을 움직이더니 돌아섰다. 한쪽 눈에 거친 마대로 동인 안대를 하고 있었는데, 왼손에 칼 한 자루를 들고 있었다. 새로 만들었거나, 병기점에서 산 듯 칼집이 깨끗했다. 그것이 그의 차림새와 더욱 어울리지 않아 보였다.

그가 부스스한 머리카락 속에 손을 넣어 쓱쓱 두어 번 긁고 탁한 가래침을 멀리 뱉어냈다. 다시 새 한 마리 울지 않는 무료한 정적이 얼마나 계속되었을까, 문득 소나무 숲 속에서 두런거리는 말소리가 들려왔다.

"염병할. 이렇게 늦다니……."

투덜거린 애꾸눈의 사내가 힐끔 하늘을 한번 올려다보고 손바닥으로 얼굴의 땀을 훔쳐 발 아래 뿌렸다.

"어, 벌써 와 있었군."

훤히 드러난 벌목터로 세 사람이 선뜻 들어섰다. 하나같이 병장기를 지니고 있는 장한들이었다. 두 명은 면이 넓은 칼을 지니고 있었고, 호리호리한 자는 등에 검을 메고 있었다. 그자의 눈빛이 가장 매서워 보였다.

"이렇게 오랫동안 기다리게 하다니. 설마 나를 시정잡배 정도로 여기고 있는 건 아니겠지?"

사내가 하나밖에 없는 눈을 번득이며 세 사람을 동시에 쓸어 보았다.

"그럴 리가 있나. 적어도 남창부에서는 흑마(黑馬) 남궁적(南宮赤)을 우습게 여길 사람이 없을 텐데."

가운데 있던 자가 이죽거리며 사내를 가리켰다.

"그런데 그 눈은 어떻게 된 거야? 스무 날 전에도 멀쩡했던 눈이 오늘은 왜 하나뿐이지?"

"빌어먹을……."

못마땅한 얼굴로 다시 한 번 짙은 가래침을 뱉어낸 남궁적이 거칠게 머리를 흔들었다. 땀에 젖어 얼굴에 달라붙은 머리카락을 털고 나서 히죽 웃어 보인 그가 턱으로 사내를 가리켰다.

"네놈 눈깔을 빼달라고 하지 않을 테니까 염려할 것 없어. 그보다 계산이나 빨리 끝내고 꺼지는 게 신상에 좋을걸?"

그의 거친 말투가 영 마음에 들지 않는 듯, 한번 인상을 찌푸렸다 펴며 그자가 남궁적을 찬찬히 훑어보았다.

"물건은 가져왔나?"

"없어."

"없어?"

더욱 험악하게 인상을 찌푸려 보인 자가 혀를 찼다.

"그럼 대체 왜 이리로 오라고 한 거지? 물건을 가지고 와서 만나기로 했잖아. 벌써 잊은 건가?"

"아니."

남궁적이 다시 거칠게 머리를 털었다. 이번에는 좌측에 있던 거구의 사내가 발 아래 가래침을 뱉고 나서 위압적인 몸짓으로 한 걸음 나섰다. 남궁적도 크다면 큰 축에 속하는 자였으나 사내와 눈을 맞추려면 턱을 들고 올려다보아야만 했다.

거구의 사내가 허리에 차고 있던 칼을 한번 두드려 보이고 나서 눈을 부라리며 쉰 듯한 음성을 깔았다.

"물건이 없으면 돈도 없다. 헛걸음하게 한 대가는 달아두지. 그러니 어서 꺼져 버려. 물건을 들고 와서 손을 내밀어라."

"웃기는군."

위압적인 사내의 몸짓과 말투 앞에서 남궁적이 코웃음을 쳤다. 이자들은 자신을 푼돈에 뒤치다꺼리나 해주는 삼류 청부업자 정도로 여기고 있는 게 분명했다. 자존심이 상했다. 모욕을 당하는 것은 꾹꾹 눌러 참을 수 있어도, 자존심이 상하는 것만은 참을 수 없었다.

돈을 받으면 가리지 않고 일을 해결해 주기는 하지만 적어도 자신은 남창부중에서 칼 한 자루로 명성을 쌓아 올린 사람인 것이다. 그리고 그런 자신을 따르는 악당들도 적지 않았다.

"다시 한 번 헛걸음하게 한다면 남은 눈 하나마저 파줄 테다."

가운데 사내가 험하게 을러대고 미련없이 돌아섰다. 거구의 사내가 한번 흘겨보고 돌아섰고, 처음부터 말이 없던 호리호리한 사내는 끝까지 남궁적에게 눈길 한번 주지 않은 채 떠나갔다.

그들의 뒷모습을 노려보고 있는 남궁적의 외눈에서 불길이 이글거렸다.

"이봐, 기다려. 네놈의 머리통을 따줄 테다! 그러면 되겠지?"

막 벌목터 밖으로 벗어나려 할 때였다. 낮게 깔리는 외침이 세 사람의 발목을 붙잡았다. 충만한 힘과 살기를 싣고 있는 외침이었다.

"무엇!"

거구의 사내가 어금니를 물고 휙 돌아섰다. 그의 눈에 잘려진 나무 밑동을 박차고 뛰어오르는 남궁적의 모습이 보였다. 어? 하고 놀라는데 어느새 싸늘한 칼바람이 정수리 위에 닥치고 있었다. 중천에 떠 있는 뜨거운 태양 아래 쨍, 하고 반짝이는 빛 하나가 쏟아져 눈이 부셨다.

"헛!"

놀란 사내가 본능적으로 두 손을 뻗어 그것을 움켜쥐려 했다. 서늘한 느낌이 팔꿈치를 관통하더니 목덜미에 틀어박혔다. 사내는 무어라고 목청껏 부르짖었다. 그러나 그것은 입 밖으로 단 한 마디의 소리도 되어 나오지 못했다. 그 대신 선연한 피보라가 그의 눈을 가득 덮었다. 그것이 그가 본 세상의 마지막 모습이었다.

"아니!"

곁에 있던 자가 크게 놀라 펄쩍 뛰어 물러섰다. 그의 눈에 동료의 두 팔꿈치와 목이 한꺼번에 떨어져 허공을 날고 있는 것이 보였다. 거구의 사내는 아직도 그 자리에 뻣뻣하게 서 있었다. 목이 없는 그의 어깨가 끔찍해 보였다.

어리둥절해 있는 사내의 눈에 외눈을 흉악하게 번쩍이며 달려들고 있는 남궁적의 얼굴이 크게 보였다.

"이놈!"

비로소 사태를 파악한 사내가 그렇게 비명처럼 부르짖으며 칼을 뽑아 쳐 올렸다. 상체를 꼿꼿이 세운 채 팔꿈치와 손목만을 움직여 꺾어 쳐내는 솜씨가 눈부시게 빠르고 강렬했다. 고수였다.

쨍―!

날카로운 쇳소리가 귀를 찔렀다. 사내는 허전해진 자신의 손을 언뜻 보았다. 자루만 남아 있는 칼이 쥐어져 있을 뿐이었다. 그리고 정수리에 서늘한 바람이 스며든 것 같았다. 그렇게 느끼자 갑자기 눈앞이 캄캄해졌다.

그 틈에 열 걸음이 넘게 훌쩍 몸을 뽑아 물러서 있던 호리호리한 사내가 부드득 이를 갈았다. 정수리가 잘 익은 박처럼 두 쪽으로 쪼개진 채 서서히 무너져 가고 있는 자의 모습이 두 눈을 가득 메워왔던 것이다.

남궁적의 움직임은 상상 이상으로 빠르고 난폭했다. 한줄기 맹렬한

돌풍이 닥쳐오듯, 단번에 두 놈을 찍어버린 기세를 조금도 죽이지 않은 채 그가 발끝으로 땅을 차고 몸을 틀었다.

피이잉—!

눈 한번 깜짝일 새도 없이 그의 칼이 새파란 빛을 퉁겨내며 떨어져 내렸다.

"놈!"

사내가 어금니를 악물고 비로소 어깨 너머로 솟아 나와 있는 검자루를 잡았다.

한줄기 번갯불이 그의 등 너머에서 쏟아져 나갔다. 차갑고 강렬한 검광이 허공을 그었다.

조금도 물러서고 싶은 마음이 없는 모양이었다. 사내가 던져진 돌덩이처럼 닥쳐 들고 있는 남궁적을 똑바로 바라보며 나갔다. 발바닥이 풀잎 위를 미끄러지듯 스치는 것이 가볍고 민첩했다.

칼은 우직할 만큼 정직하게, 놀랄 만한 빠르기로 곧장 정수리를 노리고 떨어져 내렸다. 아무런 변화도, 그럴 조짐도 보이지 않았다. 나무꾼이 도끼로 장작을 패는 듯한 칼질이었다. 사내의 입가에 언뜻 조소가 스치고 지나갔다. 저런 단순한 칼질로 두 명의 일행을 한순간에 찍어버렸다는 것이 믿어지지 않았다.

'죽인다!'

어금니 사이로 그렇게 중얼거렸다. 그리고 그의 검이 영활(靈活)하게 움직여 남궁적의 미간을 찍어 나갔다.

두 사람은 마치 누가 더 빠르고 배짱이 두둑한지를 겨루려는 것 같았다. 한 치의 물러섬도 양보도 없이 곧장 부딪쳐 가기만 하는 것이 반드시 이 한 번으로 죽고 사는 것을 정해 버리고 말 작정인 듯했다.

눈앞에 와락 달려든 남궁적의 미간을 노리고 뻗어 나가던 사내의 검봉이 미미하게 흔들렸다.

파아아—!

순간, 찬연한 다섯 송이의 검화가 두 사람 사이의 공간을 뒤덮었다. 햇빛을 퉁겨내며 번쩍이는 검광 때문에 눈을 뜰 수 없을 지경이었다. 사내가 떨쳐 낸 두 송이의 검화는 곧장 남궁적의 칼에 부딪쳐 갔고, 나머지 세 송이의 검화는 비수처럼 날카롭고 가벼운 검편(劍片)이 되어 가슴속으로 파고들었다.

남궁적의 입가에도 설핏 웃음기가 스쳐 갔다. 그가 어금니를 악문 채 망치질을 하듯 그대로 칼을 쳐 내렸다.

꽝—!

그의 칼을 때려간 사내의 검기가 도격(刀擊)에 실린 힘을 견디지 못하고 폭죽이 터지듯 산산이 부서져 흩어졌다.

"엇?"

그 무지막지한 기세에 사내의 입에서 놀람의 외침이 터져 나왔다. 그 순간 남궁적의 가슴을 노리고 찔러 들어갔던 검봉이 자신도 모르게 흔들리고 말았다. 남궁적이 하나뿐인 눈을 번쩍이며 그것을 보았다. 그리고 그가 보여준 움직임은 사내를 또 한 번 크게 당황시켰다.

땅—!

둔한 쇳소리가 사내의 정신을 뒤흔들어 놓았다. 두 손으로 칼자루를 꽉 움켜쥐고 있던 남궁적이 왼손을 놓으며 팔꿈치를 슬쩍 내려쳐 검봉을 쳐냈던 것이다. 두 푼을 빗겨 나간 사내의 검봉이 미처 회수해 들일 새도 없이 남궁적의 옆구리를 길게 찢고 지나갔다. 덧없는 검격이었다. 사내의 눈에 절망이 스쳤다.

퍽—!

동시에 그의 정수리 깊숙이 남궁적의 칼이 틀어박혔다. 선연한 피보라가 사내의 정수리와 남궁적의 옆구리에서 갑자기 터져 나왔다. 하얗게 이글거리는 태양 아래 그것이 무지개처럼 걸렸다.

"개자식."

남궁적이 옆구리의 상처를 움켜쥐고 물러서며 피가 섞인 한 줌의 가래침을 사내의 얼굴에 뱉었다. 정수리가 반 넘게 벌어져 있는 사내가 끔찍한 모습으로 그런 남궁적을 빤히 바라보는 것 같았다.

그대로 내려쳤더라면 완전히 두 쪽으로 갈라지고 말았을 것이지만, 결정적인 순간에 그자의 검을 쳐내느라고 왼손을 빼냈기 때문에 그런 모양이 되었다. 그러나 그것이 더 끔찍해 보였다.

쩔그렁.

손에서 맥없이 검이 떨어졌고, 이어서 사내가 흰 창이 드러난 눈을 감지도 못한 채 서서히 모로 쓰러졌다.

대충 땀에 전 속옷을 찢어 옆구리를 동인 남궁적이 상처의 고통을 눌러 참는 듯 구부정하게 허리를 굽힌 채 죽어 널브러져 있는 사내들의 품을 하나씩 뒤지기 시작했다.

전낭(錢囊)은 검을 쓰던 자의 품속에서 나왔다. 주먹만한 것이 제법 묵직했다. 안에 든 것들을 손바닥 위에 쏟자 햇빛 아래 번쩍이는 황금 덩이들이 모습을 드러냈다. 고통으로 일그러져 있던 남궁적의 입가에 만족한 웃음이 걸렸다. 그가 모로 쓰러져 누운 채 자신을 빤히 올려다보고 있는 사내의 얼굴 위에 전낭을 흔들어댔다.

"황금 세 관은 내 한쪽 눈 값으로도 부족해."

*　　　　*　　　　*

　"묘한 놈이군."

　옷자락에 붙어 있는 마른 솔잎 몇 개를 털어낸 단목기(丹木奇)가 텅
비어 있는 벌목터를 바라보다가 고개를 갸웃했다. 그리고 다시 시선을
돌려 발 아래 널브러져 있는 세 명의 주검을 바라보았다. 아직 더운 피
를 흘려대고 있는 끔찍한 주검들이었다. 그것들의 몸에 나 있는 칼질
의 자국이 깨끗하고 매끄러웠다. 단 한 번씩만 내려쳐 만들어낸 죽음
의 흔적이었다.

　유심히 그것을 살펴보던 단목기가 턱을 한번 움직이고 나서 다시 머
리를 갸웃했다.

　"묘한 놈이군."

　똑같은 말을 되풀이하는 그의 눈이 반짝였다.

　그는 남창부 외곽의 허름한 주가(酒家)에서 그들을 보았다. 그곳의
주인 곽가는 동창의 끄나풀로서 첩보를 모아 지부에 보내고 그에 따라
은전(銀錢)을 받는 자였는데, 말하자면 동창에 포섭되어 은밀히 활동하
는 첩자였다. 단목기는 그의 주가 다락에서 뒹굴거리며 사흘이나 한가
로운 시간을 즐기고 있었다.

　곽가는 웃음이 헤픈 데다가 손이 넉넉한 사람으로 소문이 나 있어서
그의 주가는 언제나 손님들로 붐볐다. 그래서 곽가는 그들의 온갖 잡
소리를 들으며 가만히 앉아서도 세상 돌아가는 일들을 손바닥처럼 들
여다볼 수가 있었다.

　곽가는 이놈이 한마디 한 것과 저놈이 한마디 한 것을 흘려듣지 않

고 그의 비상한 기억력 속에 저장해 두었다. 그리고 며칠 뒤 다른 놈들이 떠들어대는 잡설들 속에서 다시 몇 가지 서로 다른 말들을 가려내었다. 그래서 '이것이다' 싶은 단어와 단서들이 충분히 모이면 그것을 취합하고 새롭게 조립하여 하나의 완벽한 첩보를 만들어냈다. 곽가는 또 그것을 분석하고 유추하는 데에 최고라고 할 만한 재능을 가지고 있기도 했다.

그의 그런 탁월한 능력을 제대로 알아주는 사람은 오직 단목기 한 사람뿐이었다. 그래서 곽가는 단목기야말로 세상에서 유일한 지기라고 생각하는 자였다. 그가 동창을 이탈하여 강호를 무단히 떠도는 단목기를 위험을 감수하면서까지 자신의 주가 다락방에 숨겨준 데에는 그런 이유가 있었다.

오늘 아침, 단목기는 곽가가 차려다 준 늦은 아침을 먹고 다시 팔베개를 한 채 벌렁 드러누워 낮은 천장 구석에 열심히 집을 짓고 있는 거미를 바라보고 있었다. 저 집이 완성되면 저놈은 죽은 듯이 엎드려서 먹잇감을 기다리고 있을 것이었다.

거미야말로 최고의 사냥꾼이라고 생각했다. 놈은 먹이가 걸려들 때까지 결코 움직이는 일이 없다. 숨마저도 감춘 채 죽은 듯 사흘이고 나흘이고 기다리는 것이다. 그 끈기와 인내심이야말로 배울 만한 것이었다. 드디어 먹이가 걸려들면 그때는 지루한 기다림의 시간들을 단번에 보상받으려는 듯 날렵하게 움직여 그놈에게 결정적인 한 방을 먹인다. 그 민첩함과 정확함은 최고의 사냥꾼으로서 손색이 없다.

줄을 타고 오가며 집을 짓기에 바쁜 그놈의 움직임을 바라보며 그런 생각들을 하고 있을 때 세 명의 사내가 들어왔다. 아직 오전 중이라 주가는 비어 있었다. 주방에서 설거지를 하고 있던 곽가가 앞치마에 손을 닦으며 나와 예의 헤픈 웃음으로 그들을 맞았다.

다락 아래가 바로 주청(酒廳)이었다. 단목기의 귀에 사내들의 낮은 말들이 고스란히 들려왔다. 그중 그의 귀를 번쩍 뜨이게 하는 말이 있었다.

"계집 하나를 잡지 못해서 이게 무슨 고생이야. 대체 얼마나 대단한 년이기에 아직 솜털도 벗어지지 않은 것이 청홍방(靑洪幇)의 쌍살 중 한 명을 죽이고 초양문(硝陽門)의 추격을 피해 달아날 수 있담?"

"뇌음신궁(雷音神弓)의 강전을 두 대나 맞았다니 성치 못할 거야."

"아무튼 대단해. 흑마라는 놈까지 따돌린 게 분명하잖아?"

"회주님께서 그 쓰레기 같은 놈에게 일을 맡긴 게 실수야. 오히려 소문만 새 나가서 어중이떠중이들이 다 끼어들어 일을 복잡하게 만들고 말았잖아."

단목기는 부쩍 호기심이 생겼다. 바닥을 간 나무에 박혀 있는 옹이를 살짝 들어내자 동그란 구멍으로 주청의 모습이 훤히 내려다보였다. 세 사내들의 특이한 분위기가 우선 눈에 띄었다. 평범해 보이는 중년의 사내와 거구의 거한, 그리고 깡마른 자들이었는데 한눈에 만만치 않은 솜씨를 지닌 고수들이라는 것이 느껴졌다.

거구의 사내가 단숨에 술잔을 비우고 나서 어깨를 으쓱거렸다.

"난 그놈이 계집을 잡아왔다고 믿지 않아."

"가보면 알겠지. 돈을 요구한 놈이 설마 빈손으로 왔겠어?"

"회주가 원하는 건 계집이 아니다."

깡마른 자가 건조한 음성으로 그들의 말을 정정해 주었다. 중년의 사내가 눈살을 찌푸렸다.

"사람도 있고 물건도 있으면 더 좋지 뭘 그래? 듣자 하니 꽤 반반하게 생겼다던데 수홍루(水紅樓)에 들여앉혀 놓고 손님들을 받게 하면 좋잖아? 가뜩이나 요즘 매상도 저조해서 신경 쓰이는데 말이야."

머리를 갸웃한 그가 턱을 한번 쓸고 나서 다시 말했다.

"어째서 하나같이 신선한 계집을 원하는지 몰라?"

"흐흐…… 장형도 남자면서 그걸 모르나? 물러터진 홍시도 좋지만 풋풋하게 우려낸 단감이 더 씹히는 맛이 있는 거야."

다음부터 그들의 말은 대부분 질퍽한 음담패설이었다. 한동안 그렇게 낄낄거리며 농지거리를 하던 자들이 해가 머리 위에 올랐을 때쯤이 되자 일어섰다.

그들이 멀찍이 사라져 보이지 않게 되고 나서야 단목기가 칼을 쥐고 다락을 내려왔다.

"뒤따라 가보시게요?"

주방에서 얼굴을 내민 곽가가 빙긋 웃어 보였다.

단목기는 사내들의 뒤를 은밀히 밟아 벌목터가 잘 보이는 송림 속에 숨어 그들의 하는 짓을 엿보았다. 그리고 한바탕 드센 칼부림을 목격한 것이다. 이제는 흑마 남궁적이라고 스스로를 밝힌 자의 도법(刀法)이 그의 관심을 끌었다. 오직 강하고 빠른 것만을 추구하는 단순함 속에 무시할 수 없는 흉악함이 들어 있었다.

상대를 찍던 그 지독한 수법들을 떠올려 보았다. 그것에는 어느 도문(刀門)의 수법에서도 찾아볼 수 없는 독특함이 있었다. 예(藝)와 술(術), 그리고 도(道)의 추구 같은 진중함 대신 살기만으로 가득 찬 도법이었던 것이다. 오직 상대를 가장 효과적이고, 가장 확실하게 죽이기 위해서 만들어지고 연마되어진 도법이 분명했다. 그런 것은 함성을 지

르며 치열한 전장을 치달리는 병사들에게나 어울리는 도법이었다. ·

단순히 적을 죽이기 위해서 많은 날들을 반복해 연습하고 실전을 통해 익힌 병사들의 도법과 제대로 된 격식을 갖추고 있는 강호의 도법과는 확연한 차이가 있었다. 남궁적이 보여준 것은 바로 그 전쟁터에서나 어울릴 삭막한 칼질이었다.

"마도(魔刀)인가?"

중얼거린 단목기가 느긋하게 걸음을 떼어 이번에는 남궁적이 사라진 곳을 바라보고 천천히 벌목터를 떠났다. 그의 모습마저 보이지 않게 되자 텅 빈 공간을 흐릿하게 떠돌던 피 냄새가 더욱 짙어졌다. 어느새 날아든 파리들이 세 구의 주검들 위를 맴돌았다. 곧 피 냄새를 맡은 산짐승이 어슬렁거리며 기어나올 것이었다.

*　　　*　　　*

한눈에도 수상해 보이는 자들이 삼삼오오 모여 있었다. 각양각색의 복장에 각양각색의 몰골을 하고 있는 삼십여 명의 사내들이었는데, 한 가지 공통점은 있었다. 그것은 그들이 지니고 있는 분위기였다. 한결같이 범죄자적인 음울함과 음모의 냄새 위에 무도한 자들의 특징인 난폭함을 고스란히 드러내고 있었던 것이다.

그런 자들이 서른 명 남짓이나 모여 있으면서도 서로 싸우지 않는다는 것이 이상했다. 그들은 제각각의 모습으로 참나무 숲의 음침한 어둠 속에서 서성거리거나 주저앉아 누구를 기다리고 있는 듯했다.

멀리서 딱딱이 치는 소리가 한번 들리더니 조금의 사이를 두고 서로 다른 곳에서 거푸 세 번씩 들려왔다.

"왔다!"

누군가가 그렇게 외치고 앉아 있던 나뭇등걸에서 벌떡 몸을 일으켰다. 사내들의 어깨 위에 내려앉아 있던 달빛이 놀란 듯 흩어졌다. 참나무 숲에 둘러싸여 있는 낡은 사당 주위의 어둠이 그들의 술렁거림으로 흔들렸다. 그 어둠 속에서 꾸물거리며 나서는 자들의 모습이 하나같이 험악했다.

"불을 켜!"

다시 누군가가 낮게 소리쳤다. 여기저기서 부싯돌을 그어대거나 화섭자를 켜대는 소리들로 잠시 소란스러워지더니 대여섯 개의 횃불이 밝혀져 숲 속의 어둠을 밀어냈다. 그것들의 이글거리는 붉은 불꽃이 어두운 하늘 위로 무수한 불똥을 날려댔다. 바람에 쏠려가며 사라지는 그 찬연한 아름다움이 숲 속의 음침한 분위기와는 전혀 어울리지 않았다.

사내들이 긴장한 모습으로 모여 서서 두터운 침묵을 지킨 채 한곳을 뚫어져라 바라보고 있었다. 드디어 숲이 버석거리더니 몇 사람이 모습을 드러냈다. 가운데 선 자는 애꾸눈의 흑마 남궁적이었고, 그를 호위하듯 좌우에 두 명씩 네 명의 사내들이 칼을 든 채 따르고 있었다.

"대형을 뵈오!"

그가 사당 앞의 공터로 들어서자 몰려서 있던 사내들이 일제히 외치고 머리를 숙였다. 한 사내가 재빨리 낡은 의자 한 개를 가져와 내려놓았다. 남궁적이 거드름을 피우며 그 위에 걸터앉았다. 네 명의 사내들이 뒤에 늘어서서 호법을 섰고, 삼십여 명의 사내들은 그 앞에 무리 지어 모여 섰다.

횃불이 타닥거리며 타 들어가는 소리와 멀리서 소쩍새 울어대는 소리만 처량하게 들려왔을 뿐, 무거운 침묵이 남궁적을 둘러싼 채 가라앉아 갔다.

"젠장할. 마실 것도 없냐?"

한참 만에 남궁적의 입에서 터져 나온 말이 엉뚱했다. 뒷줄에 있던 자 한 명이 재빨리 달려나와 그에게 술 호로를 내밀었다. 낚아채듯 받아 든 남궁적이 목울대를 크게 쿨렁거리며 단숨에 서너 모금을 마셔대고 손등으로 입가를 닦았다.

"좋다!"

횃불 빛을 받아 번들거리는 그의 입가에 비로소 웃음이 번졌다. 그러자 사내들을 내리누르고 있던 긴장이 한순간에 사라져 버렸다. 여기저기서 낄낄대는 소리들이 들려왔다.

"대형! 그 눈은 어떻게 된 거요?"

무리들 속에서 그런 외침이 터져 나왔다. 순간 사내들이 다시 움찔 긴장한 채 몸을 굳히고 일제히 남궁적을 바라보았다.

"음……."

소리가 난 곳을 무섭게 노려보던 남궁적이 깊은 신음을 흘려냈다.

"어떤 개자식이 감히 대형을 병신으로……."

다른 방향에서 낮은 음성이 또 들려왔다. 힐끔 그곳을 바라본 남궁적의 입가에 쓸쓸한 웃음이 걸렸다. 그가 입술을 비틀며 마지못한 듯 탄식을 섞어 말했다.

"에휴, 개자식이 아냐. 계집년이다."

"뭐요?"

"계집이라고 하셨소?"

"그건 이상하군. 찍어 누르는 대형의 솜씨가 줄었을 리는 없는데……. 이번에는 너무 성급하게 했던 것 아니오?"

"아무리 그랬어도 계집에게 눈알을 뽑힌단 말이냐? 일단 찔러 넣으면 발버둥치던 것도 잠잠해지는 법인데, 이건 이상하군."

사내들이 중구난방으로 떠들어대기 시작하자 그 왁자함이 한순간 숲 속을 잔칫집처럼 만들어 버렸다. 낄낄거리는 웃음소리들이 사방에서 터져 나왔다.

"시끄럽다!"

남궁적이 얼굴을 붉힌 채 버럭 소리쳤다. 사내들의 소란스러움은 가라앉아 갔지만 낄낄거리는 웃음소리는 여전히 구석구석에서 터져 나왔다.

입맛을 다신 남궁적이 한곳을 가리켰다.

"너, 이리 나와봐!"

그의 지적을 받은 사내 한 명이 주춤거리며 무리를 헤치고 나섰다. 불안한 듯 눈알을 이리저리 굴리고 있었는데, 상덕현의 저잣거리에서 망나니로 불리는 저두아(猪頭兒)였다.

그가 남궁적 앞에 서서 꾸벅 머리를 숙여 보였다.

"수상한 연놈을 보았다고?"

"예, 대형. 계집은 잘 모르겠고, 청홍방(靑洪幇)의 홍지걸(洪知杰)이라는 자가 사내를 보더니 상가의 자식놈이라고 했소이다."

"상필지? 그놈이 왜?"

"내가 아우? 계집을 뒤에 감춘 채 목숨 걸고 대드는 꼴이 그년에게 홀려도 단단히 홀린 모양입디다."

"홍가 놈 혼자서 왔을 리는 없을 텐데?"

"쌍도끼를 쓰는 아칠(兒七)이라는 놈과 흑심소검(黑心素劍) 노문량(魯門糧)을 데려왔더이다."

저두아의 말에 남궁적은 물론, 둘러서 있던 사내들이 모두 귀를 쫑긋 세우고 눈을 반짝였다. 신이 난 저두아가 손짓 발짓을 해가며 한바탕 너스레를 떨었다.

"개자식들이 이 어르신 앞에서는 눈꼴사납게 거들먹거리더니 그 상가의 애송이를 만나서는 곧장 저승으로 달려가 버리더이다. 뒤도 안 돌아보고 곧장 가버리는 것이 꼭 뒤 마려운 여편네가 채소밭으로 달려가는 듯했소."

"음……."

남궁적이 알겠다는 듯 고개를 끄덕였다. 아칠과 노문량 정도로는 상필지의 상대가 될 리 없었던 것이다.

"그 상가의 애송이가 무섭긴 무섭더이다. 처음에는 몇 마디 점잖은 말로 타이르는 것 같더니 흥정이 깨졌는지 곧장 검을 뽑아 후려치는데, 어이구……."

저두아가 생각만 해도 끔찍하다는 듯 제 머리통을 감싸 쥐고 혀를 찼다.

"어떻게 했는데?"

"뜸 들이지 말고 빨리 말해!"

"나만큼 멋지게 검을 쓰더냐?"

여기저기서 사내들의 재촉이 쏟아졌다.

"아칠이란 놈은 단번에 가슴에 바람구멍이 뚫려 버렸고, 노문량 그 놈은……."

말을 멈추고 이를 부드득 간 저두아가 주먹을 쥐고 흔들었다. 평소에 노문량이라는 자에게 감정이 많았던 모양이었다.

"흥, 흑심소검이라고? 잘 뒈졌다, 개자식! 그 자식은 천하제일의 보검 어쩌고 하던 그 잘난 검을 제대로 휘둘러 보지도 못하고 목이 반은 잘려서 대롱거리다가 뒈졌수. 어찌나 속이 시원하던지……."

"홍지걸은?"

남궁적이 말을 끊고 성급하게 물었다. 그자는 청홍방 내에서도 제법 거들먹거리는 고수였던 것이다.

"그 거북이새끼는 이제 영영 끝이오. 보기만 하면 내 귀쌈을 때려 대던 그놈의 오른팔이 썽둥 잘라졌지 뭐요. 고소한 일이지. 짝팔이 되어서 뒤도 안 돌아보고 꽁지가 빠져라고 달아났으니 다시는 상덕현에 얼씬도 하지 못할 거요."

"음……."

남궁적이 다시 깊은 침음성을 흘렸다. 그는 내심 상필지가 그 정도였던가? 하고 놀라고 있었다. 홍지걸을 단번에 꺾어버렸다는 것만으로도 그의 공부가 얼마나 깊은지 능히 짐작할 수 있었다. 어쨌든 이번 일로 청홍방은 강서 무림에서 크게 체면을 잃은 셈이었다. 그것은 공을 차지하려고 서두른 홍지걸의 잘못이 컸다. 그렇다면 홍지걸은 청홍방에서도 그대로 둘 리 없었다. 저두아의 말처럼 영영 끝나 버린 인생인 것이다.

"그래서?"

그가 다시 저두아를 노려보며 물었다. 저두아가 우물쭈물했다.

"그래서는 무슨…… 그 상가 놈이 계집을 꿰어차고 재빨리 어디론가 가버렸소. 암튼 그놈이 곁에 붙어 있는 한 누구도 그 계집을 어쩔 수 없을 것이오. 아, 아깝다. 아까워……."

저두아가 남궁적의 눈치를 보며 입맛을 다셨다. 대형도 그 상필지에게는 안 될 것 같으니 계집에 대한 생각을 일찌감치 포기하는 게 좋을 거라는 나름대로의 충고도 들어 있는 말이었다. 남궁적이 눈살을 찌푸리고 버럭 소리쳤다.

"시끄러! 그 계집이야말로 상필지보다 열 배는 더 무섭고 독한 년이다!"

"어?"

사내들이 일제히 놀람의 외침을 터뜨렸다.

"꺼져 버려!"

손짓해서 저두아를 물리친 남궁적이 다시 외눈을 번쩍이며 사내들을 둘러보았다.

"그 밖에는?"

"청홍방은 그렇다 치고…… 에, 또…… 초양문(硝陽門)에서 바쁘게 움직이고 있소이다. 그 호로자식들이 문주를 앞세우고 부중을 휩쓸고 다니는데 눈꼴이 시어 못 볼 지경이요."

"그들뿐이 아니라오. 웬 놈인지 완력이 무시무시한 놈도 있었는데, 수하들을 부리는 걸로 보아 그놈 또한 무리가 많은 것 같았소. 남창부에 사는 놈 같지는 않습디다."

뺨에 칼자국을 달고 있는 중년의 사내가 초양문에 대해 말하자 물러섰던 저두아가 다시 나서며 소리쳤다. 사람들의 관심을 자신에게 조금이라도 더 붙들어두고 싶은 모양이었다. 초양문에 대해서는 건성으로 고개를 끄덕이던 남궁적이 저두아의 말에 관심을 보였다.

"너, 무식한 돼지머리가 어떻게 알지?"

"쳇, 이래 봬도 상덕현의 터주가 바로 나요. 척 보면 그놈이 어디 사는 누구인지 훤히 알지. 그런데 그 염병할 놈은 낯선 놈이었소. 억양도 다른 것이 아무래도 멀리서 온 놈이 분명했다오."

"멀리서? 그것도 무리들과 함께 말이지?"

저두아의 말에 남궁적이 고개를 갸웃했다. 한동안 생각에 잠겨 있던 그가 안대를 한번 고쳐 잡고 나서 이죽거렸다.

"좋아. 똥 냄새가 나면 파리새끼들이 꼬이기 마련이지. 흥, 어중이 떠중이들이 죄다 이리로 모였단 말이지? 그거 재미있는걸?"

그의 말이 끝나기 무섭게 다시 낯선 음성이 끼어들었다.

"그럼 강서 무림에서 방귀깨나 뀐다는 세력들이 모두 나선 거네? 상 가장에서는 자식놈이 나왔고, 초양문과 청홍방까지 나섰으니 말이야. 게다가 두타결도 이제는 제놈들이 직접 나설 거 아니냐고. 더구나 정체 불명의 또 다른 놈들이라…… 이거 재미있다 못해 오금이 다 저려오는구만."

"염병할. 그럼 우리가 설 데가 없잖아?"

"원래 호랑이는 여우새끼들이 설쳐 대는 곳에 관심이 없는 거다. 그저 가만히 눌러앉아서 구경이나 하면 돼."

"이쪽저쪽 오가면서 좀 뜯어낼 수가 생길지도 몰라."

"네놈 멱줄이나 뜯기지 않으면 다행이겠다."

"이놈이?"

다시 왁자한 소란으로 조용하던 숲 속이 시끄러워졌다. 서른 놈이 제각각 떠들어대고 소리 질러대는 통에 귀가 다 따가울 지경이었다.

"잡놈들아 좀 조용히 해봐라!"

굵고 묵직하게 힘이 실려 있는 음성이 그 잡다한 소음들을 내리눌렀다. 외침이 사라지고 나서도 웅웅거리는 음파의 여운이 모두의 귓속 깊이 파고들어 한참을 떠돌았다.

떠들어대던 자들이 물을 끼얹은 듯 잠잠해졌다. 남궁적이 외눈을 번쩍이며 소리가 들려온 곳을 뚫어지게 바라보았다. 충만한 내력이 느껴지는 이 음성의 주인공이 누구인지 그는 잘 알고 있었다.

횃불 그늘 아래 서 있던 사내 한 명이 천천히 공터 중앙으로 나섰다. 허리에 한 자루 고색창연한 검을 매달고 있는 자였다. 번쩍이는 눈으로 무리들을 한번 휩쓸어본 그가 남궁적에게 허리를 숙이고 나서 다시 입을 열었다.

"대체 그자들이 쫓는 게 무엇이오? 혹시 대형이 청부받은 그것 아니오?"

"음⋯⋯."

중년 사내의 이름은 알지 못했다. 저만한 사내라면 강호에서도 제법 명성을 얻었을 것이나 그것 또한 알지 못했다. 그건 남궁적뿐만 아니라 이곳에 모여 있는 자들 모두가 마찬가지였다. 모두는 그를 다만 일지검(一支劍) 무명자(無名子)라고 불렀다. 부르기 편하게 무 형(無兄)이라고 부르는 자들도 많았다.

그가 언제 슬그머니 남창부의 건달패 속에 끼어들었는지, 그의 무공 수위가 얼마나 되는지도 아는 자가 없었다. 아직까지 한 번도 그가 검을 뽑아 싸우는 걸 본 적이 없기 때문이다. 무리 중에는 신이 나서 자신의 전력을 떠벌리고 다니는 자도 있었지만, 사내는 그러지도 않았다.

분명히 내력이 있는 자였으나 그가 말하지 않는 한 누구도 그것을 캐물을 수는 없었다. 그것은 천하 각지에서 온갖 흉악한 짓들을 저지르고 쫓겨와 숨어 있는 자들이 암묵적으로 만든 규칙 같은 것이었다.

원하지 않으면 절대로 과거를 들추어내지 않았던 것이다.

그러면서도 무리들은 그의 무시할 수 없는 기도와 과묵한 성격 때문에 함부로 대하지 못했다. 어느새 그는 은연중에 남궁적 다음으로 꼽히는 자가 되어 있었다.

무명자를 한번 바라본 남궁적이 이맛살을 찌푸렸다.

"대체 어떤 놈이 쓸데없는 소리를 퍼뜨리고 다녔는지 모르겠단 말이야?"

무명자의 짐작이 맞다고 인정한 것이다. 무명자가 덩달아 한번 이맛살을 찌푸리고 나서 다시 말했다.

"그렇다면 그것이 무엇인지 우리에게 알려줄 수 없소? 내막을 알아야 우리들도 확실한 목적을 갖고 대형을 도울 수 있지 않겠소이까."

"쳇, 별거 아니야. 계집을 붙잡아서 그 품을 뒤져 책 한 권을 빼앗는 거다. 무슨 용화진경이라나? 두타결의 그 민대가리가 직접 한 말이니 틀림없을 거야."

두타결(頭陀結)의 회주(會主)인 염화신장(閻火神掌) 나문부(羅門腑)를 일컫는 말이었다.

"허, 용화진경!"

무명자의 입에서 거친 탄성이 터져 나왔다.

"무엇? 용화진경?"

놀람의 외침은 한 그루 무성한 참나무 가지 속에서도 터져 나왔다. 사당 앞 공터의 모습이 잘 내려다보이는 커다란 나무 위였다.

스스로의 소리에 놀란 단목기가 재빨리 입을 다물고 무리들의 움직임을 살펴보았다. 다행이 아무도 자신의 소리를 듣지 못한 것 같았다.

무명자는 놀라서 미처 주위의 기척을 감지하지 못했고, 남궁적 또한 무명자의 외침에 놀라 다른 곳에 신경을 쓰지 못했던 것이다.

'저놈이 어떻게 용화진경을?'

단목기의 눈이 번쩍이며 빛났다. 그가 뚫어질 듯 무명자를 살펴보았다. 위에서 내려다본 것이고, 옆모습만 약간 보이는 위치여서 얼굴을 알아볼 수 없었다. 하지만 그가 용화진경을 알고 있다는 것은 심상치 않은 일이었다. 게다가 남궁적이라는 자가 그것을 빼앗기 위해 소옥을 뒤쫓고 있었다는 것도 놀라웠다.

그러나 더 큰 놀라움은 여태까지 그들이 말한 그 무수한 무리들이 모두 소옥을 쫓고 있다는 것이었다. 그렇다면 그들의 목적 또한 용화진경일 것이다.

'대체 어떻게 일이 이렇게 되었단 말인가?'

단목기는 그것을 이해할 수 없었다. 용화진경은 곤륜문하에게만 은밀히 전해져 오는 비서(秘書)였다. 한 번도 강호에 그 이름이 알려진 적이 없었고, 그것의 존재를 아는 자 또한 없다고 봐야 했다. 그런데 지금 그 많은 자들이 모두 그것을 알고 있었다. 방금 눈으로 보고 귀로 들었으면서도 믿을 수 없는 일이었다.

'위험하다!'

단목기는 속으로 그렇게 외쳤다. 일이 이렇게 되었다는 것을 소옥도 알고 있는지 아니면 모르고 있는지 알 수 없었다. 하지만 어쨌든 그녀가 큰 위험에 빠진 것만은 분명했다. 곽가의 주가에서 세 놈의 수작을 엿보았고, 그래서 흑마 남궁적이라는 놈을 뒤쫓아 여기까지 오게 된 것이 다행이었다. 그렇지 않았다면 자기만 모르고 있을 수도 있었던 것이다.

'선조 영령들께서 도와주신 것이다.'

단목기는 그렇게 믿었다. 사문의 영령(英靈)들이 자신을 이끌어 이곳까지 데려온 것이라고 생각하자 앞으로 해야 할 일이 더욱 뚜렷해졌다.

'어떤 놈도 감히 사문의 진경에 손대지 못한다! 더구나 나의 사매를 건드린다는 건 이 철혈도 단목기가 결코 용서하지 못한다!'

주먹을 불끈 움켜쥔 단목기의 눈에서 불길이 이글거렸다.

"용화진경이라니, 대체 그게 어떤 물건이야? 너는 그럼 그걸 알고 있다는 거야?"

남궁적이 의혹이 깃든 눈으로 무명자를 노려보았다. 무명자가 곧 자신의 실수를 느낀 듯 무안으로 얼굴을 붉혔다.

"요즘 떠도는 말을 들었을 뿐이오. 수상한 자들이 모두 그것을 찾고 있다고 합디다. 그 일로 지금 강서 무림이 온통 술렁거리고 있소."

"음……."

남궁적이 신음을 흘렸다. 눈의 상처 때문에 꼼짝하지 못하고 동굴 속에 숨어 치료를 하던 그 십여 일 동안 벌어진 일이라면 자신만 모르고 있는 게 당연한 건지도 몰랐다.

"그런데 대형이 쫓던 계집이 그것을 지니고 있을 줄이야……."

"좋아, 좋아. 그런데 대체 그게 뭐 하는 물건이냐?"

"곤륜파의 보물이라고 합디다. 곤륜파 무공의 진수를 적은 절세의 비급인 모양이오."

"아!"

조용히 귀 기울여 무명자의 말을 듣고 있던 자들이 일제히 탄성을 터뜨렸다. 곤륜의 절세신공을 기록한 비급이라는 소리에 귀가 번쩍 뜨인 것이다. 그것을 얻어 익힌다면 단번에 강호의 절정고수가 될 수 있을 것이라는 생각이 모두의 마음을 들뜨게 했다.

"개똥 같은 소리!"

남궁적이 버럭 소리쳤다.

"비급은 무슨 얼어죽을 비급이란 말이냐! 종이 쪽에 수법 몇 가지와 심법 구결 몇 가지를 적었다고 해서 그것을 보고 뭘 어떻게 한단 말이야? 책을 보고 검법을 익힐 수 있다면 세상에 고수 아닌 놈이 한 놈도 없겠다!"

남궁적이 하나뿐인 눈을 부라리며 호통 치자 무리들이 모두 머쓱하여 외면했다. 하지만 그들의 얼굴에는 그 말에 승복하지 못하겠다는 불만의 기색들이 역력했다. 오직 무명자만이 깊이 탄복한 얼굴로 고개를 끄덕였을 뿐이었다.

"제미랄!"

거칠게 욕설을 내뱉은 남궁적이 벌떡 일어섰다.

"다들 흩어져! 누구든 먼저 그 계집을 찾아내는 놈에게 이걸 주겠다!"

그가 품에서 전낭을 꺼내 발 아래 집어 던졌다. 그 안에서 번쩍이는 황금 덩이들이 쏟아져 나오자 그걸 본 자들의 눈이 부릅떠졌다.

〈제2권 끝〉

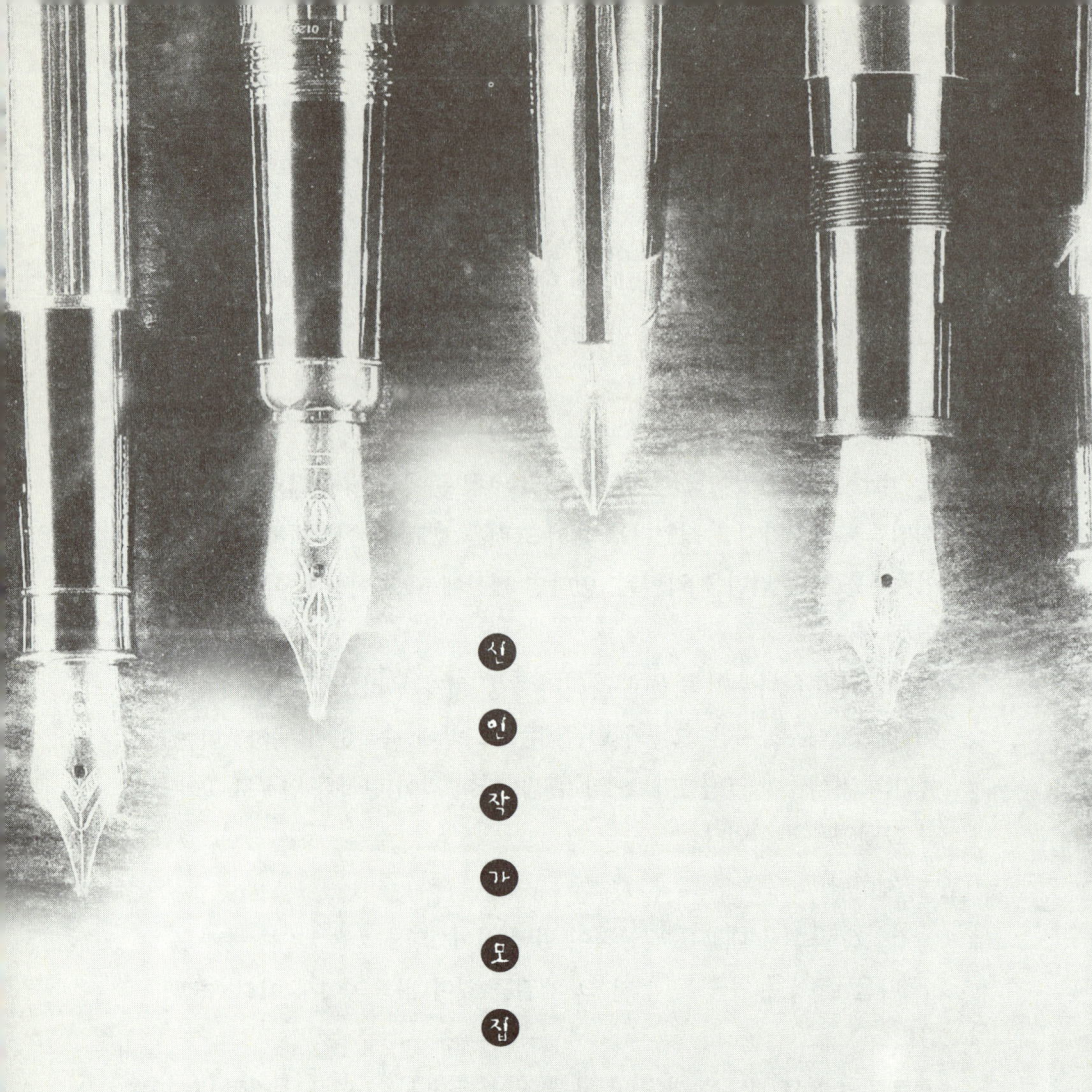

신
인
작
가
모
집

시작이 반이라고 했습니다.
작가의 길에 대한 보이지 않는 벽을 과감히 깨뜨리십시오!
청어람은 작가 지망생 여러분들의
멋진 방향타가 되어드리겠습니다.

저희 도서출판 청어람에서는
소설 신인 작가분들을 모집합니다.
판타지와 무협을 사랑하시는 분들의 많은 참여를 바랍니다.
소정의 원고(A4용지 150매)를 메일이나 우편으로 보내주시면
검토 후 출판 여부를 알려드리겠습니다.

주소:경기도 부천시 원미구 심곡1동 350-1 남성B/D 3F 우편번호420-011
TEL:032-656-4452 · FAX:032-656-4453
http://www.chungeoram.com
e-mail:chungeoram@chungeoram.com